Chasing
Harry Winston

CHASING HARRY WINSTON
by Lauren Weisberger

Copyright ⓒ Lauren Weisberger, 2008
Korean Translation Copyright ⓒ MUNHAKDONGNE Publishing Corp., 2013

This Korean edition is published by arrangement with
Curtis Brown UK through Duran Kim Agency.
All Rights Reserved.

이 책의 한국어판 저작권은 듀란킴 에이전시를 통해
Curtis Brown UK와 독점 계약한 (주)문학동네에 있습니다.
저작권법에 의해 한국 내에서 보호를 받는 저작물이므로
무단 전재 및 무단 복제를 금합니다.

이 도서의 국립중앙도서관 출판시도서목록(CIP)은
e-CIP 홈페이지(http://www.nl.go.kr/ecip)와
국가자료공동목록시스템(http://www.nl.go.kr/kolisnet)에서 이용하실 수 있습니다.
(CIP제어번호: CIP2013000263)

해리
윈스턴을
위하여

1

로렌 와이스버거 장편소설

이은선 옮김

문학동네

마이크에게
사랑을 담아서

팬티는 역겨운 말

월요일 밤 아홉시 예기치 않은 초인종이 울리자 리는 어머, 누굴까, 하지 않았다. 젠장, 꺼져버려, 라고 생각했다. 그냥 '인사차' 혹은 '안부가 궁금해서' 들렀다는 불청객을 진심으로 환영할 사람이 있을까? 속세를 떠난 사람이라면 어쩌면 그럴지도. 〈빅 러브〉*에서 본, 실제로는 만나본 적 없는 친절한 중서부 사람들이라면 어쩌면 가능할지도 모르겠다. 하. 지. 만! 이건 예의에 어긋나는 일이었다. 월요일 밤은 신성하고 세상 어느 누구도 방해할 수 없는 시간, 아무도 만나지 않은 채 트레이닝복을 입고 빈둥거리며 멋진 티보**로 밀린 〈프로젝트 런웨이〉를 한꺼번에 보는 시

---

* 미국의 TV 드라마.

** 사용자가 원하는 프로그램을 설정에 따라 자동으로 녹화해주는 서비스.

간이었다. 월요일 밤은 일주일 가운데 유일하게 혼자 보내는 시간이었다. 주변 사람들을 강도 높게 훈련시킨 끝에 친구와 가족은 물론이고 남자친구 러셀마저 결국에는 이 원칙을 따르게 되었다.

친구들은 1990년대 말부터 월요일에는 약속을 잡지 않았다. 처음 사귀기 시작할 때는 반발했던 러셀도 이제는 조용히 분노를 삭였다(그리고 풋볼 시즌에는 혼자 지내는 월요일 밤의 묘미를 만끽했다). 어머니는 일주일에 하룻밤은 꼭 수화기를 들고 싶어 끙끙거리다 재다이얼 버튼을 아무리 눌러도 화요일 아침이 되어서야 딸의 목소리를 들을 수 있다는 사실을 몇 년이 걸려서야 겨우 받아들였다. 심지어 리가 일하는 출판사조차 월요일 밤에는 원고 검토를 맡기지 않았다. 아니, 좀더 정확하게 말하면 절대 전화조차 하지 않았다. 이러니 초인종이 울린 것 가지고도 이렇게 놀랄 수밖에. 놀라고 겁이 덜컥 날 수밖에.

관리실에서 에어컨 필터 갈러 왔나? '핫 엔칠라다스' 배달원이 광고지 돌리러 왔나? 아니면, 이게 제일 그럴듯한데, 누가 집을 착각했나? 리는 TV 리모컨의 음소거 버튼을 누르고 꼼짝도 하지 않았다. 그리고 래브라도 리트리버처럼 고개를 한쪽으로 젖힌 채 침입자가 떠났다는 증거를 포착하려고 열심히 귀를 기울였다. 하지만 들리는 거라곤 위층에서 일정한 박자로 둔하게 쿵쿵거리는 소리뿐이었다. 리는 예전 정신과의사의 표현에 따르면

'소음에 민감'한 데다 다른 모든 사람들의 표현에 따르면 '우라질 노이로제 환자'이다보니, 평생 모은 돈을 걸고 집을 계약하기에 앞서 위층 주민들을 철저하게 점검했다. 아파트 자체는 일 년 반 동안 둘러본 중에서 가장 완벽했지만, 모험을 감수할 수는 없었다.

위층인 17D호에 어떤 여자가 사는지 알려달라고 해도 아드리아나는 부루퉁하게 입을 내밀며 어깨만 으쓱했다. 아드리아나는 부모님을 따라 상파울루에서 뉴욕으로 이사 온 이래 이십 년 가까이 줄곧 이 아파트의 한 층을 통째로 쓰는 펜트하우스에서 살았지만, '알은척하지 않을 테니 그쪽도 똑같이 예의를 지켜주길 바라'는 뉴욕의 사고방식을 철저하게 고수했기 때문에 리에게 알려줄 만한 정보가 없었다. 때문에 리는 눈보라가 몰아치는 크리스마스 직전 토요일, 제임스 본드 스타일로 도어맨에게 20달러를 쥐여주고 원고를 읽는 척하며 로비에서 기다렸다. 한 꼭지를 세 시간째 읽고 있는데 도어맨이 큰 소리로 헛기침을 하더니 안경 너머로 의미심장하게 그녀를 쳐다보았다. 고개를 든 순간, 곧바로 안도감이 밀려왔다. 물방울무늬 블라우스를 입은 뚱뚱한 여자가 잠그지 않은 우편함에서 홈쇼핑 카탈로그를 꺼내고 있었다. 아무리 못해도 여든 살은 됐겠군. 리는 속으로 안도의 한숨을 내쉬었다. 뾰족구두로 딱딱한 마룻바닥을 밟아대지도 않을 거고, 밤늦게까지 파티를 벌이는 일도, 손님들이 줄줄이 들이닥쳐

쿵쾅거리는 일도 없겠어.

리는 바로 다음날 계약금을 지불하고 두 달 뒤 꿈에 그리던, 완전 새것이나 다름없는 원룸 아파트로 신나게 이사했다. 수리한 주방에 큼지막한 욕조, 북쪽으로 엠파이어스테이트 빌딩이 보이는 전망까지 갖춘 집이었다. 이 아파트 안에서 가장 작은 축에 속할지 몰라도—그래, 솔직히 가장 작은 집이다—그래도 꿈만 같은, 자신이 장만할 수 있으리라고는 한 번도 상상해보지 못한 그런 집이었다. 열심히 일해서 모은 돈으로 욕 나오는 집값을 지불하고 마련한, 아름답고 꿈같은 행운의 아파트.

무던해 보였던 위층 여자가 무지막지한 정형외과용 나막신 애호가일 줄이야 누가 짐작이나 했겠는가? 리는 소음을 일으키는 위험요소로 하이힐밖에 생각해내지 못한 자신을 주기적으로 질책했다. 왜 그랬어, 아마추어같이. 리는 위층 여자가 그 불쾌한 신발을 신은 모습을 두 눈으로 직접 목격하기 전부터 위층의 가차 없는 소음에 대해 나름대로 정교한 설명을 만들어놓았다. 위층 여자가 네덜란드 출신이고(다들 알다시피 나막신을 신는 곳이 네덜란드니까), 자부심이 하늘을 찌르는 엄청난 집안의 수장이라 셀 수 없이 많은 아들딸과 손자 손녀, 조카, 형제, 사촌, 조언을 듣고 싶어하는 사람들이 찾아오는데 대부분 나막신을 신고 다니는 네덜란드 출신일 거라고 말이다. 그러다 에어캐스트*를 신은 위층 여자를 목격한 뒤에는 족저근막염, 살로 파고드는 발톱, 신경종, 건막류, 기타 등등 여자가 앓고 있다는 토 나오는 여러 가지 질병에 관심을 보이는 척하며 최대한 안됐다는 듯 혀를 차주다 집으로 쏜살같이 올라와 공동주택법을 확인했다. 입주민은 딱딱한 마룻바닥의 80퍼센트를 카펫으로 덮어야 한다는 규정이 분명하게 명시되어 있었지만 무용지물이었다. 바로 뒷장을 보니 위층 여자가 입주민 대표였다.

리는 스물네 시간 내내 이어지는 나막신 공격을 벌써 넉 달 가까이 견디고 있었다. 남한테 벌어진 일이었다면 웃어넘길 수 있었을지 모르지만, 지금은 규칙적인 쿵-쿵-쿵 소리의 크기와 횟수에 신경이 바로 연결되어서, 이 소리가 쿵더-쿵-쿵더-쿵으로 이어지면 리의 심장도 그 소리를 따라 쿵쾅거리는 경지에 이르렀다. 천천히 숨을 쉬려 해도 거피**처럼 헐떡거리며 신경질적으로 밭은 숨을 내뱉게 되었다. 현관 붙박이장 거울에 창백한 얼굴(상태가 좋은 날에는 '우아'하게 보이고 그렇지 않은 날에는 '환자'처럼 보이는 안색이었다)을 비춰보니 이마에 땀이 살짝 배어나와 번들거렸다.

이렇게 땀이 나고 숨 쉬기가 힘든 증상은 요즘 들어 더욱 빈번해졌다. 게다가 나막신이 마룻바닥을 때리는 소리가 들릴 때만

---

* 발목 등이 삐었을 때 깁스를 하는 대신 신고 다니는 보조기구.
** 관상용 열대어.

그런 것도 아니었다. 가끔 죽은 듯이 깊이 잠들어 있다 눈을 떠보면 심장이 쿵쾅거리고 시트가 땀에 흠뻑 젖어 있곤 했다. 지난주에는 요가 수업을 받으며 완벽하게 긴장을 풀어주는 송장 자세로 누워 있는데―강사가 〈나 같은 죄인 살리신〉 아카펠라 버전을 튼 게 흠이기는 했지만―숨을 들이쉴 때마다 날카로운 고통이 리의 가슴을 후벼 팠다. 바로 오늘 아침에도 N선 전철 안으로 억지로 몸을 쑤셔넣는 인간들의 물결을 쳐다보는데―그녀도 어쩔 수 없이 전철을 타기는 하지만 전철에서 보내는 일 분, 일 초가 싫었다―목구멍이 죄어오고 맥박이 이유 없이 빨라졌다. 원인으로 지목할 수 있는 건 딱 두 가지였다. 그녀가 건강염려증이 약간 있긴 하지만 아무리 봐도 심장병 같지는 않았다. 한마디로, 공황 발작이었다.

리는 공황을 쫓아버리기 위해 손가락으로 관자놀이를 누르고 고개를 이쪽저쪽으로 돌려봤지만, 둘 다 아무런 효과가 없었다. 허파가 제 역할을 10퍼센트밖에 하지 못하는 것처럼 느껴졌다. 누가 언제 내 시신을 발견할까 하는 생각이 드는 순간 입을 막고 흐느껴 우는 소리가 들리며 다시 한번 초인종이 울렸다.

살금살금 현관으로 걸어가 구멍으로 내다보아도, 텅 빈 복도만 보였다. 이게 바로 뉴욕에서 강도와 강간으로 생을 마감하는 방식이다. 어떤 범죄자에게 속아 넘어가 문을 여는 것. 나한텐 어림없어. 리는 살그머니 도어맨에게 전화를 걸었다. 이 아파트는

UN에 맞먹는 보안체제를 갖춘 데다 이 도시에서 팔 년을 사는 동안 주변에 소매치기 당한 사람 하나 없었고, 사이코 살인범이 이 아파트에 사는 200세대 중에서 굳이 이 집을 고를 법하지는 않지만…… 모든 사건은 이런 식으로 시작되는 법이다.

벨이 길게 네 번 울린 뒤 도어맨이 전화를 받았다.

"제라드, 16D에 사는 리 아이스너예요. 우리 집 문밖에 누가 있거든요. 집 안으로 침입하려는 것 같아요. 당장 올라와주실 수 있어요? 아니면 911에 연락할까요?" 리는 좁은 현관에서 왔다갔다하고 네모난 니코레트*를 까서 입에 넣으며 앞뒤가 안 맞는 말을 두서없이 쏟아냈다.

"아이스너 양, 당장 사람을 보내드릴 순 있습니다만, 혹시 솔로몬 양을 다른 사람으로 착각하고 계신 건 아닌지요? 몇 분 전에 솔로몬 양께서 곧장 올라가셨는데…… 영구 출입 허가 명단에 기재된 분이라서 말입니다."

"에미가 왔다고요?" 병이나 살인범 때문에 죽을지도 모른다는 생각을 모조리 잊고 곧바로 문을 열어보니, 얼굴이 눈물 범벅인 에미가 무릎을 끌어안은 채 복도에 앉아 몸을 앞뒤로 흔들고 있었다.

"아이스너 양, 더 필요하신 일이 있습니까? 지금이라도……"

---

* 니코틴이 함유된 금연 보조제.

"고마워요, 제라드. 이제 괜찮아요." 리는 탁 소리 나게 휴대 전화를 닫고는 트레이닝복 배 부분에 달린 주머니에 넣었다. 그리고 앞뒤 생각할 것 없이 무릎을 꿇고 앉아 에미를 끌어안았다.

"왜 그래?" 리는 눈물에 젖어 에미의 얼굴에 들러붙은 머리카락을 하나로 묶은 머리 쪽으로 넘겨주며 나지막이 물었다. "무슨 일이야?"

걱정하는 목소리가 들리자 에미의 눈에서 다시금 눈물이 봇물처럼 터져나왔다. 어찌나 서럽게 흐느끼는지 작은 몸이 떨릴 지경이었다. 리는 이렇게 마음 아플 일이 뭐가 있을까 여러 가지 가능성을 검토한 끝에 세 가지로 추렸다. 가족 중에 누가 죽었거나 죽게 생겼거나 아니면 남자 때문이겠군.

"에미, 부모님 일이야? 부모님께 무슨 일이라도 생겼어? 아니면 이지한테?"

에미는 고개를 저었다.

"말을 해봐, 에미. 던컨하고는 괜찮은 거지?"

이 말을 듣고 에미가 어찌나 대성통곡을 하는지 애처로워서 듣기 괴로울 정도였다. 정곡을 찔렀군.

"끝났어." 에미가 꺽꺽대며 울부짖었다. "완전히 끝났어."

에미는 지난 오 년 동안 던컨과 사귀면서 끝났다는 소리를 최소 여덟 번은 했지만, 오늘밤은 뭔가 달랐다.

"에미, 그게 아니라 그냥……"

"다른 여자가 생겼대."

"뭐?" 리는 팔을 내리고 무릎을 꿇고 앉았다.

"미안, 잘못 말했다. 내가 다른 여자를 사줬어."

"도대체 무슨 소리야?"

"던컨이 다시 살을 빼고 싶어 미치겠다고 하잖아. 그래서 내가 서른한번째 생일선물로 클레이 멤버십 카드를 사줬어. 근데 일 년 내내 꼴랑 한 번을 안 가더라고. 그냥 가서 러닝머신이나 뛰는 건 '시간을 효율적으로 활용하는' 방법이 아니라나? 그럼 환불하고 잊어버리면 될걸, 이 기발한 천재께서, 바로 내가 직접 말이야, 귀한 시간 허투루 쓰며 운동하지 말고 일 초라도 아끼라고 던컨에게 개인 트레이너를 붙여줬거든."

"이제 어떻게 된 건지 알겠다."

"그래? 그 작자가 그 여자를 따먹었을 것 같지?" 에미가 힘없이 웃었다. 에미가 그렇게 상스러운 소리를 내뱉으면 놀라는 사람들도 있는데—키가 152센티미터밖에 안 되고 고등학생처럼 보이니—리는 이제 그러거나 말거나 거의 알아차리지도 못했다. "나도 그런 줄 알았는데, 그보다 사태가 더 심각해."

"지금도 충분히 심각해 보여, 에미." 리가 할 수 있는 건 진심을 다해 위로하고 다독여주는 것뿐이거늘, 에미에게는 위안이 되지 않는 것 같았다.

"어떻게 그보다 더 심각할 수 있나 싶지? 내가 알려줄게. 단순히 그 여자를 따먹은 게 아니야. 그랬으면 나도 넘어가겠어. 근데, 아니 아니, 위대하신 던컨 씨는 그 여자를 '사랑'하게 되셨단다." 에미는 양쪽 검지와 중지로 허공에서 따옴표를 그리며 충혈된 눈을 부라렸다. "그 여자가 '준비'될 때까지 '기다리는' 중이래. 빌어먹을 처녀라서! 나는 지난 오 년 동안 그 인간이 나를 속이고 거짓말하고 변태적인 섹스를 요구해도 참았는데, 내가 내 돈 내고 붙여준 처녀 트레이너하고 사랑에 빠졌단다. 사랑에! 리, 어쩌면 좋니?"

리는 드디어 구체적으로 할 일이 생겼다는 데 안도의 한숨을 내쉬며 에미의 팔을 잡고 일으켜세웠다. "일어나, 에미. 들어가자. 차 끓여줄 테니까 어떻게 된 일인지 차근차근 얘기해봐."

에미는 코를 훌쩍였다. "아아, 어떡해, 깜빡했다…… 오늘 월요일이잖아. 방해하지 않을게. 난 괜찮을 거야……"

"말도 안 되는 소리 하지 마. 어차피 아무것도 안 하고 있었어." 리는 거짓말을 했다. "당장 들어가자."

리는 에미를 소파로 데리고 가서 머리를 대고 누우라고 폭신한 팔걸이를 툭툭 쳐 보인 다음, 거실과 주방을 가르는 벽 뒤로 들어갔다. 얼룩덜룩한 화강암 상판을 깔고 새 스테인리스스틸 설비를 갖춘 주방은 리가 이 집에서 가장 좋아하는 공간이었다. 냄비와 프라이팬이 싱크대 아래 고리에 크기순으로 걸려 있고, 조리기구와 양념은 적당한 유리 용기와 스테인리스 용기 안에

강박적으로 정리되어 있었다. 빵 부스러기, 국물 쏟은 자국, 포장지, 씻지 않은 접시는 존재하지 않았다. 냉장고는 진공청소기로 청소한 것 같았고, 싱크대에는 얼룩 하나 없었다. 어떤 공간이 신경과민증인 주인의 성격을 형상화할 수 있다면, 이 주방이야말로 리와 일란성쌍둥이라 할 만했다.

리는 주전자에 물을 붓고(충동적으로 뭘 사면 안 된다는 법은 없잖아? 하며 지난주 블루밍데일 백화점 생활용품 세일 때 산 주전자였다) 치즈와 휘트 신스 크래커를 쟁반 가득 담은 뒤, 에미가 편히 쉬고 있나 확인하기 위해 창문 너머로 거실을 흘끗 보았다. 리는 에미가 한쪽 팔로 눈을 가리고 똑바로 누워 있는 것을 보고, 살며시 휴대전화를 꺼내 아드리아나의 이름을 누른 다음 문자를 찍었다. SOS. E하고 D가 끝났대. 얼른 와줘.

"애드빌* 있니?" 에미가 소파에 누워서 물었다. 그러더니 좀더 작은 목소리로 덧붙였다. "던컨은 항상 애드빌을 가지고 다녔는데."

던컨이 가지고 다닌 게 어디 애드빌뿐이었어? 좋아하는 콜걸 명함에, 지갑만 한 자기 어렸을 때 사진에, 가끔은 쥐젖이라고 주장하면서 곤지름**도 달고 다녔잖아? 리는 이렇게 말하려다 참

---

* 종합진통제.

** 성기나 항문 주변에 사마귀나 혹이 생기는 성병.

았다. 괴로워하는 에미에게 그런 말을 할 필요도 없을뿐더러 위선이기도 했다. 다른 사람들이 생각하는 것과 달리 리도 세상에서 제일 완벽한 연애를 하고 있는 건 아니었다. 하지만 러셀 생각은 머리에서 지워버리기로 했다.

"그럼. 금방 갖다줄게." 리는 이렇게 말하고 휘파람 소리를 내는 주전자의 불을 껐다. "차 다 끓었어."

둘이서 막 첫 모금을 마시는데 초인종이 울렸다. 에미가 리를 쳐다보았고, 리는 한마디로 대답했다. "아드리아나야."

"열려 있어!" 리가 현관 쪽을 향해 외쳤지만 아드리아나는 벌써 알고 있었다. 그녀는 폭풍처럼 문을 열고 쿵쾅거리며 거실로 들어오더니 허리춤에 양손을 얹고 눈앞의 광경을 훑어보았다.

"뭐 해?" 아드리아나가 따져 물었다. 아드리아나의 말투에 약간 묻어 있는 브라질 억양은 차분할 때는 부드럽고 섹시하게 들리지만, 그녀 말마따나 어떤 사람이나 무언가에 '열받았을' 때는 그 억양 때문에 무슨 소리를 하는 건지 알아듣기 힘들었다. "마실 건?"

리는 손으로 주방 쪽을 가리켰다. "물 아직 안 식었어. 전자레인지 위에 찬장 열어봐. 내가 종류별로 골고루……"

"차 말고!" 아드리아나는 꽥 소리를 지르며 에미 쪽을 가리켰다. "애 지금 비참해하는 거 안 보여? 술을 마셔야지. 내가 카이피리냐* 만들게."

"민트가 없어. 라임도. 솔직히 적당한 술이 있는지도 모르겠다."

"내가 다 사왔지." 아드리아나는 큼지막한 종이봉투를 머리 위로 들어 보이며 씩 웃었다.

리는 아드리아나의 즉흥적인 성격이 짜증스러울 때가 많았고 가끔 버겁기도 했지만, 오늘은 그녀가 상황을 알아서 처리해주는 게 고마웠다. 아드리아나의 미소를 처음 본 게 거의 십이 년 전이건만, 리는 아직도 그 미소를 보면 입이 떡 벌어지면서 살짝 불안했다. 백만번째 똑같은 생각이 들었다. 어쩌면 저렇게 예쁠 수가 있지? 저렇게 완벽한 유전자 조합을 만든 건 도대체 어느 신이야? 저런 피부를 타고날 단 한 사람은 도대체 누가 선택한 거야? 이건 근본적으로 너무나 불공평했다.

칵테일을 만들어 잔을 돌린 다음 모두 자리를 잡고 앉기까지 몇 분이 걸렸다. 에미와 아드리아나는 소파 위에 널브러졌고, 리는 책상다리를 하고 바닥에 앉았다.

"자, 어떻게 된 일인지 이야기해봐." 리가 에미의 발목에 손을 얹으며 말했다. "좀 진정하고 다 이야기해봐."

에미는 한숨을 내쉬고, 이 집에 들어선 이래 처음으로 눈물이 마른 듯한 표정을 지었다. "얘기하고 말고 할 것도 별로 없어. 홀딱 반할 만한 여자야. 재수 없을 정도로 귀여워. 그리고 어려. 아

---

* 브라질의 대표 칵테일.

주, 아주 어려."

"아주, 아주 어리다니 몇 살인데?" 리가 물었다.

"스물셋."

"아주 어리지도 않네."

"마이스페이스*에 그 여자 프로필이 있어." 에미가 말했다.

리는 얼굴을 찡그렸다.

"페이스북에도 있고."

"허걱." 아드리아나가 중얼거렸다.

"그래, 나도 알아. 그 여자가 제일 좋아하는 색은 연보라색이고, 제일 좋아하는 책은 『사우스비치 다이어트』고, 쿠키 반죽하기랑 캠프파이어랑 토요일 아침에 만화영화 보기를 아주 좋아한대. 아, 그리고 하루에 아홉 시간 잠을 못 자면 짜증이 폭발한대."

"그리고 또?" 리는 어떤 대답이 나올지 뻔히 알면서 이렇게 물었다.

"그리고 또 뭘 알고 싶은데?"

아드리아나가 퀴즈쇼 비슷한 절차를 시작했다.

"이름은?"

"브리애나 셸던."

---

* 블로그, 유저 프로필, 사진, 음악, 이메일 서비스 등을 제공하는 소셜 네트워크 서비스.

"학교는?"

"SMU, 신문방송 전공이고, 카파 카파 감마* 출신이래." 에미는 '카파 카파 감마'라는 단어를 말할 때 밸리 걸**의 억양을 완벽히 흉내 냈다.

"고향은?"

"리치먼드에서 태어났고, 찰스턴 근교에서 자랐대."

"좋아하는 가수는?"

"빤하지 않니? 케니 체스니***."

"고등학교 때 했던 운동은?"

"우리 다 같이 외쳐볼까?" 에미가 말했다.

"치어리딩." 아드리아나와 리가 동시에 대답했다.

"두말하면 잔소리지." 에미는 한숨을 내쉬었지만, 이내 살며시 미소를 지었다. "인터넷에서 자기 언니 결혼식 때 찍었다는 사진을 찾았는데, 청록색 호박단 드레스를 입었는데도 예쁘더라? 아무튼 재수 없어 죽겠어."

세 사람은 일제히 웃음을 터뜨렸다. 여자들끼리의 오랜 전통이라면 이미 익숙했다. 결혼식 정보 사이트에 느닷없이 예전 남

---

* 여학생 친목 클럽.
** 1980년대에 만들어진 용어로, 독특한 유행어와 말씨를 쓰며 물질적이고 이기적인 중산층의 십대 소녀를 지칭한다.
*** 미국의 유명한 컨트리 가수.

자친구 사진이 떠서 시궁창에 빠진 현실을 잊고 싶을 때는 그의 새 여자친구를 헐뜯는 것만큼 좋은 방법이 없다. 애초에 셋이서 친구가 된 것도 그런 식이었다. 리와 에미는 기초 천문학 시간에 처음 만났다. 둘 다 끔찍한 과학 이수 과목으로 그 과목을 선택했다. 천문학은 화학과 미적분과 물리학이 무자비하게 뒤섞인 과목이라는 걸 깨달았을 때는 이미 늦었다. 온갖 별자리에 대해 배우고 예쁜 별을 감상하는 수업일 거라는 기대는 무너졌다. 두 사람은 실험 조에서 가장 무능하고 점수가 낮은 조원이었다. 조교한테 이제부터 분발하지 않으면 F를 받을 거라는 말을 한참 듣고 난 뒤 리와 에미는 일주일에 세 번씩 에미의 기숙사 스터디룸에서 만났다. 사방이 유리로 되어 있고, 주방과 여학생용 욕실 사이에서 형광등을 밝힌, 꼬투리처럼 생긴 곳이었다. 중간고사를 앞두고 막 시험공부 노트와 씨름을 벌이려는 찰나, 쾅 하는 소리와 여자의 고함 소리가 들렸다. 에미와 리는 서로를 쳐다보다 로비에서 오가는 험한 소리를 듣고 빙긋 웃었다. 퇴짜 맞은 여학생 클럽 회원과 취해서 다음날 전화를 안 한 남자가 또 실랑이를 벌이는 모양이었다. 그런데 얼마 안 있어 고함 소리의 양상이 달라지더니 에미와 리가 지켜보는 가운데, 섹시한 억양에 죽이는 벌꿀색 금발의 미녀에게 그보다 한참 덜 예쁘고 얼굴이 시뻘겋게 달아오른 히스테릭한 금발이 스터디룸 바로 밖에서 말로 집중 공격을 퍼붓기 시작했다.

"내가 너를 뽑았다니 어이가 없다!" 얼굴이 시뻘겋게 달아오른 여학생이 빽 소리를 질렀다. "모든 회원들 앞에서 널 뽑아달라는 말까지 했는데, 넌 고마운 마음을 이딴 식으로 표현하니? 내 남자친구하고 자는 걸로?"

외국 억양이 느껴지는 절세미인은 한숨을 쉬었다. 그녀가 입을 열고 체념한 듯 조용한 목소리로 말했다. "애니 선배, 미안하다고 했잖아요. 그 사람이 선배 남자친구인 줄 알았으면 절대 안 그랬을 거예요."

이 말은 고함을 지르는 여학생을 전혀 진정시키지 못했다. "어떻게 몰랐을 수가 있어? 사귄 지 몇 달이나 됐는데!"

"몰랐어요. 그 사람이 어젯밤에 나한테 먼저 접근해서 나한테 치근대고, 나한테 술도 사주면서 자기 클럽 파티에 가자 그랬단 말이에요. 그 사람한테 여자친구가 있을 거라고 미처 생각하지 못한 건 죄송해요. 알았더라면 관심도 안 보였을 거예요, 진짜로요." 그녀는 화해와 사과의 뜻에서 손을 내밀었다. "제발 봐주세요. 남자가 그렇게 중요해요? 이번 일은 잊어버려요, 네?"

"잊어버리자고?" 상대 여학생은 이를 꽉 다문 채 거의 으르렁거리는 수준으로 쉿소리를 냈다. "너는 아무 선배들하고나 자는 걸레 신입생밖에 안 돼. 너는 그애들이 정말로 너를 좋아한다고 생각하겠지만. 내 앞에서 꺼져. 그 사람 앞에서도 꺼지고. 골 빈 신입생처럼 꼬리 치려거든 내 눈에 안 띄는 데서 해. 알았어?"

그녀의 목소리는 점점 커졌다. 아드리아나에게 알았느냐고 물었을 즈음에는 다시 고함을 지르고 있었다.

에미와 리가 지켜보는 가운데 아드리아나는 상대 여학생을 한참 쳐다보며 뭐라고 반격할지 고민하는 눈치더니 결국에는 포기하고 "알았어요"라고 대답했다. 노발대발하던 금발은 그 말을 듣자마자 휙 돌아서 쿵쾅쿵쾅 사라졌다. 아드리아나는 슬그머니 미소를 짓다가 스터디룸에서 쳐다보던 에미, 리와 눈이 마주쳤다.

"좀 전에 봤어?" 아드리아나가 입구 쪽으로 걸어오며 물었다.

에미는 헛기침을 하고 리는 얼굴을 붉히며 고개를 끄덕였다. "완전 뚜껑 열린 것 같더라." 리가 말했다.

아드리아나는 웃음을 터뜨렸다. "그 선배가 친절하게 가르쳐준 것처럼 나는 골 빈 신입생일 뿐이야. 누가 누구랑 사귀는지 내가 어떻게 알아? 게다가 문제의 그 남자는 어젯밤 내내 지난 넉 달 동안 묶여 있다 다시 싱글이 되니 얼마나 홀가분한지 모르겠다고 했어. 거짓말탐지기라도 대봤어야 하는 건가?"

리는 의자에 도로 등을 기대고 다이어트 콜라를 꿀꺽꿀꺽 마셨다. "우리 학교에 다니는 모든 여자 선배 이름이랑 전화번호를 들고 다니면 되지 않을까? 그래서 앞으로는 남자를 만날 때마다 선배들한테 일일이 전화를 걸어서 싱글이 맞는지 확인하는 거야."

이 말에 아드리아나가 환하게 웃음을 짓자 리는 넋을 잃었다.

어젯밤의 그 남자가 아드리아나 앞에서 여자친구의 존재를 까맣게 잊은 이유를 당장 눈으로 확인할 수 있었다. "난 아드리아나야." 그녀는 리와 에미에게 차례로 살짝 손을 흔들었다. "00학번 최고의 걸레라고도 하지."

리도 자기소개를 했다. "안녕, 난 리야. 다음 학기에 그 클럽에 가입할까 했는데 그 '선배'를 만났네? 유익한 정보 감사."

에미는 교재 한 귀퉁이를 접으면서 아드리아나를 향해 미소를 지었다. "내 이름은 에미야. 혹시 모를까봐 알려주자면 00학번 최후의 처녀라고도 하지. 만나서 반가워."

세 사람은 그날 저녁 세 시간 동안 수다를 떨었고, 수다가 끝났을 무렵에는 향후 몇 주간의 행동 강령을 정했다. 아드리아나는 (어머니의 강압에 못 이겨) 억지로 가입한 클럽을 탈퇴하기로 했고, 리는 봄 학기 클럽 가입 신청을 철회하기로 했고, 에미는 적당한 상대가 나서는 순간 처녀 딱지를 떼기로 했다.

그날 저녁 이후로 십이 년 동안 세 친구는 떨어져 지낸 적이 거의 없었다.

"그리고 그 여자의 프렌드스터*에도 들어가봤는데—물론 던컨의 비밀번호를 슬쩍했지—일찌감치 결혼해서 아들 둘에 딸하나를 낳고 싶대. 정말 끝내주지 않니? 던컨은 그건 신경도 안

*마이스페이스와 비슷한 소셜 네트워크 서비스.

쓰는 눈치더라."

리와 아드리아나는 서로 눈짓을 주고받은 다음, 울음을 참으려고 손톱 거스러미를 없애는 데 열중하고 있는 에미를 바라보았다.

그거였다. 새로 등장한 여자의 나이, 치어리더 경력, 심지어는 사랑스럽기 그지없는 이름마저도 부아가 치밀기는 하지만 참을 수 없는 정도는 아니었다. 그 여자도 되도록 빨리 엄마가 되고 싶어한다는 사실이 결정타였다. 기억이 닿는 먼 옛날부터 에미는 입버릇처럼 아이를 낳고 싶다고 했다. 아이를 낳는 데 집착했다. 누구든 붙잡고 되도록 빨리 대가족을 이루고 싶다고 말했다. 넷, 다섯, 여섯, 아들 한 묶음, 딸 한 묶음. 에미 입장에서는 아들이건 딸이건 상관없었다, 얼른 낳을 수만 있다면. 던컨은 에미가 얼마나 간절하게 엄마가 되고 싶어하는지 그 누구보다 잘 알면서도 이 문제가 진지하게 거론될 때마다 이렇게 저렇게 빠져나갔다. 사귀기 시작하고 처음 이 년 동안 에미는 그런 소망을 혼자 간직했다. 두 사람은 고작 스물다섯 살이었고, 에미가 보기에도 시간이 넉넉했다. 그런데 둘이 보내는 시간이 빛보다 빠른 워프 속도로 흘러가자 에미가 점점 집요해지기 시작했고, 그럴수록 던컨은 점점 몸을 사렸다. 던컨이 "통계적으로 봤을 때 나도 언젠가는 아이를 낳겠지" 이런 식으로 말하면 에미는 심드렁한 태도와 그가 선택한 주격 대명사는 무시하고 '언젠가는 아이를 낳겠지'에만 초점을 맞추었다. 에미는 이 마법의 세 단어 때문에 던컨이 '야근' 핑계를 대도, 원인 모를—그러나 이제는 이유를 아는—클라미디아*에 걸려도 이해했다. 장차 낳을 아이들의 아버지가 되어주겠다고 했으니까.

아드리아나가 침묵을 깨고, 분위기가 어색할 때마다 늘 하는 행동을 했다. 갑자기 화제를 바꾼 것이었다.

"리, 케리다**, 지금 바깥 기온이 23도가 넘어. 왜 한겨울처럼 옷을 껴입은 거야?"

리는 입고 있던 두툼한 폴라플리스 바지와 그에 걸맞은 스웨트셔츠를 내려다보며 어깨를 으쓱했다.

"몸 안 좋아? 추워?"

"모르겠어. 그냥 있길래 입은 거야. 왜, 뭐가 잘못됐어?"

"그런 건 아니지만, 그냥 이상해서. 뭐라고 해야 하나, 온도 감각이 있다면 지금 땀에 녹을 것 같은데."

리는 사실 더웠지만—너무 더웠지만—이유를 솔직히 고백하지는 않을 작정이었다. 궁금해서 묻기는 했지만, 아드리아나도 팔이나 허벅지가 가죽 소파에 들러붙는 게 싫어서 옷으로 몸을 휘감은 거라는 대답을 듣고 싶지는 않을 것이다. 리도 당연히 반

---

* 성병의 한 종류.
** 영어의 darling이나 honey에 해당하는 포르투갈어.

바지와 탱크톱을 입고 싶지만, 살갗이 가죽에 들러붙는 느낌도 싫고 자세를 바꿀 때마다 짜증 나게 찌익 떨어지는 소리가 나서 그럴 수가 없었다. 발목까지 오는 가벼운 잠옷들이(심지어 요가 팬츠마저) 모조리 빨래통에 있고, 속옷 없이 그것만 입는 걸 좋아하기 때문에 자주 빨아야 한다고 솔직히 말하면 미쳤다는 소리나 들을 것이다. 그러니까 결국 리가 폴라플리스 트레이닝복을 입고 있는 이유는 끔찍한 가죽 소파로부터 보호해줄 깨끗한 옷이 그것밖에 없기 때문이었다. 리는 항상 고무풀이 든 통 위에 앉아 있는 느낌이 드는 가죽 소파 말고 세련된 패브릭 소파를 사고 싶었는데, 어머니와 에미가 가죽 소파를 사야 된다고 했다. 몇 달(여섯 달) 뒤에 겨울이 찾아오면 집 안이 아무리 훈훈해도 리는 계속 에스키모처럼 입고 있어야 할 것이다. 가죽 소파가 맨살에 닿으면 얼음처럼 차가울 테니까. 모두들 결사반대했던 마이크로스웨이드는 아늑하고 부드러우련만. 아니야, 지금 이대로도 그런대로 괜찮아.

"흠." 리는 아무 대답 없이 화제를 넘기고 싶은 마음에 중얼거렸다. "이제 두번째 잔을 돌릴 때가 된 것 같은데?"

두번째 잔은 첫 잔보다 훨씬 부드럽게 넘어갔다. 어찌나 부드럽게 넘어가는지 리가 점점 더 심해지는 위층 소음에도 끄떡없을 정도였다. 지금은 친구를 위해 달려야 하는 순간이었다.

"치어리더가 던컨에 대해서 알고 나면 제일 실망할 것 같은 세 가지를 꼽아보자." 리는 발바닥을 모으고 무릎을 바닥에 댄 채 눌러 허벅지 안쪽이 땅기는 것을 느끼며 이렇게 말했다.

"그래, 그래, 그거 좋은 생각이다." 아드리아나가 고개를 끄덕였다.

하나로 묶은 에미의 천연 고동색 머리카락—에미는 셋 중에서 유일하게, 어쩌면 온 맨해튼에서 유일하게 염색도 파마도 스트레이트도 하지 않고, 하이라이트도 넣지 않고, 심지어 어깨 길이의 머리카락에 레몬주스도 뿌리지 않는 여자였다—에서 한 움큼이 빠져나와 앞머리 절반과 왼쪽 눈을 통째로 덮고 있었다. 리는 그 머리카락을 에미의 귀 뒤로 넘겨주고 싶었지만 꾹 참았다. 그 대신 니코레트를 또 한 개 까서 입안에 넣었다.

에미가 고개를 들었다. "무슨 소리야?"

"그러니까, 던컨의 단점이 뭐냐고. 아니면 구역질 나는 습관? 확 깨는 부분?" 리가 말했다.

아드리아나는 졌다는 듯 두 손을 들었다. "얘, 에미, 생각해봐! 이상한 버릇이든 콤플렉스든 비밀이든 집착하거나 중독된 거든. 그러면 기분이 나아질 거야. 던컨의 문제점을 우리한테 이야기해보라고."

에미가 코를 훌쩍였다. "아, 아무……"

"아무것도 없다는 말은 꿈도 꾸지 마." 리가 말허리를 잘랐다. "이제야 하는 말이지만, 던컨은 너무……" 리는 '못됐다' 내지는 '비열했다' 내지는 '사기꾼 같았다'고 말하고 싶었지만 제때 브레이크를 걸었다. "매력적이었지만, 우리한테 말 안 한 뭔가가 있을 거 아냐. 발랄한 우리 브리애나 양도 알고 나면 응원도구를 떨어뜨릴 것 같은 비밀 말이야."

"자아도취적인 인격장애?" 아드리아나가 옆에서 거들었다.

리도 당장 주거니 받거니 식 만담에 뛰어들었다. "발기부전?"

"도박중독?"

"울보?"

"알코올중독?"

"마마보이?"

"과감하게 파헤쳐봐, 에미." 리가 다그쳤다.

"전부터 좀 이상하다 싶었던 게 있기는 한데……" 에미가 말했다.

두 친구는 그녀를 뚫어져라 쳐다보았다.

"뭐 그렇게 심각한 건 아니었어. 관계 중이거나 그럴 때는 그러지 않았거든." 에미는 얼른 덧붙였다.

"이야기가 점점 흥미진진해지는데?" 아드리아나가 말했다.

"얼른 불어, 에미." 리가 말했다.

"그게 그러니까……" 에미는 헛기침을 했다. "서로 확실히 짚고 넘어간 적은 없지만, 그 사람이 가끔 내 팬티를 입고 출근했어."

이 폭로는 자칭 프로 수다쟁이인 두 친구의 말문을 막기에 충분했다. 정신과 상담 때도, 운전하다 딱지 끊을 때도, 레스토랑 예약이 꽉 찼을 때도 말로 해결했던 두 사람인데, 한참 동안―아마 꼬박 일 분은 지났을 시간 동안―둘 다 이 정보에 눈곱만큼도 논리적이거나 합리적인 대응을 하지 못했다.

아드리아나가 먼저 정신을 차렸다. "팬티는 역겨운 말이야." 그녀는 눈살을 찌푸리고 병에 남아 있던 카이피리냐를 자기 잔에 모두 따랐다.

리는 아드리아나를 뚫어져라 쳐다봤다. "지금 그런 걸 따질 때야? 절친이 오 년 가까이 사귀었던 남자친구가 자기 팬티 입는 걸 좋아했다는데, 할 말이 그것뿐이냐고."

"난 그냥 좀 망측해서 지적한 거야. 여자라면 다들 팬티라는 말을 싫어하잖아. 너도 한번 발음해봐. 팬티. 지금도 막 소름이 돋으려고 한다."

"아드리아나! 던컨이 에미 속옷을 입었대."

"알아, 안다고, 나도 들었어. 나는 그냥, 일종의 참고사항으로, 앞으로는 그 단어를 쓰지 말자는 거야. 팬티. 우웩. 너희는 역겹지도 않니?"

리는 곰곰이 생각해보았다. "뭐, 그렇긴 하네. 하지만 지금 그게 중요한 게 아니잖아."

아드리아나는 칵테일을 홀짝이며 리를 노려보았다. "그럼 중요한 게 뭔데?"

"에미의 남자친구가……" 리는 이렇게 말하면서, 두 눈을 휘둥그레 뜨고 멍한 표정으로 두 친구의 공방전을 구경하고 있던 에미를 손가락으로 가리켰다. "날마다 양복을 차려입고 출근을 했다 이거지. 그 밑에 깜찍하게 레이스가 달린 삼각 속옷을 입고. 팬티라는 단어보다 그 사실이 훨씬 더 끔찍하지 않니?"

리는 에미가 입을 떡 벌리는 소리를 듣고서야 말이 너무 심했다는 사실을 깨달았다.

"으악, 미안해, 얘. 그렇게 무시무시하게 말하려던 게 아니라……"

에미는 손바닥이 보이도록 한 손을 들고 손가락을 쫙 폈다. "그만해, 좀."

"내가 너무 생각이 짧았어. 정말 나는 전혀……"

"네가 착각한 것 같아서 그래. 던컨은 레이스 달린 삼각 속옷에는 관심을 보인 적이 없어. 힙스터*나 남자 거 같은 사각 속옷에도." 에미는 사악한 미소를 지어 보였다. "그런데 T팬티는 사랑하는 눈치더라……"

---

* 허리까지 올라오지 않고 골반에 걸치는 속옷.

"어이, 나가요 아가씨. 나 준비됐어." 길레스가 지나가며 팔뚝을 찰싹 때리는 바람에 아드리아나는 왼쪽 어깨에 얹고 턱으로 붙잡고 있던 휴대전화를 떨어뜨릴 뻔했다. "그러니까 얼른 와. 아가씨가 하루 종일 폰섹스하는 걸 듣고 있을 시간 없으니까."

〈보그〉와 〈타운 & 컨트리스〉를 보던 몇몇 부인들이 이게 웬 교양 없고 기본적인 공중예절도 무시한 사태냐는 듯 눈을 휘둥그레 뜨고 고개를 들었다. 그때 마침 아드리아나가 사기잔을 받침접시에 내려놓고, 자유롭게 쓸 수 있게 된 오른손을 머리 위로 들어 가운뎃손가락을 치켜들었다. 그쪽엔 눈길도 주지 않고 계속 열심히 통화를 하면서 한 행동이었다.

"그럼, 케리도*, 응, 응, 응. 완벽할 거야. 완벽해! 그럼 그때 봐." 그녀는 목소리를 낮추었지만, 아주 살짝이었다. "못 기다리겠다. 진짜 끝내줄 것 같아. 음. 쪽. 쪽." 아드리아나는 빨갛게 칠한 손톱으로 아이폰의 터치스크린을 톡톡 두드린 다음 입구가 넓은 보테가베네타 가방 안에 넣었다.

"이번주 행운의 희생양은 누구야?" 아드리아나가 다가가자 길레스가 그녀 쪽으로 의자를 돌리며 물었다. 아드리아나는 온 미용실의 이목이 자기한테 집중돼 있다는 사실을 의식하며, 몸을 살짝 앞으로 숙여 실크 블라우스 사이로 가슴이 보이게 만든 다

---

* 앞에서 나온 케리다의 남성형.

음 엉덩이—특별히 작지는 않지만, 둥그스름하고 탱탱해서 남자들이 좋아하는 스타일이었다—를 가죽 의자에 내려놓았다.

"왜요? 궁금해요? 잠자리도 따분하고, 소개하기는 더 따분한 사람인데."

"오늘 누구는 기분 째지겠네." 뒤에 서서 성긴 빗으로 곱슬곱슬한 머리를 빗기며 길레스가 거울 속의 아드리아나에게 물었다. "평소처럼?"

"얼굴 주변은 좀더 밝은 색으로 할까봐요." 그녀는 커피를 다 마신 다음 그의 가슴을 향해 고개를 뒤로 젖혔다. 그러고는 한숨을 쉬었다. "지긋지긋해요, 길레스. 온갖 남자들, 내가 기억해야 하는 이름, 얼굴들이 다 지겨워. 제품도! 우리 집 욕실은 완전 편의점이에요. 셰이빙 크림이랑 비누가 종류별로 어찌나 많은지 사업해도 될 정도라니까."

"애디, 자기……" 길레스는 아드리아나가 그렇게 불리는 것을 싫어한다는 것을 알고 있었기 때문에 기회가 있을 때마다 놓치지 않고 그렇게 불렀다. "고마운 줄 너무 모르네. 일 초만이라도 자기처럼 되고 싶어하는 여자들이 얼마나 많은지 몰라? 그 몸으로 단 하룻밤만 살았으면 소원이 없겠다는 여자들은 또 어떻고? 오늘 아침만 해도 사교계 인사가 두 명이나 트레이닝복 차림으로 찾아와서 자기처럼 살면 얼마나 근사할까 그러더라."

"정말요?" 그녀는 거울 속에 비친 자기 모습을 향해 입을 내밀었지만, 그는 그녀가 만족스러워한다는 걸 알아챘다.

아드리아나의 이름이 주요 가십 칼럼에 주기적으로 등장하고―주변으로 몰려드는 사진기자들을 무슨 수로 막겠는가?―그녀가 주요 파티, 제품 출시 행사, 신규 매장 개점, 자선행사마다 초대를 받는 것은 사실이었다. 그리고 정말로 솔직해지자면, 당대의 돈 많고 멋지고 유명한 남자를 몇 명 만난 것도 인정할 수밖에 없는 사실이었다. 하지만 그렇게 화려하게 사니까 당연히 행복할 거라고 모두가 단정 짓는다고 생각하면 미칠 것 같았다. 화려한 생활이 대단치 않다는 뜻은 아니지만―그리고 단 한 순간이라도 그걸 포기할 생각은 없지만―(서른에 가깝도록) 나이를 점점 먹다보니 그보다 더 중요한 무언가가 있지 않을까 하는 의구심이 생기기 시작했다.

"정말이야. 그러니까 기운 내. 메이크어위시 자선행사장을 아무리 천사처럼 돌아다녀도 자기는 본바탕이 헤픈 여자잖아. 그래서 내가 자길 좋아하고. 게다가 지난번에 머리하는 내내 자기 신세 한탄을 들어줬으니까 이번에는 내 차례야." 그는 엉덩이를 한쪽으로 내밀고 짜증 부리듯 손을 내밀었다. 그러자 밤비 같은 눈으로 겁에 질린 표정을 짓고 있던, 빼빼 마른 검은 머리 조수가 얼른 그의 손바닥 위에 포일을 얹었다.

아드리아나는 한숨을 쉬고 조수에게 카푸치노를 한 잔 더 달라는 신호를 보냈다. "알았어요. 요즘 어떻게 지내요?"

"물어봐줘서 고마워!" 길레스는 허리를 숙이고 그녀의 뺨에 입을 맞추었다. "어디 보자…… 이미 정착을 한 남자 중에서 남편감을 찾아보기로 결심했어. 아직은 초기 단계지만, 긍정적인 성과를 거두고 있지."

아드리아나는 한숨을 쉬었다. "싱글인 남자도 많잖아요. 꼭 남의 가정을 파탄 내야 직성이 풀려요?"

"이런 말 못 들어봤어? 행복한 가정을 꾸리지 못할 거면 파탄을 내라."

"누가 그래요?"

"누구긴 누구야, 나지. 십 년 동안 오럴 섹스 못 해본 남자 구경해봤어? 그러기 전에는 오럴 섹스를 그렇게 좋아하는 남자는 본 적 없다는 말은 하지도 마."

아드리아나는 웃음을 터뜨리고 얼른 자기 무릎을 쳐다보았다. 길레스가 광범위하고 노골적으로 동성 간의 섹스를 묘사할 때마다 아무렇지도 않은 척 쿨하게 받아넘겼지만 사실은 조금 불편했고, 불편하다는 게 짜증이 났다. 이런 구닥다리 사고방식은 부모님 때문이었다. 부모님은 돈에 관해서는 너그러웠고 여러 방면으로 펑펑 쓰는 스타일이었지만, 사회적으로 선구자는 아니었다. 그렇다고 아드리아나가 자기 연애생활에서까지 보수적인 것은 아니었다. 그녀는 열세 살 때 처녀 딱지를 뗐고, 그 뒤로 같이 잔 남자가 수십 명에 달했다.

"성과가 있을 것 같다니까, 진짜로." 길레스는 이렇게 말하는 한편, 고개를 살짝 젖히고 집중하느라 이마를 잔뜩 찡그리면서 포일을 가지고 능수능란하게 아드리아나의 얼굴 주변으로 후광을 만들었다.

아드리아나는 길레스가 선택하는 생활방식이 끊임없이 달라지는 데 익숙했고, 그걸 친구들에게 중계방송하길 좋아했다. 저번에 왔을 때 건진 주옥같은 표현을 들자면 "긴가민가하면 그 털은 뽑아버릴 것" "인테리어 디자이너를 써야 진짜 남자" "다이어트 안 하면 데이트도 못한다"가 있었다. 이것들은 그가 놀라우리만치 철저하게 지키는 원칙이었다. 그가 지키지 못해 쩔쩔매는 맹세는 딱 하나뿐이었다. 마흔번째 생일날 남창과 콜보이를 영영 끊겠다고 한 것까지는 좋았는데("사창가는 애송이용이지. 앞으로는 일반인만 상대할 거야") 뒤를 이어 라스베이거스까지 끊겠다고 맹세했다가 다시 원래대로 돌아가버리고 말았다.

아드리아나의 전화벨이 울렸다. 길레스는 어깨 너머로 훔쳐보았다. 리의 전화였다.

"그 꽃미남 남자친구한테 조만간 결혼반지를 받지 못하면 남자친구를 납치해다가 호모의 길에 눈뜨게 만들 거라고 전해."

"음, 그럼 무서워할 텐데." 그러고는 수화기에 대고 말했다. "리, 방금 전에 그 말 들었어? 러셀하고 당장 결혼하지 않으면 길레스가 러셀을 유혹할 거래."

길레스는 손목을 가볍게 움직여 부드럽게 위로 훑으며 머리카락을 집어 염색약을 발랐다. 그런 다음 끝을 뿌리 쪽으로 돌돌 말고는 빗으로 정확하게 두드려가며 끈적끈적한 머리 위로 포일을 빳빳하게 접었다. "뭐래?"

"마음대로 잡아잡수시래요." 길레스가 입을 떼려고 하자 아드리아나는 그만하라며 고개를 젓고 한 손을 들었다. "끝내준다! 나만 믿어. 당연히 오늘밤에 약속이 있지만, 취소하고 싶어서 근질거리던 참이었어. 게다가 에미가 외출하고 싶다는데 재를 뿌릴 순 없잖니? 몇 시? 딱 좋아, 케리다. 아홉시에 로비에서 만나자. 쪽!"

"에미가 왜?" 길레스가 물었다.

"던컨이 그의 아이를 낳고 싶어 죽기 일보 직전인 스물세 살짜리 여자애를 만났거든요."

"아하. 그런데 뭐 그럴 만도 하지. 그래서 어떻게 지내는데?"

"솔직히 아주 충격을 받은 것 같지는 않아요." 아드리아나는 입술에 묻은 우유 거품을 핥으며 말했다. "자기 스스로 충격을 받아야 한다고 생각하는 거지. 두 번 다시 남자를 만나지 않겠느니 어쩌고저쩌고 하지만, 던컨이 보고 싶어서 그러는 건 아니에요. 괜찮을 거예요."

길레스는 한숨을 쉬었다. "그 머리, 내가 어떻게 좀 해보고 싶은데. 요즘 세상에 진짜 생머리가 얼마나 드문지 알아? 염색계의 성배(聖杯)랄까."

"그 꿈은 포기하시죠. 오늘밤에 같이 갈래요? 저녁 먹고 술 마실 건데. 별건 아니고, 그냥 여자들끼리."

"나 여자들끼리 노는 거 진짜 좋아하는데. 하지만 오늘은 지난 주에 만난 지배인하고 데이트하기로 했거든. 그 사람이 자기 방 뒤쪽에 있는 조용한 자리로 곧장 안내해주면 좋겠다."

"내가 기도해줄게요." 아드리아나는 파란색 체크무늬 셔츠와 완벽하게 다림질한 바지를 입고 안내 데스크 쪽으로 걸어가고 있는, 키가 크고 어깨가 넓은 남자에게 시선을 고정시켰다.

길레스는 그녀의 시선을 따라가며 마지막 머리 한 움큼을 포일 안으로 단단히 넣더니 '짜잔!' 하는 뜻에서 양손을 휘저었다. "자기야, 다 끝났어." 눈이 밤비를 닮은 조수가 아드리아나의 팔을 잡고 머리를 말리는 자리로 안내했다. 길레스는 자기 자리에서, 새로 온 손님은 물론이고 누구라도 들을 수 있을 만큼 큰 소리로 외쳤다. "거기 앉아서 다리가 벌어지지 않게 단속하는 데에만 신경 써. 쉽지 않겠지만, 십오 분이면 돼."

아드리아나는 연극배우처럼 눈을 부라리고, 이번에는 온 미용실에서 보일 만큼 높이 가운뎃손가락을 치켜들었다. 그러고는 하나같이 그녀의 어머니처럼 생긴 귀부인들이 경악하는 광경을 즐겁게 감상했다. 곁눈으로 보니 그 남자도 그녀를 쳐다보고 있었고, 길레스는 재미있다는 듯 살짝 미소를 머금고 있었다. 내가 지금 이런 짓을 할 나이가 아닌데. 그녀는 정체 모를 훈남을 다시 한번 훔쳐보며 이렇게 생각했다. 남자가 그녀의 옆을 지나가며 미소를 지었다. 아드리아나는 '절 보고 웃으시는 건가요?' 하는 뜻을 담아 눈을 동그랗게 뜨고 혀끝을 윗입술 중앙에 갖다 댔다. 고도로 계산된 행동인 동시에 자연스러운 본능이었다. 이제 이런 짓을 그만두어야 한다는 데에는 반론의 여지가 없었다. 하지만 그래도, 너무 재미있었다.

에미는 오티스가 깨지 않게 조용히 아파트 안을 돌아다니다 정리할 게 많지 않다는 사실을 깨달았다. 이곳은 맨해튼의 원룸 치고도 작은 아파트였다. 화장실은 조금 지저분했고, 햇빛은 아예 들지 않는 거나 다름없었지만—특히 토요일 오후에는 심해서 남자친구네 집에서 뒹구는 게 습관이 됐다—이런 데가 아니면 웨스트빌리지 중에서도 가로수가 늘어선 가장 좋은 동네에서 한 달에 2500달러 안 되는 돈으로 살 방법이 없었다. 그녀는 넉넉하지 않은 대학원생의 주머니가 허락하는 한도 내에서 정성껏 집을 꾸몄다. 벽을 옅은 노란색으로 칠하고 한쪽 벽에 접이식 침대를 놓고, 아웃렛 정리 세일 때 건진 아주 푹신푹신하고 북슬북슬한 카펫 주변에 편안한 쿠션을 몇 개 두었다. 넓지는 않지만 아늑했고, 이지가 사는 마이애미 아파트나 리가 새로 이사한 원

룸이나 아드리아나가 사는 궁궐 같은 펜트하우스의 주방을 생각
하지만 않으면—그중에서도 아드리아나의 집이 압권이었다—
좋아할 수 있을지도 모를 곳이었다. 에미처럼 먹는 걸 좋아하는
사람이, 시간 날 때마다 농산물 시장에 가거나 스토브를 찾는 사
람이 주방 없는 아파트에서 살아야 하다니, 너무나 잔인한 일이
었다. 일 년에 3만 달러를 집세로 내면서 주방도 없이 살아야 하
는 곳이 여기 말고 또 어디 있을까? 이 집에 있는 것이라고는 개
수대와 전자레인지와 기숙사에나 어울림직한 크기의 냉장고가
전부였다. 그녀가 말도 안 되게 오래 사정하고 간청하자 그제야
비로소 집주인이 핫플레이트를 새로 설치해주었다. 처음 몇 년
동안은 얼마 되지 않는 기구를 가지고 씩씩하게 음식을 만들어
보려고 했지만, 음식을 데우는 것 이상을 해보려 바둥대다 지쳐
나가떨어졌다. 전직 요리학교 학생이었건만 지금은 대다수 뉴요
커처럼 배달음식이나 외식으로 연명하는 신세였다.

에미는 청소할 생각을 접고, 정리하지 않은 침대 위에 털썩 앉
아 던컨과 사귄 처음 삼 년을 기념하기 위해 코닥갤러리 사이트
에서 만든 하드커버 앨범을 넘기기 시작했다. 몇 시간에 걸쳐 가
장 잘 나온 사진을 골라 여러 가지 사이즈로 자르고, 빨갛게 나온
눈을 고쳤었는데. 클릭, 클릭, 클릭. 완벽한 앨범을 만들겠다는
일념 아래 손가락이 쑤시고 손이 아플 때까지 마우스를 클릭했
는데. 어떤 페이지는 콜라주 스타일이었고, 또 어떤 페이지는 자

연스러운 모습을 있는 그대로 찍은 드라마틱한 사진 한 장으로 구성했다. 표지의 네모난 칸에 끼운 사진은 그녀가 절대적으로 가장 아끼는 작품으로, 르 시르크에서 열린 던컨 할아버지의 여든다섯번째 생일파티 때 누가 찍어준 흑백사진이었다. 그날 가장 기억에 남는 것은 참깨를 뿌린 환상적인 대구 요리였다. 그녀가 보호하듯 던컨의 어깨를 감싸안고 활짝 웃으며 그를 쳐다보고 있는데, 던컨은 특유의 절제된 미소를 지으며 다른 쪽을 응시하고 있는 것이 몇 년이 지난 지금에서야 눈에 들어왔다. 〈US 위클리〉의 보디랭귀지 전문가들이 이걸 가지고 한바탕 설을 풀 수 있을 정도였다! 게다가 3주년을 자축하며 저녁을 먹는 자리에서 이 앨범을 내밀었을 때 던컨은 스카프나 장갑을 받았을 때나 어울림직한 탄성을 질렀다(우연찮게도 그날 그에게 받은 선물은 전문가의 솜씨로 포장된 스카프와 장갑 세트였다). 던컨은 남자다운 분위기를 풍길 수 있게 심혈을 기울여 고른 포장지와 리본을 갈가리 찢어 옆으로 내팽개쳤고, 뒤에 붙어 있던 카드는 읽기는커녕 떼어내지도 않았다. 고맙다며 에미의 뺨에 입을 맞추고, 그 절제된 미소를 지은 채 페이지를 넘기다 상사한테서 온 전화를 받으러 밖으로 나갔다. 그날 밤 그는 앨범을 사무실로 들고 가기 싫다며 에미에게 맡겼고, 그 뒤로 그 앨범은 이 년 동안 그녀의 거실을 지키며 이따금 손님이 찾아올 때에만 세상의 빛을 보았다. 앨범을 감상한 손님은 백이면 백, 던컨과 에미가 잘 어울리는 커플이라고 했다.

오티스가 L자 모양의 원룸 한구석에 있는 새장 안에서 까악까악 울었다. 녀석은 철창에 부리를 걸고 고집스럽게 새장을 흔들며 꽥꽥거렸다. "오티스 나가고 싶어. 오티스 나가고 싶어."

십일 년이 지난 지금까지 오티스는 정정했다. 에미는 어디에선가 회색 앵무가 예순 살까지 살 수 있다는 글을 읽은 뒤로 그게 오타였기를 날마다 기도했다. 세 명의 남자친구 중 첫번째였던 마크가 키울 때부터도 오티스를 별로 좋아하지 않았는데, 오티스가 32평방미터밖에 되지 않는 아파트 한구석을 차지하고서 (전혀 가르치지 않았고 절대 부추기지 않았는데도) 뭘 요구하고 헐뜯고 제삼자의 관점에서 자기 자신을 평가하는 쪽으로만 귀찮을 만큼 많은 어휘를 터득한 지금은 더더욱 탐탁지 않을 수밖에. 마크가 학교를 졸업하고 7월에 스페인어를 좀더 배우겠다고 과테말라로 떠나면서 삼 주 동안 오티스를 맡아달라고 했을 때 에미는 거부했다. 하지만 그가 통사정하자 어쩔 수 없이 맡기로 했다. 그녀의 인생은 늘 그런 식이었다. 삼 주는 한 달이 됐고, 한 달이 석 달이 되더니, 나중에 마크는 풀브라이트 장학금을 받으며 과테말라 어린이들이 겪고 있는 내전 후유증을 연구하게 됐다. 마크는 이미 오래전에 니카라과에서 태어나 미국에서 공부한 평화 봉사단원과 결혼해 부에노스아이레스로 보금자리를 옮겼지만, 오티스는 남았다.

에미는 새장 걸쇠를 풀고, 오티스가 문을 밀어서 열 때까지 기다렸다. 녀석은 그녀가 내민 팔 위로 볼썽사납게 깡충 뛰어오르더니 눈을 똑바로 쳐다봤다. "포도!" 녀석이 날카롭게 외쳤다. 에미는 한숨을 쉬고, 오리털 이불 위에 얌전히 놓아둔 접시에서 포도를 한 알 뜯었다. 에미는 원래 자르거나 껍질을 벗겨 먹는 과일을 좋아하는데, 오티스는 포도에 집착했다. 녀석은 에미가 내민 포도를 낚아채더니 통째로 삼키고는 곧바로 하나 더 내놓으라고 했다.

이렇게 진부한 그림이라니! 자기보다 더 어린 여자를 선택한 비열한 남자친구한테 차여서 겉으로만 그럴듯했던 관계를 상징하는 앨범을 처분하려는데, 곁을 지켜주는 친구라고는 배은망덕한 애완동물뿐이라니. 이런 한심한 상황이 자신에게 닥친 게 아니라 다른 사람의 일이었다면 깔깔대고 웃었을 것이다. 젠장, 르네 젤위거가 알코올로 점철된 위로파티를 벌이는 귀엽고 통통한 아가씨로 등장할 때는 재밌더니만, 내가 그 귀엽고 통통한 아가씨가 되고—솔직히 에미는 마르기는 했지만, 예쁘게 마른 몸매는 아니었다—내 인생 자체가 그런 영화로 변하고 나니 배꼽이 빠져라 웃을 수가 없는 거지.

허송세월한 오 년. 스물넷부터 스물아홉까지 줄곧 던컨뿐이었는데, 이제는 무엇으로 그걸 증명할 수 있을까? 일 년 전에 셰프매시가 제안했던 일자리는 날아가버렸다. 전 세계를 돌아다니며

레스토랑을 새로 열기 알맞은 곳을 발굴하고 개점을 감독할 수 있는 기회였지만, 던컨이 뉴욕의 총지배인 자리에 있어야 좀더 자주 만날 수 있지 않겠느냐며 애걸복걸하는 바람에 날아갔다. 약혼반지도 없었다. 약혼반지는 난소가 오그라드는 생생한 악몽을 감내할 필요가 없는 숫처녀 치어리더의 몫이었다. 에미에게는 던컨이 생일선물로 준 티파니의 하트 모양 순은 펜던트뿐인데, 그마저도 나중에 알고 보니 던컨의 여동생과 할머니가 생일 때 받은 것과 똑같았다. 만약 에미가 진정한 마조히스트였다면, 세 개의 펜던트는 바쁜 아들이 선물을 준비하느라 쓸 시간과 노력을 아끼기 위해 던컨의 어머니가 대신 골라 사온 것임을 되새겼을 것이다.

언제부터 에미가 이렇게 신랄해졌을까? 어쩌다 일이 이 지경이 됐을까? 어느 누구도 아닌 그녀의 잘못이었다. 그것만은 확실했다. 물론 처음 사귀기 시작했을 때 던컨은 지금과 달랐다. 장난꾸러기였고, 매력적이었고, 에미에게 온 신경을 집중했다고 말할 수는 없지만 적어도 투명인간 같지는 않았다. 하지만 달라진 건 에미도 마찬가지였다. 그때 에미는 로스앤젤레스에서 웨이트리스 일을 하다 그만두고, 어린 시절부터 품었던 꿈을 이루기 위해 요리학교로 돌아간 참이었다. 대학을 졸업하고 처음으로 리, 아드리아나와 다시 만났고, 맨해튼에 온 게 신났고, 과감히 결단을 내린 자기 자신이 자랑스러웠다. 인정한다, 요리학교는 상상과는 달랐음을. 수업은 혹독하고 지루할 때가 많았고, 동급생들은 연수나 기타 레스토랑에서 일할 수 있는 기회를 놓고 피 튀기게 경쟁했다. 대다수가 뉴욕 출신이 아니라 요리학교 친구들 말고는 아는 사람이 없었기 때문에 금세 끼리끼리 몰려다니는 문화가 생겼다. 아, 그리고 〈미슐랭 가이드〉에 소개된 객원 셰프와 에미 사이에 있었던 일이 크로크무슈* 만드는 데 드는 시간보다 훨씬 더 빨리 소문난 사건도 있었다. 요리는 여전히 사랑하지만 요리학교에 대한 환상은 깨졌을 무렵 에미는 셰프 매시가 뉴욕에서 운영하는 윌로 레스토랑에서 인턴으로 일할 수 있는 기회를 잡았다. 인생 최고로 정신없고 잠이 부족했던 그때, 자신이 주방보다 집 안의 다른 공간을 더 좋아한다는 사실을 깨닫기 시작하고 요식산업의 어떤 자리가 자신에게 맞을지 파악하느라 하루 스물네 시간 동안 일하던 그때 에미는 던컨을 만났다. 셰프들의 높은 콧대도, 꼼꼼하게 받아 적은 레시피를 단순히 재현하는 독창성 없는 생활도 싫던 때였다. 자기가 준비를 거든 음식을 실질적으로 먹는 사람들과 접촉할 수 없는 것도 싫었다. 빨리빨리 하라는 고함 소리와 냄비가 쨍그랑거리는 소리만 없으면 지옥이라고 착각할, 찌는 듯이 덥고 창문도 없는 찜통 같은 주방에 여덟 시간, 열 시간씩 갇혀 있는 것도 싫었다. 세계적으로 유

---

* 햄과 치즈를 넣어서 구운 샌드위치.

48

명한 요리사의 인생을 상상했을 때는 이럴 줄 몰랐다. 그보다 더 놀라운 건 식사 시중을 들고, 바를 관리하고, 손님이나 다른 직원들과 이야기를 나누고, 나중에는 부지배인이 되어 모든 게 순조롭게 운영되는지 확인하는 일을 자신이 정말로 좋아한다는 사실이었다. 에미에게 그 시절은 어떤 일을 하며 어떻게 살고 싶은지 다시 고민하는 혼란스러운 시기였고, 이제 와 생각해보면 에미는 던컨 같은 사람이 선택하기에 딱 적당한 상태였다. 그날 밤, 어쩌고저쩌고를 위한 젊은이들의 자선행사 뒤풀이 자리에서 던컨을 만났을 때(그해 아드리아나한테 끌려간 수많은 모임 중 하나였다) 에미가 한눈에 반한 것도 거의, 어디까지나 거의 당연한 일이었다.

왜 그랬는지는 아직도 잘 모르겠지만, 에미는 던컨이 자신에게 접근하기 몇 시간 전부터 그를 눈여겨보고 있었다. 보수적인 세련미를 풍기며 완벽한 조화를 이룬 구겨진 양복과 느슨하게 맨 넥타이가, 늘 보던 헐렁한 폴리에스테르 재질의 셰프 제복과는 하늘과 땅 차이라서? 아니면 그가 모르는 사람 하나 없는 것처럼 친구와 미래의 친구 들의 등을 툭툭 치고, 뺨에 입을 맞추고, 가끔은 정중하게 허리를 숙이며 인사를 해서? 저 자신만만한 사람은 도대체 누굴까? 불안해하는 기색은 눈곱만큼도 없이 저렇게 자연스럽게 인파를 누비는 저 사람은 도대체 누굴까? 에미는 눈으로 계속 그를 좇았다. 처음에는 은밀히, 나중에는 왜 그러는지 자기 자신도 이해할 수 없을 만큼 열심히. 전문직에 종사하는 젊은 사람들이 대부분 늦은 저녁식사를 하거나 일찍 잠자리에 들기 위해 자리를 옮기고 아드리아나가 오늘의 남자와 어디론가 사라지자 그제야 던컨이 옆으로 다가왔다.

"안녕하세요, 던컨이라고 합니다." 그가 에미가 앉아 있던 스툴과 그 옆 빈자리 사이로 비스듬히 들어와 오른팔을 바 위에 얹으며 말했다.

"아, 죄송해요. 여기 앉으세요. 막 일어서려던 참이에요." 에미는 얼른 스툴 뒤로 내려와 두 사람 사이를 스툴이 가로막게 섰다.

그가 씩 웃었다. "그쪽 자리를 달라는 게 아닌데요."

"아, 네, 죄송해요."

"술 한 잔 사고 싶어서요."

"말씀은 감사하지만 제가, 저기……"

"막 일어서려던 참이었다고요? 네, 방금 전에 말씀하셨어요. 하지만 제가 붙잡고 싶은데요, 아주 잠깐만 더요."

바텐더가 다른 데서 내놓는 어항만 한 잔에 비하면 훨씬 작은 마티니 잔 두 개를 꺼냈다. 한쪽 잔에는 투명한 액체가, 다른 쪽 잔에는 뿌연 액체가 담겨 있었고, 양쪽 모두 큼지막한 초록색 올리브를 줄줄이 꿴 꼬챙이가 걸쳐져 있었다.

던컨이 손가락으로 술잔의 납작한 바닥을 누른 채 손잡이 아래쪽을 잡고 그녀에게 왼손에 든 잔을 내밀었다. "둘 다 보드카예요. 이건 보통 보드카고 이건……" 그가 오른손을 내밀자 손톱이 얼마나 깨끗하고 하얀지, 손톱 뿌리가 얼마나 매끈하고 깔끔하게 정리돼 있는지 눈에 들어왔다. "아주 독한 거죠. 어느 쪽이 더 좋아요?"

맙소사! 이 정도면 누구라도 경계경보를 울렸을 텐데 에미는 아니었다. 에미는 그가 매력적이라고 생각했고, 몇 분 뒤 자기 집에 같이 가겠느냐는 말에 기꺼이 그를 따라나섰다. 물론 에미는 그날 밤에도 다음 주말에도 다다음 주말에도 던컨과 자지 않았다. 던컨 이전에 잠자리를 같이한 남자는 두 명뿐이었고(프랑스인 셰프는 열외로 하고. 원래는 같이 잘 생각이었다. 완전 꼭 끼는 하얀 삼각팬티를 벗기고 나서 포경수술을 안 받은 남자는 "보면 안다"고 주장했던 아드리아나의 말뜻을 이해하기 전까지는) 둘 다 오랫동안 사귄 남자친구였다. 에미는 조심스러웠다. 이제껏 본 적 없는 새침함에 던컨은 더욱 투지를 불태웠고, 에미는 뜻하지 않게 쉽지 않은 여자라는 인상을 심어주었다. 그녀가 버티면 버틸수록 그는 강하게 밀어붙였고, 그러다 둘은 연인 비슷한 관계로 발전했다. 로맨틱한 레스토랑을 찾아가고, 집에서 촛불을 켜놓고 저녁을 먹고, 잘나가는 시내 비스트로에서 푸짐하고 왁자지껄하게 선데이 브런치를 즐겼다. 던컨은 용건이 없어도 전화하고, 학교로 거미 베어*와 땅콩버터 컵**을 보내고, 약속이 겹치지 않게 며칠 전에 미리 데이트 신청을 했다. 이 행복했던 순간이 오 년 뒤면 삐걱거리는 소리와 함께 답보상태에 접어들 줄, 에미는 냉소적으로 날이 서고 던컨은 머리숱이 반으로 줄어들 줄, 친구들 사이에서 가장 오랜 역사를 자랑하던 커플이 산들바람이 불자마자 모래성처럼 무너질 줄 어느 누가 짐작이나 했을까?

에미는 여동생 이지가 전화를 받자마자 이 질문부터 던졌다. 에미가 던컨에게 차인 뒤로 이지는 일주일 동안 평소보다 두 배 더 자주 전화를 했다. 지난 스물네 시간 동안 이번이 벌써 네번째 통화였다.

"정말 둘 사이를 모래성에, 그 치어리더를 산들바람에 비유하고 싶어?" 이지가 물었다.

"그러지 말고, 이지, 잠깐만이라도 좀 진지하게 생각해봐. 너는 이렇게 될 줄 알고 있었어?"

이지가 적당한 말을 고르는 동안 침묵이 흘렀다. "글쎄, 콕 집어서 이렇게 될 줄은 몰랐다고 할 수 있지."

"콕 집어서 이렇게라니?"

"우리 지금 서로 빙빙 돌려가며 말하고 있는 거 알아?"

"그럼 단도직입적으로 말해봐."

---

* 곰 모양 젤리.
** 안에 땅콩버터를 넣은 초콜릿.

"전혀 생각지도 못했던 일은 아니라고." 이지가 나지막이 말했다.

"무슨 소린지 모르겠다."

"언니는 그러니까 딴 여자가 처음으로 등장하자마자 모든 게 와르르 무너졌다고 말하는데, 엄밀히 따지면 그렇지는 않단 뜻이야. 물론 정확한 게 중요한 건 아니지만. 어쨌거나 그 인간은 일고의 가치도 없는 바보 멍청이고, 언니하고는 조금도 안 어울려."

"알았어, 좋아. 엄밀히 말해서 처음 있는 일은 아니었지. 누구나 한 번의 실수는 용서받을 수 있는 거니까."

"그렇지. 하지만 여섯번째나 일곱번째 실수는?"

"와우. 이지, 앞으로는 하고 싶은 말 담아두지 마. 진짜야, 네 생각을 솔직하게 밝히라고."

"야속하게 들리는 건 아는데, 사실이 그렇잖아."

던컨이 '실수'를 저지르고 '잘못된 판단'을 내리고 '소홀하게' 대하고 '사고'를 치고 '말실수'를 하고 (모두 가장 즐겨 쓰던 표현처럼) '병'이 도졌을 때 이지가 리나 아드리아나와 더불어 에미를 위로한 횟수는 일일이 헤아리기 어려울 정도였다. 에미는 던컨이 자신에게 상처를 주기 때문에 이지와 친구들이 그를 싫어한다는 사실을 알고 있었다. 싫은 걸 내색했고, 첫해가 지난 뒤에는 대놓고 말했다. 하지만 그들이 이해하지 못했고 끝까지 이해하지 못할 것이 있었다. 사람들로 북적대는 파티에서 그와 눈이 마주쳤을 때 느꼈던 감정. 같이 샤워를 하면서 오이 향이 나는 바다 소금으로 그녀의 등을 문질러줄 때, 그녀가 비비적거리며 안쪽으로 들어가지 않아도 되게 먼저 택시에 오를 때, 참치롤을 주문하면서 매운 소스는 추가하고 크런치는 빼달라고 주문할 때 느꼈던 감정. 물론 모든 남녀관계는 이렇게 세세한 부분들로 이루어져 있다. 하지만 이지와 다른 친구들은 던컨이 한순간이나마 스쳐 지나가듯 관심을 보이고 진심으로 집중해줄 때 그 기분이 어떤지 알 턱이 없었다. 그럴 땐 다른 모든 사건이 대수롭지 않은 잡음처럼 느껴졌고, 던컨도 늘 그렇게 말했다. 가벼운 불장난일 뿐이라고.

가벼운 불장난은 개뿔!

이제는 떠올리기만 해도 화가 치밀었다. 위스키를 그 정도 마시면 다른 여자 소파 위에서 정신을 잃을 수도 있지 않느냐는 논리에 넘어가다니―망할, 그때는 완전 설득당했지―도대체 무슨 정신이었을까? '집안끼리 아는 예전 친구'가 음성사서함에 남긴 심란한 메시지를 우연히 들었을 때도 그렇지, 도대체 무슨 생각으로 해명도 요구하지 않고 던컨을 다시 침대로 불러들였던 거야? 응급환자로 산부인과를 찾아갔다가 다행히 아무 이상 없다는 진단을 받았지만, 의사가 던컨의 '작은 혹'이 본인 주장처럼 옛날 대학 시절에 생겼던 게 재발했다기보다 최근에 생겼을 가능성이 크다고 했던 그 엄청난 사건은 입 밖으로 꺼내고 싶지도 않아.

이지의 목소리에 생각이 끊겼다.

"내가 언니 동생이라서 도의상 하는 말이 아니라 정말 내 생각
이 그래. 던컨은 절대 달라지지 않을 거고, 언니네 둘은 지금이건
나중이건 행복해질 수 없어."

어쩌나 담백하게 결론을 내리는지 숨이 다 멎을 지경이네. 에
미보다 스무 달 어리고 외모는 쌍둥이에 가까운 이지는 이로써
자신이 언니보다 무한정 더 차분하고 현명하고 성숙한 동생임을
다시 한번 입증했다. 언제부터 그렇게 생각한 걸까? 한때 이지의
남자친구였다 지금은 남편이 된 케빈이나 그쪽 부모님이나 던컨
을 주제로 지금까지 이지와 둘이서 이야기를 나눈 게 얼마인데,
왜 단 한 번도 이런 가장 근본적인 진실을 말해주지 않은 걸까?

"언니가 듣지 않았던 거야. 내가 한 번도 말을 하지 않은 게 아
니라고. 언니, 우리 모두 열심히 이야기했어. 지금까지 계속. 언
니가 오 년 동안 정신이 나갔던 거라고."

"말 한번 예쁘게 한다. 너 같은 동생 뒀다고 사람들이 얼마나
부러워할까?"

"됐어. 언니가 심한 순정파에다 혼자 있으면 정체성을 찾지 못
하는 사람인 거야 우리 둘 다 아는 사실이잖아. 어디서 많이 듣
던 소리 같지? 내가 이유를 알려줄까? 엄마하고 소름 끼치게 비
슷하거든."

"남다른 고견 고맙다. 그럼 이번 사건이 오티스에게 끼치는 영향에 대해서도 가르쳐줄래? 앵무새한테도 이별이 충격적일 수 있겠다 싶거든. 상담을 받게 해야 하나? 어휴, 내가 너무 이기적이었어. 앵무새가 이렇게 괴로워하는데!" 이지는 현재 마이애미 대학병원 산부인과 레지던트지만 정신과의사와 잠깐 만난 적이 있었고 뭐든 기회만 되면 그게 식물이든 인간이든 동물이든 분석하지 못해 안달이었다.

"마음껏 농담하셔. 언니는 뭐든 장난스럽게 넘기려고 하는데, 아주 나쁜 방법은 아니야. 하지만 얼마간이라도 혼자 지내보길 권하고 싶어. 언니 자신한테만 집중해봐. 다른 사람 신경 쓸 필요 없이 언니가 원할 때 하고 싶은 일을 하면서."

"두 개의 반쪽을 합친다고 완벽한 하나가 되지는 않는다는 둥, 그런 헛소리 지껄이면 나 토할 거야."

"내 말이 맞다는 거 언니도 알잖아. 언니만의 시간을 가져봐. 자아관을 재정립해. 자기 정체성을 찾으라고."

"싱글로 지내란 소리잖아." 사랑하는 남편 품에 안겨 있으니 그런 충고가 입에서 나오겠지.

"그게 그렇게 끔찍하게 들려? 언니는 열여덟 살 때부터 이 남자하고 끝나면 저 남자하고 시작했잖아." 생략한 말은 안 들어도 뻔했다. 그래서 잘된 적 있어?

에미는 한숨을 쉬고 시계를 쳐다봤다. "알아, 안다고. 충고 고마워, 이지, 정말로. 하지만 이제 끊어야겠다. 리하고 아드리아나가 오늘 저녁 때 '헤어지길 잘했어' 만찬에 데리고 간대서 준비해야 하거든. 내일 통화할까?"

"이따 병원에서 언니 휴대전화로 전화할게. 자정 넘어서 숨 좀 돌릴 만해지면. 오늘밤에는 술 좀 마셔, 알았지? 클럽에 가. 모르는 사람이랑 키스도 하고. 하지만 제발 남자친구는 만들지 마."

"노력할게." 에미는 약속했다. 바로 그때 오티스가 같은 말을 네 번 반복했다.

"뭐라고 하는 거야?" 이지가 물었다.

"팬티. 계속 팬티라고 하고 있어."

"왜 그러는지 물어봐도 돼?"

"아니. 절대 안 돼."

리가 이 아파트로 이사하고 아드리아나가 리보다 먼저 로비에 등장한 건 이번이 처음이었다. 작정하고 그런 건 아니었다. 아드리아나가 미용실에서 마사지를 받고 돌아와보니—돌아오는 주말에 잘 모르는 섹시한 남자와 데이트가 잡혀 있었다—부모님이 아파트를 떡하니 차지하고 있었다. 엄밀히 말하면 부모님의 아파트지만 부모님이 여기서 지내는 기간은 일 년에 고작 몇 주니 그녀 입장에서는 자기 집이고 부모님은 손님이라고 생각해도 무리가 없었다. 감당이 안 되는 끔찍한 손님. 아드리아나가 싫증나는 오리엔탈 러그를 치우고 진짜 아프리카 얼룩말 가죽을 깐 것이나 모든 조명과 차양과 전자제품을 리모컨으로 조절할 수 있도록 만든 게 부모님 마음에 들지 않더라도 알 바 아니었다. 그리고 아무도, 설령 부모님이라 해도 그녀가 안방 욕실에 설치한 울트라모던한 빗물 샤워기와 사우나와 한증막보다, 원래 있었던 이탈리아에서 직수입한 수공 대리석 샤워기와 대형 욕조가 더 좋다고 할 수는 없었다. 아드리아나가 잽싸게 옷을 갈아입고 집에서 도망쳐 나온 건 바로 그 때문이었다. 산뜻했던 안식처가 고작 네 시간 만에 불화가 들끓는 지옥의 링으로 탈바꿈한 것이다.

　아드리아나가 부모님을 사랑하지 않는 건 아니었다. 아버지는 연로해가고 있었고, 지금 나이에 이르자 그녀가 어렸을 때보다 훨씬 너그러워졌다. 아내에게 결정권을 주었고, 밤마다 쿠바 시가를 피우고 크리스마스 전주에서 다음주까지 기간에 자식들을 한 명도 빠짐없이―첫번째 부인이 낳은 자식이 셋, 두번째 부인이 낳은 자식이 셋이었고, 아드리아나는 마지막이길 바라는 현재 부인이 낳은 자식이었다―리우데자네이루 저택으로 불러들이는 것 말고는 자기주장을 내세우는 법이 거의 없었다. 어머니의 경우에는 정반대였다. 데소자 부인은 아드리아나가 사춘기 때 호기심에 문란한 성생활을 즐기고 마약을 해도 느긋하게 받아들였지만, 결혼 못한 스물아홉 살짜리 딸까지 너그럽게 받아주지는 않았다. 스물아홉이면 '호기심'에 섹스와 마약을 밝힐 나이가 아니었으니 더욱 그랬다. 부인이 즐거운 인생을 이해 못하는 건 아니었다. 무엇보다, 그녀도 브라질 사람이었다. 음식(저지방, 저칼로리)과 술(값비싼 화이트와인)과 잠자리(더이상 두통 핑계를 댈 수 없을 때 치러야 하는 것)가 삶의 핵심이었다. 하지만 제대로 된 환경을 갖추는 것이 전제 조건이었다. 속 편한 철부지 때라면 모를까, 그 뒤로도 인생을 즐기려면 적당한 남편감부터 찾아야 했다. 그녀는 모델로 전 세계를 돌아다니고 파티를 벌이며 십대 시절을 보냈다. 지금도 사람들이 그 시대의 지젤*이라고 칭할 정도였다. 하지만 카밀라 데소자 부인은 그나마 남자가 외모보다 유효기간이 (조금 더) 길다고 아드리아나에게 입버릇처럼 강조했다. 그녀는 스물세 살 때 (어마어마하게) 돈이 많고 나이도 많은 남편을 확보하고 예쁜 딸을 낳았다. 그렇게 살아야 하는 거였다.

앞으로 두 주 동안 또 어머니의 일장 연설에 시달릴 생각을 하니 속이 메슥거렸다. 아드리아나는 살짝 꺼진 로비 소파에 두 다리를 뻗고 앉아서 작전을 세웠다. 낮에 계속 약속을 만들어 집에는 밤늦게 들어가든지 아예 외박을 하고, 적당한 남편감을 찾는 데 모든 에너지와 신탁자금 상당액을 쏟아붓고 있노라고 기회가

---

* 브라질 출신의 유명 모델 지젤 번천을 말한다.

있을 때마다 강조하는 작전이었다. 조심만 하면 엘리베이터가 없는 이스트빌리지 아파트에 사는 영국 출신 시시껄렁한 로커나, 처자식을 그리니치에 두고 맨해튼에서 개업의로 일하는 섹시한 외과의사의 존재도 들키지 않을 수 있었다. 정신만 바짝 차리면, 본인 말로는 이스라엘 대사관 사무직원이라지만 아드리아나가 보기에는 모사드* 직원인 게 분명한 이스라엘 남자도 들키지 않을 수 있었다.

리의 쉰 목소리에—아드리아나는 이 목소리가 리의 섹시 포인트라고 여러 번 이야기했지만 리는 절대 귀담아듣지 않았다—생각이 끊겼다. "우와." 리가 눈을 휘둥그레 뜨고 아드리아나를 뚫어져라 쳐다보다 탄성을 내뱉었다. "그 원피스 정말 예쁘다."

"고마워, 케리다. 부모님께서 오셔서, 아르헨티나 사업가랑 데이트하러 나간다고 했거든. 그 말을 듣더니 엄마가 아주 좋아하면서 발렌티노를 한 벌 빌려줬어." 아드리아나는 짧은 블랙 원피스를 손바닥으로 훑어내리며 제자리에서 빙그르르 돌았다. "끝내주지 않니?"

정말 예쁜 원피스였지만—어느 지점에서 달라붙고 어느 지점에서 우아하게 흘러내려야 하는지 실크가 스스로 생각할 줄 아는 것처럼 느껴졌다—아드리아나는 빨간색 체크 식탁보를 입어

---

* 이스라엘의 정보기관.

도 매력적일 친구였다.

"끝내준다." 리가 말했다.

"얼른 출발하자. 남미 폴로 선수가 아니라 너랑 같이 있는 거 부모님한테 들키겠어."

"사업가라며?"

"뭐든."

택시가 13번가를 꾸물꾸물 움직였다. 토요일 저녁 도심의 교통체증에 갇혀 몇 블록을 가는 데 뉴저지에서 출퇴근하는 시간만큼 걸렸다. 유니버시티 대로에 있는 아파트에서 웨스트빌리지까지 걸어서 십 분이면 될 텐데, 두 친구는 아예 꿈도 꾸지 않았다. 특히 아드리아나는 조심스럽게 몇 미터 걷는 거라면 모를까, 그 이상은 생각만 해도 어디 한 군데 다치거나 마비될 수 있다는 식이었다.

두 사람은 에미에게 각자 문자를 몇 통씩 받은 뒤에야 웨이벌리 인 앞에서 내릴 수 있었다.

"왜 이제 나타난 거야?" 아주 조그만 정문을 통과해 들어오는 두 친구를 향해 에미가 작게 쏘아붙였다. 그녀는 안내 데스크에 기대고 서서 두 사람을 향해 손을 흔들고 있었다. "네가 없다고 바에도 못 앉게 하잖아."

"마리오, 이 나쁜 사람!" 아드리아나는 나지막이 중얼거리며 인종이 불분명한 미남의 양쪽 뺨에 입을 맞추었다. "에미는 내

친구고 오늘 저녁에 내가 초대한 손님이에요. 에미, 이쪽은 전설 속의 그 남자 마리오야."

그들은 자기소개를 하고 서로의 뺨과 손에 입맞춘 뒤 안내해주는 대로 안쪽 룸으로 들어가 3인용 테이블에 앉았다. 단골들이 대부분 뉴욕 인근 햄프턴스에서 메모리얼 데이 연휴를 보내고 있었기 때문에 레스토랑이 평소에 비해 한산했지만, 그래도 근사한 사람들을 구경할 기회는 많았다.

"전설 속의 그 남자라고?" 에미가 눈을 굴리며 물었다. "장난해?"

"남자란 다독여줘야 하는 거야, 케리다. 내가 너희한테 그걸 가르치려고 지금까지 얼마나 애를 썼는지 몰라. 가끔은 부드럽게 다가가야 할 때도 있는 거야. 단단히 휘어잡아야 할 때와 외유내강의 모습을 보여줘야 할 때를 터득하면 남자를 영원히 내 걸로 만드는 것쯤은 쉬운 일이라고."

리가 니코레트를 입에 넣었다. "무슨 소리인지 하나도 못 알아듣겠다." 그러고는 에미 쪽으로 고개를 돌렸다. "저거 영어 맞아?"

에미는 어깨를 으쓱했다. 아드리아나가 해마다 조금씩 전수하는 비법엔 익숙했다. 그 비법들은 흥미진진한 동화 같았다. 들을 때는 재미있지만, 실생활에서는 무용지물인.

아드리아나는 웨이터 손을 잡고 "내가 제일 좋아하는 거 세 잔 부탁해, 니컬러스"라는 말로 보드카 김렛*을 주문했다. 그러고는 의자에 기대앉아 손님들을 훑어보았다. 그녀의 주장에 따르면 아직 이른 시간이었다. 유명인사를 쫓아다니는 사람과 초짜들이 빠져나가고 단골들이 제대로 술을 마시면서 어울리기 시작하는 자정 무렵이 돼서야 진짜 북적인다고 할 수 있었다. 하지만 아직까지는 언론과 연예계 종사자로 보이는 삼십대 손님들이 행복하고 매력적인 분위기를 풍기고 있었다.

"자, 얘들아, 얼른 해치우고 다 같이 맛있게 저녁을 먹자." 니컬러스가 술을 들고 오자마자 에미가 말했다.

그 말을 듣고 아드리아나가 친구들 쪽으로 다시 시선을 돌렸다. "뭘 해치워?"

에미는 잔을 들었다. "던컨이랑 헤어지길 잘했다고 너희 둘 중 한 명이 건배를 외칠 거 아냐. 싱글인 게 얼마나 좋은지 모른다는 둥 하면서. 아니면 내가 아직 젊고 예쁘니까 남자들이 찾아와 우리 집 대문을 두드릴 거라든가. 그러니까 얼른 해치워버리자고."

"나는 싱글인 게 그렇게 좋은지 모르겠는데." 리가 말했다.

"그리고 네가 예쁜 건 맞지만, 케리다, 내일모레 서른이 어리다고 할 수는 없지." 아드리아나는 미소를 지었다.

"네가 언젠가 근사한 남자를 만나는 거야 확실하지만, 요즘은 남자가 여자 집 대문을 두드리고 그러지도 않고." 리가 덧붙였다.

---

* 진과 라임주스를 섞은 칵테일.

"적어도 독신인 남자들은." 아드리아나가 말했다.

"결혼 안 한 남자가 남아 있긴 할까?" 리가 물었다.

"게이들은 결혼 안 하잖아."

"아직은. 하지만 조만간 다들 할걸. 그럼 독신은 아무도 안 남는 거지."

에미는 한숨을 쉬었다. "고맙다, 얘들아. 어쩌면 그렇게 내가 듣고 싶은 말만 골라서 할까. 너희의 끝없는 응원이 나한텐 얼마나 값진 보물인지 모르겠다."

리는 빵을 한 조각 뜯어서 올리브 오일에 넣고 빙빙 돌렸다. "이지는 뭐라고 그래?"

"티를 안 내려고 하지만, 좋아 죽으려고 해. 걘 던컨이랑 사이가 별로였거든. 게다가 나는 '혼자 있으면 정체성을 찾지 못하는 사람'이라고 굳게 믿고 있어. 맨날 하던 대로 정신분석학적인 측면에서 어쩌고저쩌고 헛소리를 하는 거지."

아드리아나와 리는 알 만하다는 듯 눈짓을 주고받았다.

"왜?" 에미가 물었다.

리는 자기 접시를 내려다보고 아드리아나는 흠잡을 데 없는 눈썹을 치켜세울 뿐, 둘 다 아무 말도 하지 않았다.

"뭐야. 설마 너희도 이지하고 생각이 같다는 건 아니겠지? 걘 아무것도 모르면서 하는 말이라고."

리가 테이블 너머로 손을 내밀어 에미의 손을 토닥였다. "당연하지, 친구. 이지는 죽고 못 사는 남편도 있고, 야외에서 즐기는 취미생활도 많고, 의사잖아. 뭐, 빼먹은 거 없나? 아, 맞다, 전공도 1지망으로 선택할 수 있었고, 수석 레지던트고. 그것도 예상보다 일 년 빨리. 네 말이 딱 맞아…… 이지는 여동생이랍시고 충고하기엔 절대적으로 어울리지 않는 인물이야."

"우리 옆길로 새고 있어." 아드리아나가 끼어들었다. "내가 빠릿빠릿한 인간은 못 되지만, 리가 하려는 말은 이지의 충고에도 일리가 있다는 거 아냐?"

"일리가 있다고?"

아드리아나는 고개를 끄덕였다. "네가 남자친구 없이 지낸 지 좀 오래되긴 했으니까."

"맞아. 늘 남자친구가 있었잖아." 리가 덧붙였다. "그게 나쁘다는 건 아니지만. 어쨌든 사실은 사실이라는 거지."

"우와, 너희 그것 말고 또 하고 싶은 이야기 없어?" 에미는 메뉴판을 꼭 붙잡고 가슴에 댔다. "사양 말고 풀어봐."

"글쎄……" 아드리아나가 리를 흘끗 쳐다보았다.

"말해." 리는 고개를 끄덕였다.

"농담이었는데." 에미가 눈을 휘둥그레 뜨고 말했다. "정말 하고 싶은 이야기가 있는 거야?"

"에미, 케리다. 좀 난망한 이야기이기는 한데."

"난감한 이야기겠지."

아드리아나는 손을 저었다. "아무튼. 네 나이가 내일모레면 서른인데……"

"다시 한번 지적해줘서 고맙구나."

"그런데 지금까지 만난 남자가 고작 세 명이야, 세 명! 믿기지 않지만 사실이란 말이지."

세 친구는 니컬러스가 애피타이저로 아보카도를 곁들인 참치 타르타르와 석화가 수북이 쌓인 접시를 테이블 위에 놓는 동안 아무 말도 하지 않았다. 그는 주문을 받으려는 자세를 취했지만, 에미가 메뉴판 위에 두 손을 올려놓고 노려보았다. 그는 뜻이 꺾인 채 밖으로 사라졌다.

"너희 참 대단하다. 여기 앉아서 이십 분 동안 나더러 혼자 지낼 줄 모른다더니, 별 신호도 없이 말을 바꿔서 이제는 데이트한 경험이 너무 적다고? 너희 지금 너희가 무슨 말을 하는지 알고는 있는 거야?"

리는 석화에 레몬을 짜서 뿌린 뒤 조심스럽게 한 개 들어올렸다. "데이트 말고, 같이 잔 경험이 너무 적다고."

"아, 뭐야! 그게 그거잖아."

아드리아나의 입이 떡 벌어졌다. "사랑하는 친구야, 바로 그게 문제라고. 그게 그거? 데이트랑 닥치는 대로 자고 다니는 거랑? 어휴, 너 아직 갈 길이 멀다."

에미는 도와달라는 뜻에서 리를 쳐다보았지만, 리도 그렇다는 듯 고개를 끄덕였다. "내가 이런 말을 할 줄은 몰랐는데, 아드리아나 말이 맞다고 할 수밖에 없어. 너는 계속 한 남자한테 목을 맸고, 그 결과 지금까지 진지하게 사귄 남자가 세 명밖에 안 돼. 애디가 하려는 말은……" 리는 아드리아나가 음식, 술, 섹스 이야기의 합동 공격으로 정신이 없는 틈을 타서 그녀가 질색하는 애칭을 슬그머니 한 번 부를 수 있었다. "네가 당분간 싱글로 지내볼 필요가 있다는 거 아닐까? 그러면서 여러 남자랑 데이트도 하고, 어떤 남자가 너한테 제일 잘 맞는지 파악도 하고, 무엇보다도 좀 즐겨보고 말이야."

"그러니까, 딱 까놓고 말해서 아무 남자하고나 자고 다니라는 거야?" 에미가 물었다.

리는 뿌듯해하는 부모 같은 미소를 지었다. "응."

"너도?" 에미가 자기 쪽을 쳐다보며 묻자 아드리아나는 손을 깍지 끼고 몸을 앞으로 숙였다.

"내 말이 바로 그 말이야." 아드리아나가 고개를 끄덕였다.

에미는 한숨을 쉬고 의자에 기대앉았다. "나도 그렇게 생각해."

리와 아드리아나가 못 믿겠다는 듯 동시에 물었다. "너도 그렇게 생각한다고?"

"응. 반성을 좀 해봤는데, 내가 내린 결론도 같아. 내가 나아가야 할 방향은 딱 하나라는 거. 난 이제 아무 남자하고나 잘 거야. 타입, 체격, 인종 가리지 않고 온갖 섹스를 다 해보겠어." 에미는 말을 멈추고 아드리아나를 쳐다보았다. "너도 뿌듯해할 만큼 헤픈 여자가 될 거야."

아드리아나는 친구를 쳐다보며 자기 귀를 의심했다. 잘못 들은 건 아니지만, 빈정거리는 말투를 못 듣고 흘린 게 분명했다. 에미가 이런 선언을 하다니 있을 수 없는 일이었다. 그녀는 말문이 막힐 때 늘 하는 대답을 했다. "최고다, 케리다. 완전 최고야. 머리부터 발까지 대찬성이야."

리는 나이프를 동원해 약간의 참치와 오이 한 조각을 포크 위에 올려놓고 우아하게 입으로 가져갔다. 그리고 조용히 입안의 음식을 두세 번 씹어 꿀꺽 삼켰다. "에미, 농담이었던 거 알지? 나는 네가 이 남자 저 남자 만나고 다니지 않았던 게 대단한 일이라고 생각해. 지금까지 몇 명이랑 잤느냐는 질문을 받았을 때 3분의 1로 줄여서 대답할 필요가 없잖아! 좋지 않아? 거짓말할 필요 없는 거?"

"농담 아니야." 에미가 이렇게 말하고, 지나가던 웨이터에게 눈짓으로 샴페인 세 잔을 주문했다. "이제 새 인생 시작이야. 너무 늦긴 했지만. 제일 먼저 월요일에 할 일은, 매시한테 전화해서 그 일을 하겠다고 하는 거야. 무슨 일이게? 궁금하지? 월급을 다발째 주고 떼돈을 맡길 테니까 전 세계를 돌아다니면서 최고로 좋은 호텔에서 묵고 최고로 좋은 레스토랑에서 먹으면서 영감을 얻으래, 영감! 새로운 메뉴를 개발하라고. 이렇게 황당한 이야기 들어봤어? 불쌍하고 외로운 남자친구를 버릴 수 없다며 지난 두 달 동안 그 일을 거절했던 골 빈 여자는 또 누구게? 너희 친구지. 나는 비행기 타고 환상적인 곳을 누비는데 그동안 불쌍한 우리 던컨이 버림당한 기분, 사랑받지 못하는 기분을 느끼게 하고 싶지 않다고 말이야. 이제 전화해서 그 일을 맡겠다고 하고, 고독하고 매력적인 싱글 남자가 보일 때마다 같이 잘 거야. 섹시하고 예쁜 외국 남자들이랑. 한 명도 안 남겨놓고 몽땅 다. 어때, 얘들아? 마음에 들어?" 웨이터가 샴페인을 들고 왔다. "그러니까 건배하자."

아드리아나가 이국적이고 여성스럽게 들리는 소리를 냈다. 그녀니까 망정이지 인물이 떨어지는 여자가 냈으면 콧방귀라고 할 만한 소리였다. 두 친구가 일제히 쳐다보자 아드리아나는 문득 맥이 풀렸다. 방금 전에 친구가 발표한 획기적인 인생 개조안이란, 자신이 오래전부터 별다른 노력 없이 걸어온 길이었다. 이 무리에서 파티라면 사족을 못 쓰는 제트족*을 맡은 아드리아나의 위상에 위기가 닥친 걸까 아니면 그저 지금 술을 너무 많이 마셔서 그런 걸까? 에미의 선언에는 어딘지 모르게 심란한 구석이 있었다. 이 세상에서 아드리아나가 절대 익숙해지지 않는 감정이 있다면 바로 심란함이었다.

---

* 제트기를 타고 전 세계를 돌아다니며 여행을 즐기는 부유층을 가리키는 말.

그녀는 잔을 들고 억지로 미소를 지었다.

에미도 미소를 지으며 말했다. "단 조건이 있어. 혼자 죽진 않을 거야."

"같이 죽자는 거니?" 리가 물었다. 그녀는 아랫입술을 잘근잘근 씹으며 앞니로 각질을 떼어냈다. 불안해 보였다. 아드리아나는 리가 요즘 들어, 그것도 모든 게 더할 나위 없이 잘 돌아가는 때에 왜 저렇게 초조해 보이는지 이상했다.

"응, 바로 그거야. 나는 기꺼이 걸레 같은 여자가 되겠어. 네가……" 에미는 아드리아나를 가리켰다. "한 남자한테만 충실하겠다고 약속하면. 물론 누구를 택하느냐는 네 자유지만."

아드리아나가 숨을 들이쉬었다. 그리고 손끝을 멍하니 입술 위에 올려놓은 채 잠깐 가만히 있다, 왼쪽 귀 바로 밑까지 스치듯 움직이는 특유의 몸짓을 했다. 그 몸짓에 당장 옆 자리에 있던 네 남자가 그녀를 물끄러미 쳐다보았고, 니컬러스가 달려왔다. 타인의 주목을 받을 때 느끼곤 하던 낯익은 짜릿함이 밀려왔다.

세 친구는 메인 요리를 주문하고, 술을 다시 한 잔씩 마시고, 접시에 담긴 트러플 맥 & 치즈를 나누어 먹었다.

"어때? 생각 있어?" 에미가 물었다.

"우리 엄마가 부탁하디?"

"응. 너희 엄마가 나더러 앞으로 일 년 동안 만나는 남자마다 침대로 끌고 가겠다고 먼저 맹세하라고 하시더라. 그래야 너도 딱 한 남자하고만 데이트를 하겠다고 약속할 거라고. 머리도 좋으시지." 에미가 말했다.

"얘들아, 잠깐만이라도 좀 진지해지면 안 되겠니?" 리가 말했다. "너희 둘 다 어림없는 일일 테니까 다른 이야기로 넘어가는 게 어때? 에미, 네 생각은 잘 알았어. 또다시 한 남자한테 푹 빠져서 오 년 동안 사귀고 싶다 해도 그건 네 맘이야. 그리고 아드리아나, 너는 한 남자만 만나느니 차라리 우주비행사가 될 애잖아. 자, 다음."

"내가 뭐, 취직해! 같은 엄청난 요구를 한 것도 아니고……" 에미는 씩 웃었다.

아드리아나는 억지로 미소를 지었다. 백수라고 놀림받은 것이기도 해서 덩달아 웃기가 어려웠다. 어머니의 짜증 나는 목소리가 머릿속에서 메아리쳤다. "우와, 세게 나오는데? 안 그래, 케리다? 흠, 내가 어쩔 생각이게? 너의 도전을 받아들이겠어."

"어쩐다고?" 에미가 머리 몇 가닥을 맹렬히 꼬며 물었다.

리는 술잔을 입으로 가져가다 중간에서 멈추었다. "하겠다고?"

"하겠다고. 언제 시작할까?"

에미는 아스파라거스 끝을 한 입 베어 맛있게 씹은 다음 삼켰다. "조건을 구상할 시간은 있어야지. 다음 주말까지 계획안을 만드는 게 어때?"

아드리아나는 고개를 끄덕였다. "좋아. 그리고 그동안 너도……" 그녀는 리 쪽을 향해 샴페인 잔을 흔들었다. "어떤 결심을 하면 좋을지 고민할 기회를 줄게."

"나?" 리는 얼마 전에 깔끔하게 손질한 눈썹을 찌푸렸다. "결심을 하라고? 왜? 새해 첫날도 아닌데? 너희 둘이 정신 나간 짓거리를 한다고 나까지 그래야 하는 건 아니잖아."

에미가 눈을 굴렸다. "리한테 왜 그래? 쟤가 바꿔야 할 게 뭐가 있다고. 직업 완벽하지, 남자친구 완벽하지, 집 완벽하지, 식구들도 완벽하지……" 에미의 목소리에 콧소리가 섞이면서 노래처럼 바뀌었다. "마르샤, 마르샤, 마르샤*." 에미는 종알거렸고, 불쾌해하는 리의 표정을 보고도 잠깐 심기가 뒤틀린 줄로만 알았다.

"맞아, 그럴지도 모르지." 아드리아나는 계속 리를 쳐다보며 말했다. "하지만 그래도 뭔가 생각해내야 해. 할 수 있지? 할 수 있잖아, 리. 네 인생에서 바꾸고 싶은 거 딱 하나쯤이야 생각해볼 수 있지 않겠어? 고치고 싶은 거 말이야."

"당연하지." 리가 퉁명스럽게 대답했다. "수도 없이 많은걸."

아드리아나와 에미는 서로 눈짓을 주고받았다. 상대방이 무슨 생각을 하는지 말하지 않아도 알 수 있었다. 리의 인생은 모든

---

* 미국 시트콤의 등장인물로, 완벽한 여자의 대명사. 이런 언니를 질투하는 동생이 극중에서 '마르샤, 마르샤, 마르샤' 하고 중얼거린 것이 일종의 관용어가 되었다.

게 가지런히 정리돼 있겠지만, 잠깐 숨을 돌리고 인생을 즐긴다고 큰일이 나는 건 아니었다.

"두 주 동안 하나만 골라, 케리다." 아드리아나가 허스키한 목소리로 명령조로 선포했다. "그건 그렇고, 우리 건배나 하자."

에미가 납으로 만든 문진이라도 들어올리는 것처럼 잔을 들었다. "우리를 위하여." 그녀가 외쳤다. "돌아오는 여름이면 나하고 잔 남자가 맨해튼 남자의 절반에 이를 테고, 아드리아나는 일부일처제의 기쁨을 알게 될 거야. 그리고 리는…… 뭔가를 하게 될 테고."

"건배!" 아드리아나가 외치자 레스토랑에 있는 사람들 절반이 또다시 그녀를 주목했다. "우리를 위하여."

리는 건성으로 잔을 부딪쳤다. "우리를 위하여."

"우리 심하게, 대박으로, 완전 엉망이다." 에미가 몸을 앞으로 숙이고 중얼거렸다.

아드리아나가 한편으로는 기분이 좋아서, 또 한편으로는 습관적으로 극적인 효과를 연출하느라 고개를 뒤로 젖혔다. "완전 맛이 갔지." 그녀는 웃음을 터뜨렸다. "물론 농담이야."

"전무후무한 창피함의 소용돌이가 시작되기 전에 여기서 나가는 게 어떨까? 제발 좀." 리가 애원조로 말했다. 니컬러스가 계속 따라준 레드와인 때문에 머리가 지끈거리기 시작했고, 조금만 있으면—아마 몇 분 후면—귀엽게 조잘거리던 친구들이 술에 취해 고래고래 떠들 게 안 봐도 뻔했다.

아드리아나와 에미는 다시 한번 눈짓을 주고받으며 키득거렸다.

"마르샤, 일어나." 아드리아나가 비틀비틀 자리에서 일어서며 리의 팔을 잡았다. "너한테 재미있게 사는 법 좀 가르쳐야겠다."

너무 크다 그러면
그런 반지를 낄 자격이 없는 거야

"자기, 이리 올라와. 한시 다 됐어. 잘 시간 아냐?" 러셀이 티셔츠를 벗고 리 쪽으로 돌아누워 까맣고 숱 많은 곱슬머리를 오른손으로 받치고 물었다. 그러면서 왼손으로 이불을 문지르고 살짝 쓰다듬었는데, 유혹적이고 도발적인 그 몸짓에 리는 항상 조금 위협을 느꼈다.

"몇 페이지만 더 읽고. 불빛 때문에 신경 쓰여? 내가 거실로 나갈게."

러셀은 한숨을 쉬고, 『근육운동 가이드』라고 적힌 자기 책을 집어들었다. "불빛 때문에 그러는 거 아냐, 자기도 알면서. 벌써 몇 주째 같이 못 잤잖아. 그냥 자기가 그리워서 그래."

이건 뭐, 심통 난 애가 칭얼대는 것도 아니고…… 이 원고는 올해 최고 기대작 중 하나고, 결정적으로 아침 회의 전까지 반드시 읽어야 했다. 팔 년이라는 말도 안 되는 긴 세월 동안 온몸 바쳐 일한 끝에 드디어—드디어!—수석 편집자 자리에 바짝 다가섰는데(브룩 해리스에 수석 편집자는 여섯 명뿐이었고, 리는 유력한 최연소 수석 편집자 후보였다) 러셀은 일 년이나 만났으니 내 인생을 마음대로 주무를 권리가 있다고 생각하게 된 걸까? 난 오늘밤에 자고 가라고 한 적이 없고, 주중행사로 포커를 치고 집으로 돌아가다 불쑥 찾아와서 기다란 속눈썹을 깜빡이며 진짜 보고 싶어서 왔다고 한 사람도 내가 아닌데.

그리고 잠시 후에 든 생각: 러셀을 두고 그런 생각을 하다니 난 세상에서 제일 끔찍하고, 고마워할 줄 모르고, 배은망덕한 여자야. 일 년 전만 해도 이렇게 분개하지는 않았겠지. 브룩 해리스가 주최한 빌 파셀스*의 출판기념회에서(카우보이스 감독 시절을 되돌아보는 회고록을 출간한 참이었다) 러셀이 다가왔을 때 리는 그가 누구인지 한눈에 알아차렸다. ESPN**은 단 한 번도 본 적 없지만, 장난꾸러기 같은 미소와 보조개와 맨해튼에서 가장 인기 있는 독신남이라는 명성의 소유자였으니 그가 자기소개를 했을 때 리는 온갖 매력을 마음껏 발산했다. 두 사람은 그날 밤 처음에는 파티장에서, 나중에는 피츠 태번에서 암스텔 맥주

---

* 댈러스 카우보이스 등 여러 미식축구 팀을 이끈 감독.
** 미국의 대표적인 스포츠 채널.

를 사이에 두고 몇 시간 동안 이야기를 나누었다. 러셀은 뉴욕의 데이트 방식에 질렸다고 충격적이리만치 솔직하게 고백하며 이제 모델과 배우는 됐고 '진짜 여자친구'를 만나고 싶다고 했다. 그 말엔 곧 리가 완벽한 후보라는 뜻이 내포되어 있었다. 그의 관심을 받다니 리 입장에서는 당연히 영광스러운 일이었다. 러셀 페린이 유혹하는데 마다할 여자가 어디 있겠는가? 러셀은 리가 십 년에 걸쳐 만든 체크리스트의 모든 조건에 완벽히 들어맞는 남자였다. 어느 모로 보나, 사귀고 싶지만 실제로 사귈 수 있을 거라고는 생각하지 못한 그런 남자였다.

지금 섬세하고 다정하고 자상하며 자신을 미친 듯이 사랑하는 남자와 일 년 가까이 만나고 있는 건데도 리는 숨이 막히는 듯한 기분 말고는 아무것도 느낄 수가 없었다. 리를 아는 사람들은 하나같이 그녀가 드디어 천생연분을 만났다고 확신했다. 그런데 정작 그녀는 왜 확신이 생기지 않는 걸까? 러셀은 자기 말을 잘 새겨넣으려는 듯 리의 얼굴을 자기 쪽으로 돌리더니 눈을 똑바로 쳐다보며 말했다. "리, 정말 사랑해."

"나도 사랑해." 리는 일말의 주저 없이 기계적으로 대답했지만, 제삼자가 보았더라면—전혀 모르는 사람일지라도—그 말의 진위를 의심했을 것이다. 아주 좋아하고 존경하는 사람이, 좀 더 자세히 알고 싶은 사람이 가벼운 데이트를 하다 두 달 만에 나를 미칠 듯이 사랑한다고 선언하면 어떻게 해야 할까? 정면충

돌을 질색하는 사람이라면 당장은 나도 사랑한다고 말할 수밖에 없지 않을까? 리는 결국에는 이 말에 익숙해질 거라고, 서로를 좀더 알게 되면 좀더 자신 있게 사랑한다는 말을 할 수 있을 거라고 생각했다. 그런데 일 년이 지난 지금도 아직 그런 단계가 아니라는 사실이 당혹스러울 뿐이었다.

리는 원고에서 억지로 눈을 떼고 사탕처럼 달콤한 목소리로 말했다. "요즘 내가 너무 바빠 보이겠지만, 매년 연중행사처럼 벌어지는 일이야. 달력이 6월로 넘어가자마자 모든 게 정신없어지거든. 계속 이러지는 않을 거야."

리는 숨을 참고 러셀이 (지금까지 한 번도 그런 적 없지만) 폭발하는 순간을 기다렸다. 선심 쓰듯이 말하는 거 더이상 못 참겠다고, 엄마가 땅콩버터를 카펫에 문댄 어린아이 대하듯 말하지 말라고, 듣기 싫다고 하기를 기다렸다.

그런데 러셀은 미소를 지었다. 분노나 체념이 아니라 정말로 이해한다는 의미의 미소였고, 어쩌면 그럴 수 있을까 싶게 미안해하는 미소였다. "스트레스 주려고 한 말 아냐. 당신이 자기 일을 얼마나 좋아하는지 나도 알고, 할 수 있을 때 마음껏 하는 게 좋다고 생각해. 천천히 하고 일 다 끝나면 침대로 와."

"할 수 있을 때?" 리는 고개를 홱 들었다. "새벽 한시에 그 이야기를 또 꺼내겠다는 거야?"

"아냐, 그 이야기 다시 꺼내려는 거. 당신이 지금 당장은 샌프란

시스코에 갈 마음 없다고 분명히 얘기했는데 내가 왜. 그래도 단정 짓지는 말았으면 좋겠어. 아주 좋은 기회가 될 수도 있잖아."

"당신 입장에서나 그렇겠지." 리는 어린아이처럼 샐쭉하게 대답했다.

"우리 둘을 위해서 그렇다는 거야."

"러셀, 우리 사귄 지 일 년도 안 됐어. 이 끝에서 저 끝으로 이사 가서 같이 살자는 이야기를 하기엔 너무 이르지 않아?" 짜증기가 다분한 리의 목소리를 듣고 두 사람 모두 깜짝 놀랐다.

"사랑하면 그렇게 이른 것도 아니야, 리." 러셀이 말했다. 그의 목소리는 침착하고 차분했다. 이런 차분함이 처음에는 정말로 매력적이었는데, 지금은 부아가 치밀었다. 절대 화를 내지 않고 감정을 완벽하게 조절하는 그를 보고 있노라면 내가 하는 말을 듣고는 있나 싶었다.

"나중에 얘기하자, 알았지?" 리가 말했다.

러셀은 자리에서 일어나 앉더니 리가 편안한 독서용 의자와 부드러운 백열 스탠드를 갖다놓은 침대 끝 쪽으로 움직였다. 큼지막한 오리털 이불—시중에서 판매되는 모든 브랜드를 몇 주에 걸쳐 꼼꼼히 점검한 뒤 가장 부드럽고 폭신한 걸로 선택한—이 바닥으로 미끄러지면서 협탁 위에 있던 분재를 떨어뜨릴 뻔했다. 러셀은 모르는 눈치였다. "차라도 끓여줄까?" 그가 물었다.

리는 모든 의지를 총동원해야 고함을 억누를 수 있을 듯한 기분을 다시금 느꼈다. 그녀는 자고 싶지 않았다. 차를 마시고 싶지도 않았다. 그저 그가 입을 다물어주었으면 좋겠다는 생각뿐이었다.

리는 티 나지 않게 천천히 심호흡을 했다. "고맙지만 정말로 괜찮아. 몇 분만 기다려줘, 응?"

러셀은 알았다는 듯 미소를 지으며 물끄러미 쳐다보다 침대에서 튀어나와 그녀를 꼭 끌어안았다. 그녀는 몸이 뻣뻣해지는 것을 느꼈다. 어쩔 수가 없었다. 러셀은 감싸안은 팔에 더욱 힘을 주면서 그녀의 어깨와 턱 사이에 얼굴을 묻었다. 거뭇거뭇한 수염이 살갗을 할퀴었다. 그녀는 꿈틀거리며 몸을 뺐다.

"간지러웠어?" 그가 웃음을 터뜨렸다. "예전부터 아버지가 너는 하루에 두 번 면도를 해야 될 거라고 했어. 하지만 나는 믿고 싶지 않았지."

"흠."

"물 마시러 갈 건데. 당신도 마실래?"

"응." 생각이 없는데도 리는 이렇게 대답했다. 다시 원고로 시선을 돌려 한 페이지의 절반쯤 읽었을 때 러셀이 주방에서 묻는 소리가 들렸다.

"꿀 어디 있어?"

"뭐라고?" 리는 큰 소리로 되물었다.

"꿀. 차 끓이려는데 따뜻한 우유랑 꿀도 넣으려고. 꿀 없어?"

리는 숨을 깊이 들이쉬었다. "전자레인지 위 찬장에 있어."

잠시 후 그는 양손에 머그잔을 하나씩 들고 뉴먼스 오운 초콜릿 칩 쿠키 봉지를 입에 물고 나타났다. "잠깐 쉬었다 해. 야참 먹고 나면 더이상 괴롭히지 않을게."

야참? 리는 생각했다. 지금은 새벽 한시 반이고, 나는 다섯 시간 삼십 분 뒤에 일어나야 해. 그리고 엘리트 대학 선수 출신이야 시도 때도 없이 쿠키를 먹어도 될지 몰라도, 누구나 그런 건 아니라고.

리는 쿠키를 깨물며 이런 장면을 너무나 간절히 원했던 이십대 초중반을 떠올렸다. 나를 맹목적으로 사랑하는 남자친구, 로맨틱한 한밤의 피크닉, 내가 사랑하는 온갖 것들로 채운 아늑한 아파트…… 그때는 이것이 불가능하거나 머나먼 꿈처럼 느껴졌다. 그런데 막상 겪어보니 현실은 상상과 전혀 달랐다.

러셀은 쿠키를 삼키자마자 차를 남기고 베개를 끌어안더니 곧장 깊고 평온한 잠 속으로 빠져들었다. 저렇게 자는 사람이 또 있을까? 리는 볼 때마다 신기했다. 러셀은 자기가 어렸을 때 워낙 시끄러운 환경에서 자라다보니 어머니, 아버지, 누이 둘, 입주 도우미, 짖기 좋아하는 비글 세 마리가 내는 소음 속에서 단잠을 자는 법을 터득한 거라고 주장했다. 하지만 리는 투명한 양심과 생활방식 때문이라고 추측했고, 정말 솔직하게는 생활에 별다른 스트레스가 없기 때문이라고 생각했다. 날마다 두 시간씩 운동을 하고(한 시간은 웨이트트레이닝, 한 시간은 유산소운동) 카페인, 설탕, 방부제, 밀가루, 트랜스지방을 멀리하면 누구라도 어린아이처럼 잘 수밖에 없지 않을까? 남자로 태어났기 때문에 천성적으로 좋아할 수밖에 없는 주제(스포츠)를 다루는 삼십 분짜리 쇼 프로그램을 매주 녹화하고, 작가와 프로듀서 들이 써주는 대로 읽기만 하면서 살면. 자기를 있는 그대로 사랑하고 존중해주는 가족, 친구들과 건강하고 생산적인 관계를 맺고 살면. 보통 사람은 생각만 해도 속이 뒤틀리고 화가 치밀 만하지 않나? 정말 솔직히 고백하자면 리도 종종 그런 기분이 들었다.

오늘밤에는 이런 생각이 간절한 흡연 욕구를 불러일으키는 정도로 그쳤다. 러셀과 사귀기 시작했을 때 끊었으니 금연한 지 거의 일 년이 되었지만, 담배를 길게 한 모금 빨고 싶은 욕망을 느끼지 않은 날이 단 하루도 없었다. 흡연가들은 담뱃갑을 손등에 대고 친 다음 포일을 뜯어서 향긋한 담배 한 대를 꺼낼 때 얼마나 뿌듯한지 아느냐며 흡연 의식을 항상 시적으로 포장했다. 그리고 불을 붙이는 것, 재를 떠는 것, 손가락 사이로 무언가를 잡을 수 있다는 느낌을 사랑하노라고 주장했다. 뭐, 다 좋은데, 실제로 담배를 피우는 것과 비교할 수는 없었다. 리는 담배 연기를 깊이 들이마시는 것을 사랑했다. 필터에 입술을 대고, 연기가 혀를 따라 허파로 곧장 흘러들어가면 그때가 바로 천국으로 직행하는 순간이었다. 그녀는 담배를 처음 한 모금 빨았을 때, 니코틴이 막 혈관을 덮쳤을 때의 기분을 날마다 되새겼다. 딱 적당한 정도의 평온과 긴장이 함께 이어지는 몇 초. 그 몇 초 후에 천천히 숨을 내뱉으면—그냥 입에서 흘려내보내는 수준이 아니라 힘차게, 하지만 그 순간을 어지럽힐 만큼 강하지는 않게—이 행복한 체험이 완성됐다.

하지만 리도 바보는 아니라, 사랑해 마지않는 그 습관의 온갖 치명적인 문제점을 잘 알고 있었다. 폐기종. 폐암. 심장병. 고혈압. 까맣게 변한 허파의 생생한 사진이 실린 잡지와 기관절개수술을 받아서 목소리가 갈라지는 사람들이 등장하는 끔찍한 광고. 치아 변색과 주름과 담배 냄새가 나는 머리와 누레진 오른쪽 중지의 제일 윗부분. 어머니의 끊임없는 잔소리. 의사의 무시무시한 경고. 사무실 밖에서 담배를 피우는데 다가와 "아직 잘 모르시나본데……" 하며 흡연의 수많은 폐해를 일일이 나열하는 생판 남인 사람들. 그리고 러셀! 몸은 곧 신전이라고 생각하는 그는 담배를 피우는 여자와는 절대로 데이트를 하지 않았고, 첫날부터 그런 입장을 분명히 밝혔다. 그 정도면 가장 열렬한 흡연가도 두 손 들기 충분했고, 팔 년 동안 하루 한 갑씩 담배를 피우던 리도 마침내 항복했다. 초인적인 노력과 몇 주 동안 고통스러운 욕구를 참는 능력이 필요한 일이었지만 견뎌냈다. 아직까지는 니코틴이 완전히 제거되지 않았지만—중독 대상이 담배에서 니코틴 껌으로 바뀌었을 뿐이라고 말할 사람도 있을 것이다—그건 상관없는 일이었다. 껌 때문에 조만간 죽는 일이 없길 바랄 따름이고, 죽더라도 뭐 어쩔 수 없었다.

리는 껌을 또 한 개 입안으로 던져 넣고 원고를 내려놓았다. 보통은 여러 출판사에서 눈독을 들이는 인기작에는 어렵지 않게 푹 빠질 수 있는데, 이번에는 고역이었다. 20세기의 전직 대통령을 주인공으로 한 800페이지짜리 대하 역사소설이 이번에도 독자의 호응을 얻을 수 있을까? 이미 나와 있는 책들로도 충분한데. 죽도록 지겨운 책은 제쳐두고 자리에 누워서, 휴가 가서 읽기 좋은 책에나 빠져들고 싶은 마음이 굴뚝같았다. 어떤 인간과도 접촉하지 않고 월요일 밤을 보낼 수만 있다면 뭐든 내줄 용의가 있었다. 기진맥진한 리는 백여 년 전에 벌어진 전투에 대해서라면 단 한 글자도 더 읽고 싶지 않은 마음에 원고를 옆으로 치우고 맥북을 무릎에 얹었다.

새벽 두시에 메신저에 접속해 있는 친구도 종종 있는데, 오늘밤에는 다들 잠잠했다. 리는 좋아하는 웹사이트를 찾아가 건질 만한 정보가 있는지 눈으로 훑으며 재빨리, 효율적으로 클릭했다. cnn.com에는 사우스플로리다에서 벌어진 악어 습격 사건 기사가 올라왔다. 야후에는 주방용 칼과 무독성 형광펜을 가지고 수박 바구니를 만드는 법을 알려주는 비디오가, gofugyourself.com에는 톰 크루즈의 앞머리와 플로비*를 다룬

---

* 집에서 쓸 수 있는 이발 기계.

재미있는 글이 있었다. neimanmarcus.com에는 가죽으로 만든 모든 액세서리의 배달 서비스를 업그레이드했다는 광고가 떴다. 클릭, 클릭, 클릭, 클릭. 그녀는 〈퍼블리셔스 위클리〉로 들어가 최신 베스트셀러 목록을 훑어보고, 유방암센터로 들어가 무료 유방 방사선 촬영을 지지한다고 클릭하고, chase.com에 들어가 월급 계좌에 별문제가 없는지 점검했다. 그런 다음 WebMD*에 들어가 강박신경증의 증상을 알아볼까 하다 그만두었다. 마침내 탈진 정도는 아니지만 노곤해지자 리는 위쪽으로 동그랗게 원을 그려가며 꼼꼼하게 세안을 하고 트레이닝복을 부드러운 면 반바지로 갈아입었다. 그리고 러셀의 얼굴을 살피며 침대 위로 올라가서, 절대 깨우지 않을 작정을 하고 오리털 이불 속으로 조심조심 들어갔다. 러셀은 꿈쩍하지 않았다. 불을 끄고 그를 건드리지 않은 채 자리에 무사히 눕는 데 성공했다. 정신이 몽롱해지기 시작하고 시원한 이불 속에서 팔다리의 긴장이 풀리려는 순간 그의 몸이 그녀를 눌러오는 게 느껴졌다. 흥분한 그의 몸이. 그는 두 팔로 리를 감싸안더니 골반을 그녀의 허리에 대고 밀었다.

"왔어?" 러셀이 귀에 대고 속삭였다. 입에서 아직도 쿠키 냄새가 났다.

리는 그가 다시 곯아떨어지길 기도하는 동시에 그런 기도를

---

* 의학정보 사이트.

하는 자신을 저주하며 가만히 누워 있었다.

"리, 아직 안 자지? 나도 안 잤어." 그는 무슨 뜻인지 그녀가 못 알아들었을 경우에 대비해 다시 한번 그녀의 허리를 밀었다.

"나 피곤해, 러스. 너무 늦었고, 내일 아침에 회의 있어서 일찍 일어나야 해." 내가 언제부터 우리 엄마 같은 말투를 쓰기 시작했을까?

"당신은 아무것도 안 해도 돼."

러셀은 리를 더욱 바짝 끌어안고 목에 입을 맞추었다. 그녀가 몸을 부르르 떨자 그는 환희의 반증으로 해석하고는 소름이 돋은 그녀의 몸을 손가락으로 훑어내렸다. 처음 데이트를 시작했을 때는 이 세상에서 러셀보다 키스를 잘하는 사람이 있을까 싶었다. 그와의 첫 키스는 지금도 기억에 생생했다. 너무나도 탁월한 키스였다. 출판기념회와 술집을 뒤로하고 택시로 집까지 바래다주었을 때 러셀은 아파트에 도착하기 직전에 리를 자기 쪽으로 끌어당기더니 그때껏 경험한 중에서 가장 부드럽고 황홀한 입맞춤을 선물했다. 입술과 혀가 완벽한 조화를 이루고, 누르는 힘도 이상적인 데다 열정도 딱 적당한 키스였다. 지금까지 만난 남자 중에 가장 유명하고 인기 많은 남자였으니 유혹이란 방면으로는 경험이 풍부할 수밖에 없었다. 그런데 지난 몇 달 사이 생판 모르는 사람과 입을 맞추는 듯한 기분이 느껴지기 시작했고, 키스를 해도 짜릿하지 않았다. 그의 입은 부드럽고 따뜻하기보다 차갑고 축축할 때가 많았고, 살갗에 닿으면 선뜩했다. 혀는 너무 게걸스럽게 이리저리 쑤셔댔다. 입술은 항상 너무 뻣뻣하거나 너무 물컹했다. 오늘밤에는 목덜미에 닿는 입술이 제대로 굳지 않은 종이 반죽 같은 느낌이었다.

"러스." 리는 한숨을 쉬며 눈을 질끈 감았다.

러셀은 리의 머릿결을 쓸어내리고 어깨를 주무르며 긴장을 풀어주려 했다. "왜? 정말 싫어?"

몸이 닿을 때마다 추행을 당하는 기분이라는 말은 하지 않았다. 섹스가 환상적이었던 때도 있었다. 러셀이 조금 파악이 안되고 바람기가 있고 매력적이었을 때에는, 이십대에 만난 변덕스러운 여자들이 아니라 좀더 진지한 여자한테 정착하겠다는 생각에 집착하고 굳은 결심을 하기 전에는. 그때가 먼 옛날처럼 느껴졌다.

정신을 차리고 보니 그가 그녀의 반바지를 무릎까지 끌어내리고 그녀를 더욱 바싹 끌어안고 있었다. 굵은 그의 팔뚝이 그녀의 턱 밑에 불룩하니 자리를 잡고 무심결에 목을 눌러댔다. 그의 가슴에서 용광로처럼 열기가 뿜어져나왔고, 허벅지의 털이 사포처럼 느껴졌다. 리는 러셀과 함께 잠자리에 들기 시작한 이래 처음으로 심장 발작의 낯익은 증상을 느끼기 시작했다.

"그만해!" 속삭이듯 말했지만, 생각보다 큰 소리가 나왔다. "지금은 안 되겠어."

리를 끌어안고 있던 러셀의 팔이 곧바로 풀렸다. 어두워서 그의 표정을 볼 수 없는 게 다행이었다.

"러스, 미안해. 그게 말이야⋯⋯"

"신경 쓰지 마, 리. 정말이야, 이해해." 러셀의 목소리는 차분하지만 쌀쌀맞았다. 그는 등을 돌렸고, 얼마 지나지 않아 깊은 잠에 들었는지 규칙적인 숨소리를 냈다.

리는 결국 여섯시가 다 되어서야 잠이 들었고, 바로 그 무렵 윗집 여자가 다양한 장비를 발에 장착하고 쿵쾅거리며 하루를 시작했다. 그런데 아침 회의 때 피곤해서 말이 꼬이고 혀가 잘 돌아가지 않는 지경에 이르러서야, 잠들기 직전에 마지막으로 한 생각이 무엇이었는지 불현듯 떠올랐다. 얼마 전에 친구들과 저녁을 먹으면서 달라지기로 선언했던 게 생각났던 것이다. 에미는 수많은 잠자리를 통해 경험을 넓히겠다고 했고, 아드리아나는 성실하게 일부일처제를 따라보겠다고 했다. 리는 그 뒤로 열흘이 지나는 동안 뭘 하고 싶은지 정할 수가 없었는데 이제 생각이 났다. 혼자가 되는 게 두렵고 러셀의 반만큼이라도 자신을 사랑해줄 남자는 두 번 다시 못 만날 게 분명하지만, 그래도 용기를 내어 잘못된 관계를 끝내겠다고 선언하면 우습게 들릴까? 모두가 당연하게 생각하는 것처럼 러셀을 사랑할 수 있게 될 날을 기다리고 또 기다렸지만, 아무리 기다려도 그런 날이 오지 않더라고 얘기하면 우습게 들릴까? 하-하. 다들 배꼽 빠진다고 하겠지. 리는 속으로 중얼거렸다. 아무도 안 믿을 거야.

아드리아나는 다른 생각을 하려고—날씨, 얼마 남지 않은 여
행, 부모님이 다시 미국으로 이사할까 고민 중이라는 사실—열
심히 애를 썼지만, 밧줄처럼 거칠게 꼰 야니의 머리와 부드러운
피부가 연출하는 황홀한 대조 말고 다른 데에는 집중할 수가 없
었다. 야니가 환상적인 복부를 앞으로 내밀거나 꼿꼿이 펼 때마
다 맥박이 빨라졌다. 야니의 이마에서 목으로 땀이 한 방울 흘러
내리는 것을 몰래 훔쳐보며 그 맛이 어떨까 열심히 상상했다. 그
가 큼지막한 손을 그녀의 허리춤에 얹자 아드리아나는 기를 쓰
고 신음을 참았다. 까칠까칠한 땋은 머리가 그녀의 어깨를 스치
고 지나갔다. 야니에게서 나는 이끼 냄새, 강렬한 풀 냄새가 상쾌
하고 남자답게 느껴졌다. 그가 아드리아나의 허리에 두 손가락
을 대고 그녀의 골반을 앞으로 밀었다. "좋아요." 그가 부드럽게
말했다. "바로 그거예요."

그의 목소리가 아주 살짝 커졌다. "왼 손바닥을 가만히 바닥
에 대고 몸을 돌려 플랭크 자세를 하세요. 손에서 땅으로, 땅에
서 손으로 흐르는 기를 느껴보세요. 호흡 잊지 말고요. 좋아요.
그렇게 가만히 있어요."

아드리아나는 그의 목소리를 차단하려고 했지만, 그게 불가능
해지자 그가 내뱉은 단어들을 좀더 건전한 쪽으로 재구성했다.

수강생들은 안무를 맞춘 무용단처럼 움직였다. 근육질의 팔다리와 탄탄한 몸통 덕에 다들 아주 쉽게 모든 동작을 취하는 것처럼 보였다. 아드리아나는 요가를 사랑했고 야니를 갈구했지만, 만지고 건드리는 것만큼은 눈곱만큼도 용납할 마음이 없었다. 아니다. 만지고 건드리는 것도 좋았다. 야니가 그녀를 건드리는 것이라면. 기가 어떻고 업이 어떻고 영혼이 어떻고 하는 강연이 그의 매력을 조금 깎아먹는 건 사실이었고 그건 그야말로 유감스러운 일이었다. 하지만 그녀로서는 무엇 하나도 허투루 넘어갈 수 없었다. 그녀는 플랭크 자세를 취한 뒤 삼두근을 부들부들 떨어가며 고개를 들어 야니가 어디 있는지 살폈다. 그는 쭉 뻗은 리의 다리 양옆을 딛고 서서 견갑골 사이를 바닥으로 누르고 있었다. 리는 아드리아나와 시선이 마주치자 눈을 굴렸다.

늘 그렇듯 수강생은 모두 여자였다. 아드리아나는 교실 안으로 들어서자마자 수강생들을 노련하게 훑어보며 그녀가 그중에서 가장 몸매가 좋고 매력적이라는 결론을 내린 뒤 매트를 펴고 리의 자리를 맡아놓았다. 미인만 모인 이 교실에서—전원이 이십대 아니면 삼십대 초반이었고, 한 명 빼고 모두 저체중 아니면 정상체중에, 일요일 이른 아침 수업인 데다 몸을 많이 움직여야 하는 운동인데도 하나같이 완벽하게 단장한 모습이었다—그녀의 미모가 일등이라니 어깨가 으쓱했다. 그래도 더 젊었을 때만큼 놀랍거나 기쁘지는 않았다. 그저 하루를 별 탈 없이 사는 데 필요한 자신감을 조금 충전했을 뿐이다. 야니가 그녀와 같이 자지 않는 것은 그녀가 아니라 야니에게 문제가 있기 때문이다. 요가를 마치고 친구들과 아침을 먹으면서 이 추론을 확인받고 싶었다.

"이해가 안 돼." 아드리아나는 그래놀라를 한 숟가락 떠서 조심스럽게 입으로 가져가며 말했다. "야니는 도대체 왜 그러는 걸까?"

리는 커피를 홀짝이며 좀더 달라는 뜻에서 웨이트리스를 향해 웃어 보였다. 10번가와 유니버시티 대로가 만나는 모퉁이에 있는 이곳은 썩 훌륭한 브런치 전문점은 아니었다. 직원들은 항상 퉁명스러웠고, 가끔 차갑게 식은 달걀이 나왔고, 커피는 너무 연하거나 쓰거나 제멋대로였다. 하지만 요가센터에서 가까웠고, 둘을 아는 사람과 마주칠 가능성이 거의 없었다. 맨해튼 도심에는 요가 팬츠 차림에 땀에 전 포니테일을 한 손님을 보고 눈살을 찌푸리지 않는 음식점이 많지 않다는 것도 그들이 이곳을 고집하는 이유였다.

"모르겠다. 그 사람, 게이는 아니고?"

"당연히 아니지." 아드리아나는 매섭게 쏘아붙였다.

"너한테 관심이 없을 가능성도 없다면……"

아드리아나는 특유의 귀여운 콧방귀를 뀌었다. "왜 이러셔."

"그럼 뻔한 이유 중 하나겠네. 발기부전이거나 거기에 포진이 생겼거나 물건이 비정상적으로 작거나. 그게 아니면 뭐겠어?"

아드리아나는 이 세 가지 가능성을 곰곰이 생각해보았지만, 정답이다 싶은 게 없었다. 야니는 평화롭고 솔직하고 강인하면서도 조용하게 자신감이 넘쳐 보였다. 지금까지 그녀에게 아무 반응도 보이지 않은 남자는 없었다. 아드리아나가 아무 노력도 하지 않았는가 하면 그것도 아니었다. 이런 식으로 노력을 한 건 몇 년 만의 일이었고, 그 몇 년 전에 남자 쪽에서 머뭇거렸던 이유는 그가 결혼을 앞두고 있어서였다. 그런데 야니는 아드리아나가 안중에도 없다는 듯이 굴 때마저 있었다. 그녀가 머리카락을 휘날리거나 완벽한 가슴을 내밀수록 그는 더 신경 쓰지 않았다.

"그게 아니면 뭐겠느냐고? 뻔하지 않니? 야뇨증이 있는데 들킬까봐 겁나는 거지." 에미가 어디에선가 나타나자 아드리아나는 스포트라이트가 다른 사람으로 옮겨갔다는 데 아주 짧은 순간이나마 짜증이 났다.

"어! 언제 왔어? 가방 이리 줘." 리가 두 팔을 내밀며 말했다.

"왜? 내가 옆에 앉는 거 싫어? 네 옆에 꼭 붙어 앉을 거야. 어깨를 부비면서. 재밌겠다."

리는 한숨을 쉬었다.

아드리아나가 자기 옆자리를 툭툭 쳤다. 그녀는 '자기 공간 확보'에 민감한 리의 성격을 알았고 이해하려고 애썼지만, 칸막이 자리나 긴 의자에 항상 비좁게 끼어 앉아야 하는 건 짜증 났다.

"다른 사람이 바로 옆에 있는 걸 못 견뎌하는 너한테 러셀은 도대체 어떤 식으로 대처하니?"

"다른 사람이 바로 옆에 있는 걸 못 견디는 건 아니야. 완충지대를 좋아하는 거지. 사적인 공간을 좀 두자는 건데, 그게 뭐 어때서?" 리가 반박했다.

"알았어. 하지만 진지하게 물어볼게. 러셀이 이해해? 받아들여? 아니면 싫어해?"

리는 다시 한숨을 쉬었다. "싫어해. 나는 죄책감 느끼고. 러셀은 만나면 뽀뽀하는 행복한 대가족 출신이거든! 나는 따뜻하기가 도자기 인형 같은 부모 밑에서 자란 외동딸인데. 노력하고는 있지만, 누가 가까이 다가오고 건드리고 하면 질색하는 건 어쩔 수가 없어."

아드리아나는 졌다는 듯이 두 손을 들었다. "그만하자. 네가 그 문제를 의식하고 있으니 됐어."

리는 고개를 끄덕였다. "의식하고 있고말고. 지속적으로, 강박적으로, 비참하리만치 의식하고 있지. 그리고 노력도 하고 있다니까, 진짜야."

에미는 아드리아나 옆자리에 털썩 주저앉았다. 43킬로그램이 추가되자 푹신한 비닐이 살짝 들썩이다 안정을 찾았다. "요가는 잘했어? 야니는 아직도 꿈쩍 안 해?"

"응. 하지만 언젠가는 무릎을 꿇을 거야." 아드리아나가 말했다.

리는 고개를 끄덕였다. "다들 그랬잖아. 적어도 너한테만은."

에미는 손으로 테이블을 두드렸다. "어이, 어이! 너희 벌써 잊은 거야? 아드리아나는 이제 가벼운 관계는 졸업하기로 했잖아. 물론 야니의 여자친구가 되겠다면야 대환영이지만, 하룻밤 자고 끝내는 건 규칙 위반이야."

"아하, 규칙? 칵테일에 취해서 만들고, 오늘까지 확정도 안 된 그거? 아무튼 규칙을 감안해도 야니는 훌륭한 목표가 될 것 같은데?" 아드리아나는 보조개를 움푹 패며 섹시하다기보다 깜찍한 미소를 지었다. 가장 앳돼 보이려고 할 때 동원하는 미소였다.

에미는 손 키스를 날렸다. "얘, 그 보조개는 미래의 남자친구를 위해 아껴둬. 이 자리에서는 쓸모가 없으니까. 내가 새로운 소식도 듣고 왔단 말이야."

"던컨 소식이야?" 리가 무심코 물었다. 두 사람이 헤어진 지 거의 삼 주가 지났다는 사실을 잠깐 깜빡한 것이었다.

"아니, 던컨 소식 아니야. 우연히 그 사람 여동생을 만났는데, 그 인간이랑 숫처녀 치어리더가 다른 커플 세 쌍하고 같이 7, 8월에 햄프턴스에서 지내기로 했다고 말해주긴 하더라."

"흠, 아주 재밌겠는데? 코딱지만 한 방 하나랑 공동욕실 빌리는 값이 2만 달러고, 지독한 교통체증에 시달리느라 여름 내내 섹스할 시간도 없을 거야. 정말 황홀한 이야기지. 내가 2003년 여름 이야기를 다시 할 필요는 없겠지?"

아드리아나는 치를 떨었다. 그해 여름은 생각만 해도 신경이 곤두섰다. 아이디어를 낸 장본인은 그녀였다. 수영장과 테니스 코트가 딸린 햄프턴스의 대저택에서 사오십 명에 달하는 이십대 싱글 전문직 종사자들과 함께 지낸다니 나쁠 게 없어 보였다. 그래서 몇 주 동안 에미와 리를 들들 볶아 동의를 얻어냈다. 하지만 하루 스물네 시간, 일주일 내내 시끄럽게 파티를 벌이고 토할 때까지 술을 마시는 인간들 때문에 죽을 뻔했고, 셋은 주말마다 수영장 한쪽 끝에 모여서 찰싹 붙어 지냈다. 그러지 않으면 돌아버릴 것 같았다. "안 돼! 하지 마. 몇 년이 지났는데 아직도 충격이 가시질 않는다."

"응. 뭐, 던컨하고 그 트레이너가 가서 놀건 말건 내 알 바 아니야. 이번주에 셰프 매시하고 한참 이야기를 해봤는데, 나를 외국으로 파견할 생각이 아직 있더라고. 올해에만 레스토랑을 두 군데 새로 열 계획이라 현장에서 진행상황을 체크하고 직원 채용이라든지 여러 가지를 도와줄 사람이 필요하대. 물론 시간이 날 때마다 신 메뉴 아이디어도 내놓아야 하고. 다음주 월요일부터 시작하기로 했어."

"축하해!" 리가 말했다.

아드리아나는 에미의 손을 꼭 잡고, 기쁜 표정을 지으려고 열심히 애썼다. 기분이 나쁜 건 아니었다. 이러니저러니 해도 에미가 최근에 재미없게 지낸 건 사실이니까. 하지만 이기적으로 말하자면 친구들이 일로 인정받는 이야기를 듣고 있기가 힘겨울 때가 있었다. 친구들이 그녀의 자유를 부러워하고, 그만한 돈과 시간으로 인생을 좀더 즐길 수 있으면 소원이 없겠다고 하는 건 알지만, 이제는 그런 소리를 들어도 기분이 썩 좋지 않았다. 두 친구의 직업이 부러운 건 아니었다. 정말로 그건 아니었다. 병적으로 자기중심적인 셰프와 구제불능인 레스토랑 직원들에 대해 열변을 토하는 에미의 이야기를 들어보면 요식업계는 일할 만한 데가 못 된다는 생각이 들었고, 리의 근무시간은 어처구니가 없었다. 괴팍한 저자와 말도 안 되는 원고 검토 스케줄에 끊임없이 투덜거리는 리를 보면, 리의 일은 책을 편집하는 게 아니라 책을 쓰는 사람을 질투하는 게 아닌가 싶기도 했다. 하지만 솔직히 인정하건대, 아드리아나가 아무리 열심히 몸단장을 하고 점심을 먹고 운동을 하고 사람을 만나도 두 친구가 자기 직업에서 얻는 만족감을 느낄 수는 없을 것이었다. 취직을 아예 생각조차 안 해본 건 아니었다. 나름대로 시도는 해봤다. 학교를 졸업하자마자 바이어 연수생으로 삭스 백화점에 들어갔는데, 메이크업과 액세서리 부서에서부터 시작해야 하고 최고 디자이너 매장의 담당자가 되려면 몇 년이 걸린다는 사실을 곧 깨달았다. 광고회사에 잠깐 있었을 때도 재미는 있었다. 상사가 눈밭으로 커피 심부름을 내보내기 전까지는. 첼시의 어느 유명 갤러리에서 몇 주 동안 일을 한 적도 있지만, 예술계에서 알맞은 결혼 상대를 만날 수 있을 거라고 생각했다니 얼마나 순진했었는지 뼈저리게 느꼈을 따름이다. 그 직후 아드리아나는 몇천 달러 벌자고 일주일에 마흔 시간 동안 일하며 인생의 수많은 부분을 등한시한다는 건 말이 안 된다는 결론을 내렸다. 때문에 아홉시 출근 다섯시 퇴근의 고역과 지금의 자유를 맞바꿀 마음은 추호도 없었다. 하지만 가끔은 남자를 침대로 유혹하는 것 말고 잘하는 일이 있었으면 좋겠다는 생각이 들었다. 야니와 맞물린 현재 상황은 예외였지만.

"……그래서 사 주마다 한두 주 동안 여행을 하게 될 거야. 심지어 셰프 매시는 내가 신규 레스토랑에 집중할 수 있게 윌로의 총지배인도 새로 찾고 있어. 난 모든 일을 조금씩 거들 거야. 스카우트, 직원 채용, 메뉴 자문…… 그런 다음 레스토랑이 문을 열면 몇 주 동안 머물면서 다 순조롭게 굴러가는지 점검하고. 끝내주지 않니?" 에미가 활짝 웃었다.

아드리아나는 한마디도 귀에 들어오지 않았다. "뭐라고?" 그녀가 물었다.

리가 노려보았다. "셰프 매시의 제안이 아직 유효하다잖아. 에미는 그 제안을 받아들일 생각이고."

"월급이 기대에 못 미치지만, 워낙 여행을 자주 할 테니 생활비는 별로 안 들 거야. 그리고 첫 여행지가 어딘지 알아? 파리야. '연수'를 받으러 파리에 간다고. 완전 대박 아니니?"

아드리아나는 잔뜩 흥분한 에미의 얼굴을 보며 분통을 터뜨리지 않으려고 갖은 애를 썼다. 그냥 파리잖아. 그녀는 생각했다. 파리에 골백번 못 가본 사람도 있나? 리가 "진짜 끝내준다"고 했을 때 아드리아나는 눈을 부라리지 않으려고 엄청난 의지력을 동원해야 했다.

에미가 실수로 자기 커피를 마시자 아드리아나는 친구의 손을 포크로 찌르고 싶은 충동을 겨우 참았다. 왜 이렇게 속이 뒤집힐까? 나는 절친의 성공에 진심으로 기뻐할 줄도 모르는 질투심 많고 옹졸한 인간인가? 아드리아나는 억지로 미소를 지으며 자신이 아는 유일한 방식으로 축하 인사 비슷한 말을 중얼거렸다. "그게 무슨 뜻인지 너도 알지, 케리다? 네 첫번째 연애 상대는 프랑스 남자가 되겠네?"

"응. 그래서 나도 생각을 좀 해봤어."

"벌써 발을 빼려고?" 아드리아나는 새침하게 물으며 커피잔을 감싸 쥐고 가장자리에 입술을 댔다.

에미는 헛기침을 하고 가운뎃손가락으로 눈썹을 정리하는 척했다. "발을 빼? 천만의 말씀. 규칙을 몇 개 분명히 정하려고."

"너 오늘 계속 규칙 타령이다?" 아드리아나가 물고 늘어졌다.

"얘, 적중률이 떨어졌다고 나한테 화풀이하지 마. 야니가 관심을 안 보이는 게 내 잘못은 아니잖아."

"얘들아, 왜 이래." 리는 한숨을 쉬었다. 그들은 오랜 시간이 지나고 각자 막중한 책임을 떠맡은 지금도 심술궂은 사춘기 아이들처럼 주기적으로 말다툼을 벌였다. 하지만 어떤 의미에서는 그것이 위안이 되기도 했다. 그럴 때마다 셋이 얼마나 가까운 사이인지 느낄 수 있기 때문이다. 그냥 알고 지내는 사람들한테는 가장 좋은 모습만 보여주지만, 자매끼리는 서로 할 말 못할 말 다 하는 법이니까.

"얼른 발동을 걸고 싶은데 어쩌라고. 너희 둘 다 지적한 것처럼 내가 진도가 한참 뒤처졌잖아." 에미가 말했다.

아드리아나는 사이좋게 지내야 한다고 마음을 다잡았다. 그래서 양손을 깍지 끼며 말했다. "알았어, 하자. 올해 목표가 몇 명이야?"

리는 인생 개조 대작전에 자기는 빠진 것을 친구들에게 들키지 않으려고 얼른 옆에서 거들었다. "세 명이면 적당하지 않을까?"

아드리아나는 커피를 마시다 사레가 들린 것 같은 소리를 냈다. "세 명? 얘! 한 달이면 모를까, 일 년에 세 명은 아니지."

"이번만은 나도 동감이야." 에미가 말했다. "그렇게 여행을 많이 다닐 건데 세 명 가지고 현실적인 목표라고 할 수 있겠어?"

"그럼 가는 나라마다 남자를 유혹하려고?" 리는 웃음을 터뜨렸다. "'이건 내 여권, 이건 내 호텔 키. 들어오시죠.' 이렇게?"

"사실, 각 대륙마다 한 명씩이 어떨까 생각 중이야."

"설마!" 리와 아드리아나가 한 목소리로 외쳤다.

"왜? 그렇게 말도 안 되는 상상이야?"

"응." 리는 고개를 끄덕였다.

"어이 상실이다." 아드리아나도 옆에서 거들었다.

"흠, 난 결정했어. 찾아가는 대륙마다 한 명씩 유혹하겠어. 섹시한 외국인으로. 미국인하고 다르면 다를수록 좋아. 조건은 안 붙일 거야. 사귀지도 않을 거고, 감정적으로 얽히지도 않을 거야. 그냥 순수하게 섹스만 하겠어."

아드리아나가 휘파람을 불었다. "케리다! 내 얼굴이 다 화끈거린다!"

"남극대륙은 어쩌려고?" 리가 물었다. "천하의 애디도 남극대륙 출신하고는 같이 못 자봤을 것 같은데."

"나도 생각해봤어. 남극대륙은 사실 좀 비현실적이기는 해. 그래서 알래스카를 남극대륙으로 간주하기로 했어."

에미는 조그만 가방에서 꾸깃꾸깃한 종이를 꺼내 테이블에 올려놓고 반듯하게 폈다.

"그거 차트니? 설마 차트까지 만든 거야?" 아드리아나가 웃음을 터뜨렸다.

"응."

리는 천장을 올려다보았다. "차트를 만들다니."

"다 계산해놨어. 북아메리카 남자는 사귀어봤으니까 여섯 대륙이 남은 거야. 그리고 엄밀히 말해서 오티스를 맡긴 마크가 모스크바에서 태어났으니까 유럽 대표라고 할 수 있고."

"그건 말도 안 돼." 리가 말했다. "올해 만난 남자라야지."

웨이트리스가 얼굴을 찡그리며 계산서를 내려놓았다.

"한 표 추가." 아드리아나가 말했다. "북아메리카는 인정할게. 하지만 마크는 안 돼. 굳이 마크를 유럽 대표로 내세울 필요도 없잖아? 몇 주 있으면 파리에 갈 텐데!"

에미는 고개를 끄덕였다. "듣고 보니 그러네. 그럼 하나 끝냈고 여섯 대륙 남았어."

"그런데 그리스에서 일본 남자를 만나거나 타이에서 오스트레일리아 남자를 만나는 경우는 어떻게 할 거야?" 아드리아나가 어리둥절한 얼굴로 물었다. "그럼 아시아하고 오스트레일리아 대표가 되는 거야, 아니면 섹스를 한 곳의 대표로 쳐야 하는 거야?"

에미는 미간을 찌푸렸다. "모르겠다. 그 부분은 전혀 생각을 못했네."

"너무 다그치지 말자." 리가 아드리아나를 보며 말했다. "국적이나 장소나 둘 중에 하나만 따지면 되지. 아우, 에미가 이런 생각을 한다는 것만으로도 대단하다."

"알았어." 아드리아나도 동의했다. "그리고 행운을 바라는 뜻에서 프리패스를 선물할게."

"프리패스?"

"한 대륙은 그냥 건너뛰어도 좋다고. 안 그러면 실패하기로 작정한 거나 다름없잖아."

"어느 대륙을 뺄까?" 에미가 살짝 안도하는 표정으로 물었다.

"스위스 남자를 와일드카드로 쓰면 어때?" 리가 의견을 내놓았다. "중립국이잖아. 그러니까 스위스 남자랑 자면 아무 대륙으로나 쳐주는 거야."

세 친구는 웃고 또 웃었다. 이렇게 웃는 건 대학을 졸업한 이래 오랜만이었다.

아드리아나가 요가 가방 앞주머니에서 파란색 통을 꺼내 투명한 크림을 입술에 살짝 발랐다. 두 친구는 물론이고 주변에 앉아 있던 손님들마저 아드리아나의 이 사소한 의식을 넋을 잃고 바라보았다. 덕분에 그녀는 기분이 좀 좋아졌다. 요즘 머릿속에서 떠날 줄 모르는, 외모가 평생 가지 않는다는 생각 때문에 심란하던 차였다. 아드리아나도 이성적으로는 이 사실을 받아들이고 있었지만—마치 사춘기 아이가 모든 인간은 죽을 수밖에 없다는 사실을 아는 것처럼—현실을 완벽하게 이해할 수는 없었다. 어머니는 아드리아나가 열네 살 때 하룻저녁에 두 남자아이와 데이트 약속을 잡은 그날부터 이 사실을 계속 상기시켰다. 그날 밤에 누굴 만날 거냐는 물음에 아드리아나는 이해가 안 된다는 눈빛으로 여전히 아름다운 어머니를 말똥말똥 쳐다보았다.

"엄마, 왜 둘 중 한 명하고는 약속을 깨야 해요?" 아드리아나는 이렇게 물었다. "시간도 많은데 둘 다 만나도 되잖아요."

어머니는 웃으며 시원한 손바닥으로 아드리아나의 볼을 감싸 쥐었다. "지금 마음껏 즐기렴, 케리다. 영원히 이렇지는 않을 테니까."

물론 맞는 말이었지만, 아드리아나는 그 '영원히'가 이렇게 빨리 끝날 줄은 몰랐다. 이제는 애인을 끊임없이 만드는 것보다 좀 더 중요한 일에 미모를 동원해야 하는 때였다. 남자친구를 만들겠다는 맹세는 올바른 방향으로 내디딘 한 발짝 전진이었지만, 그렇게 원대한 포부는 아니었다.

아드리아나는 호들갑스럽게 왼손을 위로 들며 요란하게 한숨을 쉬었다. "너희들 이 손 보이지?" 둘 다 고개를 끄덕였다. "내년 이 무렵엔 이 손에 다이아몬드 반지가 끼워져 있을 거야. 엄청나게 큰 다이아몬드가. 완벽한 남자하고 앞으로 열두 달 안에 약혼을 하겠다고 지금 이 자리에서 선언할게."

"아드리아나!" 에미가 비명을 질렀다. "나를 이겨보려고 하는 소리지?"

리는 머스크멜론을 먹다 사레가 들었다. "약혼? 누구랑? 만나는 사람 있어?"

"아니, 지금 당장은 없어. 하지만 앞으로 달라지겠다는 에미의 맹세를 듣고 자극받았어. 게다가 이제는 현실을 직시해야지. 나이를 거꾸로 먹지는 못하잖니. 우리 모두 인정하다시피 돈 많고 잘생기고 사회적으로 성공한 삼사십대 남자는 몇 명 안 되잖아? 지금 당장 차지하지 않으면……" 그녀는 탄탄한 가슴을 양손으로 잡고 위로 올렸다. "꿈 깨야 할지도 몰라."

"지금이라도 그걸 깨달았다니 다행이다." 에미가 장난기 다분한 말투로 이야기했다. "수십 명, 아니 수백 명에 달하는 삼십대의 잘나가는 독신 훈남 중에서 한 명을 골라 내 남자로 만든다. 그래, 아주 좋은 계획이야."

아드리아나는 미소를 짓고 거만한 태도로 에미의 손을 토닥였다. "돈도 많아지, 케리다. 너희도 다 나를 따라 해야 된다는 건 아니야. 그러기 전에 인생부터 좀 즐겨야 하는데, 그런 면에서 네가 난잡한 성생활의 세계로 뛰어들겠다고 마음먹은 건 정석이라 볼 수 있지. 하지만 나는 이미 뛰어들었으니……"

"뛰어든다고 쓰고 '완벽하게 정복한다'고 읽는 거겠지." 리가 옆에서 거들었다.

"마음껏 웃어도 좋아." 아드리아나는 늘 그렇듯 자기 말이 진지하게 받아들여지지 않는다는 데 살짝 짜증이 났다. "하지만 마이크로파베 세팅한 5캐럿 넘는 해리 윈스턴 다이아몬드를 보고도 웃지는 못할걸. 절대로."

"그래, 하지만 지금은 너무 웃겨." 에미가 말하자 리는 폭소를 터뜨렸다. "아드리아나가 약혼을 한다고? 상상이 안 된다."

"계속 일부일처제를 주장했던 여자가 만나는 외국인마다 유혹하겠다는 건 퍽이나 상상이 되겠다." 아드리아나는 이렇게 쏘아붙였다.

리는 예전에 피우던 담배 때문에 어차피 망가진 부분이긴 해도 눈 밑의 얇은 피부를 비비지 않게 조심하면서 눈물을 훔쳤다. 유난히 힘들었던 요가수업으로 샘솟은 엔도르핀 때문인지, 이따러셀의 부모님과 함께 저녁식사를 해야 한다는 끔찍한 사실 때문인지, 단순히 친구들의 즐거운 분위기에 동참하고 싶은 생각 때문인지 알 수 없지만, 리는 아무 생각도, 자각도 없이 불쑥 이야기를 꺼냈다.

"너희의 용기 있는 결단에 경의를 표하는 뜻에서……" 말이 제멋대로 술술 흘러나오는 듯했다. "나도 목표를 정할게. 올해 말까지 나는……" 목소리가 서서히 잦아들었다. 미리 정해놓은 것 없이 생각이 나겠거니 하고 입을 열었는데 약속할 게 없었다. 일은 조금 지루할 때도 있지만 보람 있었다. 지금까지 같이 잔 남자의 숫자도 충분했다. 아드리아나의 조건에 딱 들어맞는 남자친구를 이미 손에 넣었다. 그것도 평범한 남자가 아니라 유명한 남자, 이 나라 여자 절반과 맨해튼 여자 전부가 데이트하지 못해 안달이 난 남자를. 저축한 돈으로 자기 아파트까지 사놓았다. 리는 남들이 바라는 그대로 살고 있었다. 뭘 바꾸지?

"임신을 하겠다?" 에미가 도움을 자청하고 나섰다.

"성형수술을 받겠다?" 아드리아나가 맞받아쳤다.

"백만 달러를 모으겠다?"

"스리섬을 해보겠다?"

"알코올이나 마약에 중독되겠다?"

"지하철을 사랑해보겠다?" 아드리아나가 사악하게 미소를 지으며 물었다.

리는 몸서리를 쳤다. "아니야. 그건 절대 아니야." 그러고는 씩 웃었다.

에미가 리의 손을 토닥였다. "친구야, 우리도 알아. 그 먼지, 소음, 들쭉날쭉한 시간표……"

"그리고 수많은 사람들!" 아드리아나가 덧붙였다. 십이 년 동안 친구로 지냈더니 자기 자신보다 리를 더 잘 아는 듯한 기분이 들었다. 이 가여운 아가씨를 미치게 만드는 것을 하나 꼽으라면—난장판이나 시끄럽고 반복적인 소음이나 깜짝 놀라게 만드는 것보다 더 심하게—그건 바로 인파였다. 이 아가씨는 요즘 들어 안절부절못했고, 아드리아나와 에미는 기회가 있을 때마다 그 문제에 대해 이야기했다.

에미가 침묵을 깼다. "어마어마하게 구조 조정을 해야 할 부분이 없다니 좋은 쪽으로 해석해. 그렇게 말할 수 있는 사람이 몇이나 되겠어?"

아드리아나는 남은 토스트 조각을 조금씩 뜯어 먹었다. "맞는 말이야, 케리다. 너는 완벽한 인생을 고맙게 받아들이기만 하면 돼." 그녀는 커피잔을 높이 들었다. "변화를 위하여."

에미가 바닥을 드러낸 자기 자몽주스 잔으로 손을 뻗으며 리 쪽으로 고개를 돌렸다. "그리고 현재 누리는 완벽한 생활을 인정하는 날을 위하여."

리는 눈을 굴리며 억지로 미소를 지었다. "끝내주는 외국 남자들과 주먹만 한 다이아몬드를 위하여."

두 개의 잔이 리의 잔과 부딪치며 쨍그랑하는 아름다운 소리를 냈다. "건배!" 그들은 일제히 외쳤다. "이 모든 것을 위해 건배."

짜증 날 정도로 말 많은 동료들이 앞으로 칠 분 안에 입을 다물지 않는 한, 리가 웨스트미드타운에서 출발해 어퍼이스트사이드에 한시까지 도착하는 건 불가능한 일이었다. 이 인간들은 자기 목소리가 지겹지도 않은가? 배도 안 고픈가? 이제 점심시간이라고 알리려는 듯이 배에서 요란한 소리가 났지만, 알아차리는 사람은 아무도 없는 듯했다. 그들은 출간을 앞둔 『교황 요한 바오로 2세의 삶과 리더십』을 놓고 대통령 후보 간 토론이라도 되는 양 열띤 논쟁을 펼치는 중이었다.

"여름엔 종교인의 자서전이 좋은 성적을 내기 힘든데, 여름까지 얼마 안 남았잖아요." 회의시간에 발언하는 게 아직 어색한 부편집자 하나가 떨리는 목소리로 말했다.

얼굴이 예쁘장하고 서른 몇이라는 나이보다 한참 어려 보이며 이름이 뭔지 모르겠는 영업팀의 한 여자가 회의에 참석한 모든 사람들을 향해 말했다. "여름 시장에 어울리는 책이라는 게 해변에서 읽을 만한 것 말고 있겠어요? 하지만 계절 때문에 그렇다고 보기엔 실적이 너무 실망스럽단 말입니다. 반스앤노블, 보더스, 독립 서점…… 이 모든 곳에서 주문량이 예상치를 현저하게 밑돌고 있어요. 아무래도 입소문을 좀더 내야 할 것 같은데……"

"입소문이요?" 홍보팀의 여성스러운 팀장 패트릭이 빈정거렸다. "교황을 다룬 책을 어떤 식으로 입소문을 내겠다는 겁니까? 참고하게, 눈곱만큼이라도 그럴듯한 방법이 있으면 알려주시죠. 제가 보기에는 브리트니 스피어스가 맨가슴에 이 책의 전문을 문신으로 새겨도 화제가 되지 않을 것 같은데요."

리만큼 빠르게 승진했고, 브룩 해리스에서 리에게 위안이 되어주는 유일한 존재라고 할 수 있는 또다른 편집자 제이슨이 한숨을 쉬며 시계를 보았다. 리는 그의 눈을 쳐다보며 고개를 끄덕였다. 이제 더는 지체할 수가 없었다.

"저는 이만 실례할게요." 리가 중간에 끼어들었다. "중요한 점심 약속이 있어서요. 업무상 약속이에요." 아무도 상관하지 않겠지만, 그래도 그녀는 얼른 덧붙였다. 그러고는 조용히 자료를 모아서 어디든 들고 다니는 모노그램 가죽 폴더에 넣고 살금살금 회의실을 빠져나왔다.

핸드백을 챙기려고 사무실로 막 들어선 순간 전화벨이 울렸다. 확인해보니 사장 내선 번호가 찍혀 있었다. 무시하고 받지 않으려는데, 보조 편집자가 큰 소리로 외쳤다. "1번에 사장님이세요. 급한 일이래요."

"늘 급한 일이라고 하지." 리는 중얼거렸다. 그리고 심호흡을 하며 마음을 가라앉히고 수화기를 들었다.

"사장님! 영업회의에 참석 못 해서 미안하다고 사과 전화하신 거예요?" 그녀는 농담을 던졌다. "이번에는 봐드리겠지만, 다시는 그러지 마세요."

"하하, 나 지금 웃다 배꼽 빠질 뻔했어." 사장이 말했다. "점심시간에 네일케어를 받거나 얼른 바니스*에 다녀오려고 했는데 내가 방해한 건 아니지?"

리는 억지로 웃었다. 어쩌면 이렇게 속속들이 잘 아는지 섬뜩할 지경이네. 좀더 정확히 말하면 '드라이'와 바니스였지만. 사실 지금은 어느 쪽이든 형편이 안 됐지만, 청결과 백화점에 관한 한 워낙 까다롭다보니 돈을 아낄 수가 없었다. "아니에요. 무슨 일이신데요?"

"지금 내 사무실에 자네를 소개하고 싶은 손님이 있어서. 잠깐 이리로 건너오지그래."

---

* 고급 백화점.

젠장! 정말이지, 하루 중에서 제일 마땅치 않은 시간에 뭘 부탁하는 거 하나는 타고난 인간이라니까. 내 사무실 도청하는 거 아냐?

리는 다시 한번 심호흡을 하며 마음을 가라앉히고 시계를 흘끗 쳐다보았다. 예약시간까지 십오 분 남았고, 살롱은 걸어서 십 분 거리에 있었다. "지금 바로 건너갈게요." 그녀는 세쿼이아 나무도 쓰러뜨릴 만큼 힘찬 목소리로 대답했다.

리는 칸막이 자리들을 잽싸게 지나 사장실과 그녀의 사무실을 가르는 구불구불한 복도를 걸었다. 사장은 브룩 해리스가 가족적인 분위기라는 것을 보여주는 것을 중시하고, 새로운 작가가 올 때마다 모든 편집자를 개인적으로 소개해야 한다고 주장하는 사람답게 미래의 작가나 지금 막 계약한 새로운 작가에게 그녀를 소개하려는 게 분명했다. 신입 때 가장 감동한 게 이런 부분이었지만—수많은 작가들이 브룩 해리스와 계약하고 평생 떠나지 않는 가장 큰 이유 중 하나이기도 했다—오늘은 정말 너무도 짜증이 났다. 톰 울프 급이라면 모를까, 그 이하이기만 해봐. 리는 모퉁이를 돌고 엘리베이터를 지나면서 머릿속으로 열심히 계산기를 두드렸다. '저희 가족이 되신 걸 환영합니다. 선생님과 함께 일할 수 있게 돼서 기쁩니다' 아니면 '선생님이 저희 가족이 되시다니 기쁘고 영광스럽습니다' 식의 인사는 몇 분이면 족할 것이다. 새로운 혹은 미래의 작가가 현재 집필 중인 작품에 관심을 보이는 척하는 데 이삼 분, 이전 작품의 성공을 축하하는 데 다시 일 분쯤 할애하면 오 분 안으로 끝낼 수 있었다. 어쨌거나 오 분 안으로 끝내야 했다.

리는 어젯밤 늦게까지 최근에 계약한 회고록의 초교를 마치느라 아침에 알람 소리를 못 듣고 내처 자버린 탓에 샤워도 못한 채 달려 나와 영업회의 시간에 겨우 맞추었다. 책상 위에 놓인, 키가 어마어마하게 큰 연보라색 난초에 "사랑해. 오늘밤에 얼른 만나고 싶어. 경축 1주년!"이라는 쪽지가 달린 것을 보고 나서야 러셀이 두 사람의 1주년을 기념하기 위해 대니얼에 예약을 해놓았다는 사실이 생각났다. 이렇게나 전형적이라니. 직장생활을 하면서—어쩌면 평생을 통틀어—처음으로 늦잠을 자고 노숙자 꼴로 집을 나선 날이 바로 일생일대 딱 하루 중요한 날이라고 할 오늘이라니. 고맙게도 길레스는 막판 드라이 예약을 받아주었다("아드리아나가 한시 예약인데 괜찮다고 하면 그 시간에 오든지." 그가 말했다. "괜찮을 거예요!" 리는 수화기에 대고 외쳤다. "제가 전부 다 책임질게요!"). 그녀는 드라이를 하고 사무실로 돌아오는 길에 바니스에 들러 향수나 넥타이나 여행용품 세트—뭐가 됐든 계산대에서 가장 가깝고 포장이 되어 있는 물건으로—를 살 생각이었다. 그러니 노닥거릴 시간이 없었다.

"바로 들어가시면 돼요." 새로 들어온 헨리의 비서가 느릿느릿 말했다. 삐죽삐죽하고 분홍색으로 브리지를 넣은 헤어스타일이 남부 사투리와 어울리지 않았지만—보수적인 회사 분위기와도 어울리지 않았고—맞춤법을 아는 눈치였고 대놓고 으르렁거리지 않았기 때문에 모두들 그냥 넘어갔다.

리는 고맙다는 뜻에서 고개를 까딱하고 열린 문 너머로 쏜살같이 달려갔다. "안녕하세요!" 그녀는 사장인 헨리에게 큰 소리로 인사했다. 등을 보이며 헨리의 맞은편에 앉아 있는 남자는 사십대 초반인 듯했다. 초여름인데도 옅은 파란색 셔츠에 팔꿈치를 덧댄 올리브색 코듀로이 재킷을 입고 있었고, 지저분한 금발은—자세히 보니 옅은 갈색이었다—층이 완벽해서 귀 윗부분을 살짝 덮으며 떨어져 옷깃 윗부분을 스쳤다. 고개를 돌리지 않아도 그가 매력적인 남자임을 직감적으로 알 수 있었다. 어쩌면 눈부신 남자일 수도 있었다. 때문에 두 사람의 눈이 마주쳤을 때 리는 크게 당황했다.

리가 놀란 이유는 두 가지였다. 맨 처음 든 생각은 남자의 외모가 예상에 훨씬 못 미친다는 것이었다. 두 눈은 쨍한 파란색이나 녹색이 아니라 별 특징 없이 희끄무레한 갈색이었고, 코는 납작하면서 두툼했다. 하지만 치아만은 치약 광고에 나와도 될 만큼 완벽하고 가지런하고 하얗고 눈이 부셨는데, 리의 시선을 사로잡은 것이 바로 이 치아였다. 남자가 미소를 짓는 순간 깊으면서도 아주 매력적인 팔자주름이 드러나자, 그제야 리는 남자의 정체를 파악할 수 있었다. 이곳에 앉아 어서 오라는 표정으로 여유 있는 미소를 짓고 있는 이 남자는 업다이크, 로스, 벨로 그리고 맥키너니, 포드, 프랜즌에 비견되는 작가 제시 채프먼이었다. 그가 스물세 살 때 출간한 처녀작 『환멸』은 보기 드물게 시장과 문단, 양쪽에서 호평을 받은 작품이었다. 그가 파티에 참석하고 모델과 데이트하고 책을 쓸 때마다 천재 악동의 명성은 더욱 공고해졌다. 그는 육칠 년 전에 재활시설에 입원했다는 소문과 더불어 잔인한 서평의 집중 포화를 맞고 자취를 감추었지만, 그가 영영 숨어 지낼 거라고 생각한 사람은 아무도 없었다. 그가 이 사무실에 나타났다는 사실이 의미하는 바는 단 한 가지일 수밖에 없었다.

"리, 이쪽은 제시 채프먼 선생. 이분의 작품이야 익히 알고 있겠지? 그리고 제시, 이쪽은 리 아이스너라고, 우리 회사에서 가장 촉망받는 편집자이자, 굳이 선택하라면 내가 가장 아끼는 편집자예요."

제시가 일어나 리를 마주보았다. 그의 눈은 한곳을 쳐다보고 있었지만, 그녀를 평가하고 있음을 알 수 있었다. 떡진 머리를 하나로 질끈 묶고 화장도 안 한 여자를 좋아할까? 그러길 바랄 수밖에.

"사장님은 모든 편집자를 그렇게 소개하세요." 리는 우아한 목소리로 이야기를 건네며 악수를 하기 위해 손을 내밀었다.

"그러시겠죠." 제시는 서글서글하게 대답하며 그녀의 오른손을 두 손으로 맞잡았다. "그래서 우리 모두 사장님을 좋아하는 거 아니겠습니까. 앉으시죠."

그는 2인용 소파에서 비어 있는 자기 옆자리를 가리키며 그녀를 바라보았다.

"아, 예, 그런데 사실 제가……"

"앉지그래." 헨리가 말했다.

리는 그를 노려보고 싶었지만 꾹 참고 구닥다리 소파에 앉았다. 드라이여, 안녕. 그녀는 속으로 생각했다. 바니스도 안녕. 엉망으로 끝날 게 분명한 오늘밤 이후로 러셀이 나한테 말을 걸면 그게 기적이겠군.

헨리가 헛기침을 했다. "제시하고 가장 최근에 발표했던 소설 이야기를 하던 중이야. 우리, 그러니까 출판업계 전체가 〈타임스〉의 공격을 용서받지 못할 짓으로 생각한다고. 꿍꿍이가 있었던 〈타임스〉로서도 당황스러운 일이었겠지. 그 서평을 진지하게 받아들인 사람이 아무도 없었으니까. 전적으로……"

제시가 이번에는 살짝 호기심 어린 미소를 지으며 리 쪽으로 고개를 돌렸다. "어떻게 생각했어요? 당신은 그 서평이 정당하다고 생각했나요?"

자신의 책과 문제의 서평을 읽었을 뿐 아니라 기억하고 있을 거라고 확신하다니, 리로서는 충격이었다. 짜증 나는 일이긴 했지만, 그녀는 그 서평을 기억했다. 육 년 전 일요일판 북 리뷰 1면을 장식한 서평이었는데, 악의적인 표현들이 아직도 기억에 생생했다. 저자가 자기 작품을 이런 식으로 혹평한 글을 읽으면 어떤 기분일까, 제시 채프먼은 어디에서 그 잔인한 열 개의 문단을 접했을까 궁금했었다. 안 그래도 읽었을 책을—대학교 때 수많은 문학수업 시간에 제시의 초기 소설들을 공부하곤 했다—서평 때문에 하드커버로 사서 그 주에 당장 탐독했었다.

리는 종종 그렇듯 앞뒤 재지 않고 이야기를 시작했다. 질서정연한 성격과 절대 어울리지 않는 습관이지만, 고칠 수가 없었다. 꼼꼼하게 아파트를 정리하거나 하루 일정이나 업무 계획을 짤 수는 있지만, 머릿속에 떠오른 생각을 모조리 말할 필요는 없다는 사실은 완전히 체득하지 못한 모양이었다. 러셀과 친구들은 그게 매력이라고 했지만, 곤혹스러울 때도 있었다. 예를 들면 상사와 만나는 자리라든가. 리는 흥미를 보이고 있지만 여전히 초연한 제시의 눈빛 때문에 사장실에서 21세기 들어 가장 위대한 작가와 이야기하고 있음을 망각한 채 곧장 앞으로 질주했다. "정말 한심한 서평이었죠. 악의적이고 프로답지 못한 공격이었어요. 하지만 『원한』이 선생님 작품 중에서 가장 처지는 건 사실이에요. 그런 서평을 받을 정도는 아니지만, 『달의 몰락』이나 『환멸』과 어깨를 나란히 할 만한 작품도 아니었어요."

헨리가 숨을 들이쉬며 본능적으로 손으로 입을 가렸다.

리는 아찔했다. 심장이 최고 속도로 쿵쾅거렸고, 손과 발에서 땀이 나기 시작했다.

제시는 씩 웃었다. "직언을 하네요. 허튼소리는 싹 빼고. 요즘 같은 때 드문 일이지 않나?"

리는 정말로 궁금해서 묻는 건지 가늠이 되지 않아 잔인하게 비틀고 있던 자기 손만 물끄러미 쳐다보았다.

"이거 무슨 차밍스쿨 분위기인데요?" 헨리가 웃음을 터뜨렸다. 목소리가 힘이 없고 신경질적이었다. "리, 채프먼 선생에 대한 생각을 밝혀줘서 고맙네. 물론 자네만의 생각이었지만." 그는 제시를 보며 맥없이 웃었다.

리는 이 말을 이제 나가도 좋다는 신호로 해석하고, 기쁜 마음으로 응했다. "저기, 제가 너무…… 악의가 있어서 그런 건 아니었어요. 제가 사실 엄청난 팬인데 그게……"

"사과하지 마요. 만나서 반가웠습니다."

리는 다시금 사과하고 싶었지만 입술을 깨물며 소파에서 일어났다. 굴욕은 이것으로 마감하고 제시 앞을 지나 사장실에서 나왔다. 하지만 비서의 표정을 본 순간 망했음을 알 수 있었다.

"나 너무 심했죠?" 리는 비서의 책상을 움켜쥐며 물었다.

"우와. 정말 용감했어요."

"용감했다고요? 용감하게 한 말이 아니었어요. 능수능란하게 대처할 생각이었다고요! 난 정말 꼴통인가봐요! 그런 말을 하다니! 팔 년 동안 죽어라 일했는데 입단속 한 번 못해서 물거품으로 만들었어요. 그 정도로 심했어요?" 리는 다시 한번 물었다.

잠시 침묵이 흘렀다. 비서는 무슨 말을 하려고 입을 떼다가 다시 다물었다. "듣기 좋은 말은 아니었어요."

리는 시계를 보았다. 여러 에이전트와 오후 내내 통화 약속이 잡혀 있었다. 미용실에 갔다가는 그 시간에 맞춰 돌아올 방법이 없었다. 그녀는 다시 자기 사무실로 돌아가 전화를 돌리기 시작했다. 맨 먼저 길레스에게 전화해 예약을 취소하고, 그다음으로는 바니스에 전화했다. 목소리가 상냥한 남성용품 코너 점원이 여섯시까지 사무실로 선물을 보내주기로 했다. 어떤 선물로 하겠느냐는 물음에 리는 당황했다. 고민할 여력도 없고 딱히 생각나는 것도 없어서 200달러 한도 내에서 골라 카드로 계산해달라고 했다.

다섯시 반에 선물 포장된 상자가 도착했을 무렵 리는 울음을 터뜨리기 직전이었다. 보통 한 시간마다 전화를 하거나 사무실을 들여다보지 않으면 혀에 가시가 돋는 헨리인데, 아직까지 아무 소식이 없었다. 가까스로 짬을 내 헬스클럽으로 달려갔지만—운동이 아니라 후딱 샤워를 하러—온수의 축복이 쏟아지는 샤워기 밑에 선 다음에야 화장품, 갈아입을 속옷, 가장 중요한 헤어드라이어가 든 헬스클럽용 가방을 사무실에 놓고 온 게 생각났다. 헬스클럽에 달려 있는 5센티미터짜리 코드처럼 생긴 미니 드라이어로 머리를 말렸더니 이보다 더 나빠질 수는 없을 거라고 생각했던 샤워 전보다 상태가 훨씬 더 악화됐다. 회사까지 걸어가는 동안 러셀과 어머니가 전화를 했지만 받지 않았다.

나는 역겨운 인간이야. 리는 사무실에서 가장 가까이 있는 화장실 거울에 자기 얼굴을 비춰보며 생각했다. 가장 질색하는 에이전트와 방금 전에 마지막으로 통화를 마치고 일곱시가 다 되어갈 무렵이었다. 머리카락은 부스스하게 축 늘어졌고, 앞머리나 파운데이션으로 가리지 못해 벌겋게 드러난 이마의 뽀루지와 눈밑의 다크서클 때문에 머리는 더욱 도드라지게 납작해 보였다. 이 블레이저를 입으면 '세련된 레즈비언'처럼 보인다고 러셀이 놀렸던 건 까맣게 잊고, 몸에 꼭 맞는 느낌과 묵직한 금색 체인과 샤넬이라는 사실에—유일하게 소장한 오트쿠튀르였다—만족했는데, 지금 보니 미식축구 선수 같았다. "걱정 마." 그녀는 혼잣말인 것도 알아차리지 못한 채 중얼거렸다. "러셀은 스포츠 해설자잖아. ESPN에서 일하는. 평생을 스포츠에 바친 사람이지. 러셀은 미식축구 선수를 사랑해!" 리는 이 말을 끝으로 예쁘게 포장된 바니스 선물상자를 들고, 그 안에 뭐가 들어 있는지 전혀 모른다는 걱정은 접은 채 후줄근한 자신을 추스르며 1층으로 내려가 택시를 잡았다.

러셀은 여유롭고 군살 하나 없고 행복한 모습으로 대니얼 밖에 서 있었다. 한 달 동안 카리브 해에서 자기 몸을 신전처럼 관리하는 데에만 집중하다 온 사람 같았다. 진회색 양복이 잘 가꾼

근육을 감싸고 있었다. 매일 10킬로미터를 달리는 건강한 사람답게 피부에서 빛이 났고, 새로 샤워를 하고 깔끔하게 면도를 한 매무새였다. 심지어 구두마저—둘이 마지막으로 밀라노 여행을 갔을 때 산, 까만색 끈으로 묶는 구두였다—말 그대로 반짝거렸다. 이렇게 완벽하게 단장하고 나오다니, 너무하네. 대체 어떻게 하면 하루 종일 일한 사람의 넥타이가 저렇게 깨끗하고 셔츠가 저렇게 빳빳할 수 있는 거지? 도대체 어쩌면 저렇게 항상, 커프스 링크는 양말과, 신발은 서류가방과 색깔을 맞추는 식으로 옷을 잘 입을 수 있는 걸까?

"자기 왔어? 막 걱정이 되려던 참이었는데."

리는 형식적으로 입술에 가볍게 키스하고 러셀이 입을 벌리기 전에 얼른 물러났다. "걱정은 왜? 늦지도 않았잖아."

"하루 종일 목소리를 못 들어서. 난초 받았지? 당신이 제일 좋아하는 보라색으로 보냈어."

"받았어. 예쁘더라. 정말 고마워." 리는 자기가 듣기에도 이상한 목소리로 대답했다. 너무 높고 날카로운 데다 도어맨이나 세탁소 주인과 이야기할 때처럼 의례적이었다.

러셀은 리의 허리 중에서도 잘록하게 들어간 부분에 손을 얹고 안으로 안내했다. 턱시도를 차려입은 초로의 남자가 재빨리 다가와 맞이했다. 러셀을 아는 눈치였다. 지배인이 러셀 쪽으로 몸을 숙였고, 두 사람은 서로 어깨를 가볍게 두드리며 잠깐 동안 나지막이 대화를 주고받았다. 잠시 후 지배인이 타이트하지만 점잖은 바지 정장을 입은 젊은 아가씨에게 두 사람을 자리로 안내하라고 지시를 내렸다.

"미식축구 팬인가봐?" 리는 실제로 궁금하다기보다 궁금한 것처럼 보이려고 이렇게 물었다.

"누구? 지배인? 응. TV에서 나를 봤나봐. 그러니까 이 자리를 준 거 아니겠어?"

리는 그제야 두 사람이 앉을 곳이 이 레스토랑을 통틀어 가장 좋은 자리라는 것을 깨달았다. 드라마틱한 아치 아래에 있는, 으리으리한 레스토랑 전체가 다 보이는 자리였다. 조명이 워낙 차분하고 완벽해서 그 아래 있으면 리도 예뻐 보일 것 같았고, 무게감 있는 비단과 끝도 없이 펼쳐진 빨갛고 폭신한 벨벳이 끔찍한 하루를 보낸 그녀를 위로하는 듯했다. 테이블 사이에 적당히 공간을 두어 사람들이 서로 겹쳐 앉을 필요가 없었고, 흐르는 음악은 잔잔했고, 휴대전화로 통화를 하는 사람도 없었다. 불안증 환자의 관점에서 이곳은 지상낙원이었다. 특히 오늘 같은 날 자리를 놓고 까다롭게 굴면 러셀이 평소보다 더 심란해할 테니 더욱 안성맞춤이었다.

리는 피노 그리지오*와 캐러멜색이 나게 잘 익힌 바다 가리비

---

* 이탈리아의 대표적인 화이트와인.

덕분에 마음이 한결 편안해졌지만, 일에서 로맨틱한 둘만의 저녁식사로 완전히 모드를 바꾸지는 못했다. 그녀는 러셀이 어떤 식으로 사보를 만들 생각인지 이야기하고, 올해 여름에는 둘이서 마서스 비니어드*에 있는 대학동창네 집에 놀러 가자고 하고, 오늘 아침에 메이크업 담당에게 들은 재미있는 이야기를 재연하는 내내 고개를 끄덕이며 들었다. 그러다 웨이터가 샴페인 두 잔과 코코넛 다쿠아즈를 디저트로 내오자 화들짝 놀랐다. 끓는 물에 데친 파인애플을 담고 가장자리에 베리를 두른 접시 옆에 까만색 벨벳 상자가 무심히 놓여 있었다. 그녀는 놀라고 조금 당황했다. 보석 상자와 마주쳤을 때 제일 먼저 느낀 감정이 안도감이라니. 긴 직사각형 모양인 걸 보니 고맙게도 반지는 아닌 것 같았다. 언젠가는 러셀과 결혼할 마음이 생길지 몰라도—그를 만난 친구와 친척 들은 하나같이 러셀이 미래의 남편감으로 손색이 없고, 다정다감하며, 잘생겼고, 직업도 탄탄하며, 카리스마 있고, 리를 끔찍이 아끼는 것 같다고 이야기했다—지금 당장은 아니었다. 앞으로 일 년 혹은 이 년쯤 더 기다려도 나쁠 게 없었다. 또 결혼은 결혼이니만큼 100퍼센트 확신을 갖고 싶었다.

"이게 뭐야?" 리는 벌써부터 이니셜을 새긴 펜던트나 예쁜 금 팔찌를 상상하며 정말 흥분한 목소리로 물었다.

---

* 미국 매사추세츠 주 남동부 근해의 섬.

"열어봐." 러셀이 부드럽게 대답했다.

리는 폭신폭신한 벨벳을 만지작거리며 씩 웃었다. "뭐 이런 걸 다 준비했어!"

"열어봐!"

"분명 내 마음에 쏙 들 거야."

"리, 열어봐. 놀랄지도 몰라."

그녀는 그의 눈빛과 잔뜩 힘을 주어 샴페인 잔을 잡은 손을 보고 머뭇거렸다. 그러다 짤깍 뚜껑을 열었고, 지금까지 본 온갖 삼류 로맨틱 코미디에서 등장인물들이 그랬던 것처럼 헉하는 소리를 냈다. 목걸이에나 어울림직한 크기의 상자 한가운데에 있는 건 반지였다. 약혼반지. 아주 크고 눈이 부신 약혼반지.

"리?" 러셀의 목소리가 떨렸다. 그는 조심스럽게 리에게서 상자를 건네받아 반지를 꺼냈다. 그러더니 얼른 그녀의 왼손을 잡고 제자리에 반지를 끼워주었다. 딱 맞았다. "리, 일 년 전 오늘 당신을 만난 순간, 첫눈에 반했어. 처음 만난 그날부터 이건 특별한 만남이라고, 영원한 만남이라고 우리 서로 알고 있었잖아. 나랑 결혼해줄래?"

에미는 그 지역 요식업 인력 알선 업체와 첫 만남이 다음날 두 시로 잡혀 있었는데—서비스업의 수많은 장점 중 하나였다—

시차 때문에 벌써부터 피곤이 몰려왔다. 그날 오전 열시에 호텔에 도착한 에미는 룸서비스로 커피, 크루아상, 베리를 주문해 간단하게 아침을 해결하고(유로를 달러로 얼른 계산해보니 팁을 빼고 31달러였다) 미니바에 있는 3온스짜리 거품 입욕제(50달러였다)로 목욕을 했다. 그러고 나서 잠깐 눈을 붙였다 몇 시간 동안 내일 있을 회의를 준비한 다음 레스토랑 야외 정원에서 샐러드를 먹고 콜라를 마셨다(38달러). 하지만 두 시간 전에 호텔 로비 라운지에서 저녁으로 혼자 먹은 스테이크에 비하면 이 정도는 비싼 것도 아니었다. 스테이크, 감자튀김 그리고 레드와인 한 잔. ("하우스와인이요? 하우스와인이라니 무슨 말씀이신지." 웨이터는 비웃음을 감출 생각도 하지 않은 채 물었다. "아," 그는 얼마 동안 열심히 생각하더니 다시 입을 열었다. "저렴한 와인 말씀이신가요? 갖다드리겠습니다, 마담.") 계산서에 적힌 금액은 무려 96달러였고, 와인은 맛이 마니슈비츠* 비슷했다. 게다가 웨이터는 그녀를 마드무아젤이 아니라 마담이라고 불렀다!

1구에 있는 세련된 포부르 가의 값비싼 땅을 차지한 코스테스 호텔은─리츠나 에르메스와 몇 걸음 거리였다─명사들이 많이 찾고 라운지의 밤 문화가 울트라시크하기로 유명했다. 여행사에

---

* 북미에서 유대교 율법에 따라 만든 와인의 대명사로 간주되며 맛이 달짝지근하기로 유명한 저가 와인.

서 묵고 싶은 호텔이 있느냐고 물었을 때 에미는 코스테스라는 이름을 차마 입에 올리지도 못했다. 직원이 센 강 서안에 있는 근사한 호텔과 코스테스 중에서 고르라고 했을 때에는 너무 신이 나서 실제로 비명을 질렀다. 남자 사냥을 시작하기에 이보다 더 적당한 곳이 있을까!

에미는 일주일 내내 코스테스에 묵을 날을 손꼽아 기다렸다. 그런데 도착하고 한 시간이 지났을 때부터 그 냉랭한 분위기에 압도당했고, 두 시간이 지나자 주눅이 들었다. 세 시간이 지나자 당장이라도 체크아웃하고 싶어졌다. 코스테스는 파리에서 구경하기 가장 좋은 곳일지 몰라도 실제로 투숙하기에는 끔찍한 곳이었다. 그녀가 너무, 너무 나이를 먹었거나 코스테스의 대접에 심각한 문제가 있는 거였다. 복도는 너무 어두컴컴해서 어디 부딪치지 않으려면 벽을 손으로 더듬으며 걸어야 했다. 쿵쾅거리는 라운지의 음악 소리가 객실까지 고스란히 들렸고, 한가운데에 있는 안뜰에서 모델들이 무지방 우유를 홀짝이고 모델이라면 사족을 못 쓰는 세계 각국의 바람둥이들이 보르도 와인을 들이켜는 시끌벅적한 소리가 객실 창문을 두드렸다. 갈고리 모양의 다리가 달린 귀여운 욕조에는 커튼이 없어서, 손에 들고 써야 하는 샤워기를 틀자 욕실 바닥이 물바다가 됐다. 욕실에 콘센트가 없어서(모두들 스타일리스트를 데리고 다녀서 그런 모양이었다) 책상에서 거울도 못 보고 머리를 말려야 했다. 호텔 직원들은 손님을 가르치려 들었고 무시하고 비웃었다. 그런데 짜증이 나는 건, 이 모든 불편을 당하면서도 여기 묵을 수 있는 걸 영광으로 생각해야 할 것 같은 기분이 든다는 사실이었다.

때문에 에미는 라운지에 최대한 얌전하게 앉아서 에스프레소를 음미하며(인정하기는 싫지만 흠잡을 데가 없었다) 노트북으로 이메일을 확인했다. 동생이 케빈과 함께 뉴욕에서 독립기념일을 보낼 생각인데 그때 뉴욕에 있느냐고 물었다. 에미가 둘은 자기 집에서 지내고 자기는 아드리아나 집에 가 있으면 된다고 막 답장을 보냈을 때 회사에서 새로 지급한 국제 휴대전화가 울렸다.

"에미 솔로몬입니다." 그녀는 최대한 전문가 같은 목소리로 전화를 받았다.

"에미? 에미 맞니?"

"리? 이 번호는 어떻게 알았어?"

"너희 회사에 전화해서 급한 일이라고 했어. 괜찮지?"

"무슨 일 생겼어? 거기 지금 새벽 두시잖아."

"아냐, 아무 일 없어. 이메일로 소식을 전하기 전에 네 목소리 듣고 싶어서. 나 약혼했어!"

"약혼? 세상에! 리, 축하해! 결혼까지 생각하는 줄은 꿈에도 몰랐어. 진짜 끝내준다! 어떻게 된 일인지 차근차근 이야기해봐."

제복을 입은 직원이 흘겨보자 에미도 이에 질세라 마주 째려보았다.

"나도 생각 못했어." 리가 말했다. "그냥 느닷없이 벌어진 일이야."

"러셀이 어떤 식으로 청혼했는데?"

리는 1주년을 기념하는 자리가 어땠는지, 그녀가 안팎으로 얼마나 후줄근했는지, 대니얼에서 각자 뭘 주문했는지 꼼꼼하게 사실적으로 묘사했다. 디저트가 나오며 시작된 청혼의 순간에 이르자 에미는 얼른 핵심을 듣고 싶어서 중간에 끼어들기 시작했다.

"네가 어떤 모습이었는지 그건 관심 없어. 반지는 어떻게 생겼니? 겸손 떨 생각하지 말고 말해봐."

"엄청 커."

"얼마나 큰데?"

"진짜 커."

"리!"

"4캐럿 조금 못 돼."

"4캐럿 조금 못 된다고? 4캐럿?"

"너무 커서 걱정이야. 그런 걸 끼고 어떻게 출근하니? 출판사 다니는 사람이." 리는 한숨을 쉬었다.

에미는 소리를 지르고 싶었다. "어이가 없어서 대꾸하기도 싫다. 아드리아나 앞에서도 그런 소리 했어? 나 같으면 그 앞에서 차마 그런 소리 못하겠다만."

"응. 나더러 너무 크다 그러면 그런 반지를 낄 자격이 없는 거래."

"동감이다. 이제 바보 같은 소리 그만하고 좀더 자세히 이야기해봐. 날짜는 정했어? 살림은 언제쯤 합칠 생각이야?"

수화기 너머가 하도 조용해서 에미는 전화가 끊긴 줄 알았다. "리? 내 목소리 들려?"

"응, 미안. 아직 날짜를 정할 단계는 아니야. 모르겠어. 내년 여름? 그다음 해 여름?"

"리! 너는 지금 서른 살이고 앞으로 나이 먹을 일만 남았어. 우리가 너를 이 년 동안 결혼 안 하도록 내버려둘 것 같아? 나라면 러셀을 다섯 달 안에 식장에 세우겠다. 뭘 기다리는 거야?"

"뭘 기다리는 게 아니야." 리는 억울한 목소리였다. "서두를 필요가 없지 않느냐는 거지. 만난 지 얼마 되지도 않았잖아."

"만난 지 일 년이 지났고, 네가 누누이 강조했듯 러셀은 네가 남자를 만날 때 따지는 조건을 모두 갖춘 사람이야. 그 이상이지. 네가 제정신이라면 이 일을 최대한 빨리 마무리 지어야 해. 최소한 살림이라도 합쳐. 네 남자라고 침을 발라놓으란 말이야."

"에미, 말도 안 돼. 침을 발라놓으라고? 농담이지? 내가 혼전 동거에 대해서 어떻게 생각하는지 너도 잘 알잖아."

에미는 꽥 하고 소리를 지르려다 지금 그녀가 어디 있는지 퍼뜩 생각이 나서 손으로 입을 가렸다. "그 황당한 원칙을 정말 곧

이곧대로 지킬 작정이야? 리, 너 지금 무슨 광신도 같아!"

"에미, 그만해. 종교나 윤리하고 아무 상관 없는 거 알면서. 그 냥 내가 그러고 싶은 거야. 좀 구닥다리이기는 하지만, 그래서 뭐?"

"러셀도 알아?"

"내가 대체로 어떤 생각인지는 알지."

"결혼하기로 약속을 한 지금 이 상황에서도 살림을 합치지 않 을 작정인 것도 아느냐고."

"아직 거기까지는 이야기 안 해봤어. 분명 이해할 거야."

"어휴, 답답해. 리, 언젠가는 러셀이랑 같이 살아야 한다는 거 알지? 러셀은 남자고, 화장실도 지저분하게 쓸 테고, 가끔 너는 보기 싫은데 그 사람은 TV를 보고 싶어할 때도 있을 거야. 여기 까지 생각은 해본 거지?"

리는 한숨을 쉬고 말했다. "알아. 이론상으로는 다 괜찮은데 실제로는…… 나는 혼자 사는 게 익숙해. 혼자 사는 게 좋아. 시 끄러운 거, 사방이 어질러진 거, 나는 그냥 멍하니 소파에 앉아 있고 싶은데 계속 말을 해야 하는 거…… 자신 없어."

에미는 그래도 리가 공동생활에 대한 두려움을 인정했다는 데 위안을 얻으며 공격의 고삐를 살짝 늦추었다. "알아. 누구라도 겁이 나는 일이야. 던컨하고 나도 오 년 동안 만나면서 한 번도 정식으로 그런 이야기를 한 적 없으니까. 하지만 너는 그 사람을 사랑하고 그 사람도 너를 사랑하잖아. 그러니 둘이서 어떻게든 방법을 찾을 수 있을 거야. 정식으로 부부가 될 때까지 기다리고 싶다면 내가 뭐라고……"

"나는 그 사람을 사랑하지 않아, 에미." 리의 목소리는 흔들림이 없었고 전화 수신 상태에도 아무 문제가 없었지만, 에미는 자기가 잘못 들은 게 분명하다고 생각했다.

"뭐라고? 뭐라고 했는지 안 들려."

리는 수화기 저편에서 침묵을 지켰다.

"리? 내 말 들려? 아까 뭐라 그랬어?"

"똑같은 말 반복하고 싶지 않아." 리는 나지막이 속삭였다. 말 끝이 목에 걸렸다.

"그게 무슨 소리야? 너희 둘이 얼마나 행복해 보이는데! 너는 지금까지 러셀을 흉본 적도 없고, 얼마나 사랑스럽고 다정다감하고 속이 깊은지 모른다는 말만 귀 따갑게 반복했잖아." 에미가 살살 구슬리듯 말했다.

"그래도 어떨 땐 그 사람이랑 같이 있으면 너무 심심해서 눈물이 다 날 지경이야. 그러면 안 된다는 거 알지만, 그래도 그런 걸 어떡해. 우리는 공통점이 하나도 없어. 그 사람은 스포츠를 좋아하고, 나는 책을 좋아하고. 그 사람은 밖에 나가서 사람들하고 어울리고 싶어하고, 나는 집에 틀어박혀 있고 싶어하고. 그 사람은 요즘 세상 돌아가는 일이나 예술에는 조금도 관심이 없어. 입만 열면 미식축구, 웨이트트레이닝, 영양 섭취, 선수들 통계 기록 타령이야. 그리고 대학교 때 부상당한 이야기하고. 그 사람은 정말 훌륭한 남자야, 에미. 하지만 나한테도 훌륭한 남자인지, 그건 잘 모르겠어."

에미는 스스로 제법 직감이 발달했다고 평가하는 편이었지만, 단 한순간도 이런 낌새를 느낀 적이 없었다. 신경과민이야. 에미는 생각했다. 리는 자신이 멋진 남자와 사귈 자격이 있고, 실제로 그런 남자를 찾았음을 인정하지 못하는 것일 뿐이야. 누구나 알다시피 미칠 듯한 갈망과 엄청난 열정은 처음 몇 달 혹은 일 년이 지나면 식기 마련이잖아? 오랫동안 좋은 배우자가 될 수 있는 사람을 찾는 게 관건이지. 내 편이 되어주고, 좋은 남편, 좋은 아빠가 되어줄 사람. 러셀이 그런 사람이 아니라면 도대체 누가 그런 사람이겠어? 에미가 이런 요지로 리에게 조목조목 설명하려는데, 얼굴을 잔뜩 찌푸린 호텔 직원이 어깨를 툭 쳤다. "마담? 소파에 올려놓은 신발 좀 벗어주시겠습니까?"

"누구니?" 리가 물었다.

"뭐라고요?" 에미는 직원을 쳐다보았다. 처음에는 잠깐 기가 죽었지만, 이내 짜증이 솟았다.

"소파에 올려놓은 신발 벗어주십시오. 여기에서는 누구도 그런 식으로 앉지 않습니다." 직원은 그 자리에 가만히 서서 에미를 물끄러미 쳐다보았다.

"에미, 무슨 일이야? 누군데?"

에미는 평소에 충돌이라면 다 불편하게 여기는 성격이었지만, 분노의 물결이 온몸을 휩쓸고 지나갔다. 그녀는 리의 일은 깡그리 잊은 채 직원을 노려보았다. "여기에서는 누구도 그런 식으로 앉지 않는다고요? 지금 나한테 그렇게 말했어요?"

리가 웃음을 터뜨렸다. "본때를 보여줘."

에미는 일부러 수화기에 대고 큰 소리로 말했다. "내가 지금 라운지에 나와서 앉아 있는 이유는―그냥 앉아만 있는 거야―방이 너무 어두워서 책을 읽을 수가 없기 때문이고, 한쪽 다리를 깔고 앉아 있어. 그리고 소파 위에 어떤 신발을 올려놓았는지 알려줄까? 발레 슬리퍼야. 발레 슈즈 스타일의 플랫이 아니라 진짜로 밑창이 없는 발레 슬리퍼. 내가 이 호텔 손님인데, 이렇게 어린아이 취급하면서 뻔뻔하게 훈계해도 되는 거니?" 눈에서 레이저를 발사하며 직원을 올려다보니, 그는 무식한 미국인이라고 말하는 것처럼 고개를 저으며 몸을 휙 돌리고―정말 발끝으로 휙 돌았다―저쪽으로 사라졌다.

"프랑스식 손님 접대를 사랑해야지." 리가 말했다. "아직 애인은 못 만들었겠네?"

"이거 왜 이러셔. 이렇게 슬그머니 화제를 돌리려고?"

"에미, 열심히 들어줘서 정말 고맙지만 그 이야기는 더 하고 싶지 않아. 모두 다 잘될 거야."

바로 그거야! 에미는 생각했다. 리에게 필요한 건 생각을 정리하고 중요한 게 무엇인지 깨달을 시간이야. 너무 생각이 많다보니 이렇게 된 거고, 조만간 자기가 얼마나 바보 같았는지 알게 되겠지. "알았어. 다시 반지 이야기나 하자. 좀더 자세히 설명해봐."

"정말 예뻐." 리가 조곤조곤 말했다. "아주 단아해. 내가 그런 스타일을 좋아하는 걸 러셀이 어떻게 알았는지 모르겠어. 나도 잘 몰랐는데. 둘이서 같이 쇼핑을 하거나 구경한 적도 없거든. 심지어 반지 이야기를 꺼낸 적도 없고."

"그러니까 러셀이 너한테 천생연분인 거지. 어떤 모양이야?"

"아주 얇은 백금 반지 한가운데에 큼지막하게 에메랄드 커팅한 다이아몬드가 있고, 양쪽에 그보다 좀 작게 에메랄드 커팅한 다이아몬드가 있어."

에미가 휘파람을 불었다. "진짜 예쁘겠다. 그런데 정말 몰랐어?"

한참 동안 정적이 흘렀다. 또다시 전화가 끊겼나 싶었지만, 리가 천천히 숨을 쉬는 소리가 들렸다.

"괜찮니? 리?"

숨을 쉬는 소리가 계속 이어졌다. 이번에는 좀더 짧고 얕았다.

"응, 괜찮아. 심장이 너무 두근거려서. 흥분해서 그런가봐."

에미는 갓 약혼한 여자 특유의 사춘기 소녀 같은 키득거림을 듣고 싶은 마음에 휴대전화를 귀에 바짝 갖다 댔지만, 정말로 그걸 기대할 만큼 어리석지는 않았다. 리는 사춘기 소녀처럼 키득거리는 성격이 아니었다. 재미있고 똑똑하고 의리 있는 신경증 환자였다. 키득거리는 것은 리와 어울리지 않았다. 모두들 에미가 첫 타자일 거라고 생각했으니 리는 어떤 반지인지 설명하면서 마음이 조금 불편했을 수도 있었다. 에미는 몇 달 전 같이 저녁식사를 하면서 리와 아드리아나에게 던컨이 반지 호수를 물어보았다고 신이 난 목소리로 전했던 게 생각났다. 그때는 아주 로맨틱한 전개는 아니라고 생각했지만 그래도 좋은 징조라고 해석했었다. 흥분했던 기억이 떠오르자 에미는 얼굴이 화끈 달아올랐고, 더이상 미안해할 필요 없게 친구를 구원해주어야겠다는 생각이 들었다.

"너는 1주년 기념으로 무슨 선물 해줬어?" 에미는 아주, 어찌 보면 지나치게 명랑한 목소리로 물었다.

또다시 긴 정적. 리는 박자에 맞춰 숨을 쉬며 호흡을 고르는 것 같았다.

"리?"

"미안, 괜찮아. 그냥…… 음, 나는 노트북 가방 사줬어. 주황색으로." 그녀는 다시 심호흡을 하고 헛기침을 했다. "바니스에서."

에미는 애써 놀라움을 감추었다. "러셀이 드디어 노트북을 샀어? 그런 날이 올 줄 몰랐는데. 어떻게 설득한 거야?"

"아직 노트북은 없어." 리는 한숨을 쉬었다. "아, 에미, 나는 이 세상에서 제일 못된 인간이야!"

"왜 그래? 무슨 소리인지 모르겠어. 러셀한테 노트북 사주려고? 깜찍한 생각이네! 너도 그날 프러포즈 받을 줄 몰랐잖아. 걱정 마. 러셀이 그런 거 가지고 삐칠 사람은 아니잖아."

또다시 긴 정적이 이어지다 마침내 리가 입을 열었을 때 에미는 친구가 울고 있음을 알 수 있었다. "내가 주황색 노트북 가방을 사준 건 너무 게을러서 뭔가 특별한 걸 고르지 못했기 때문이었어." 목소리에서 분노와 후회가 묻어났다. "백화점에 전화해서 신용카드 번호를 불러줬더니 거기서 보내준 게 그거였어. 노트북 가방! 노트북도 없는 사람한테. 그것도 주황색으로." 코를 훌쩍이는 소리가 들렸다. "러셀은 밝은 색이라면 질색하는데."

"리, 너무 그렇게 너를 몰아붙이지 마. 러셀이 평생을 함께해달라고 부탁할 만큼 너를 사랑하잖아. 쓸데없는 선물에 연연하지 마. 러셀은 분명 신경 쓰지 않았을 거야, 안 그래?"

"웃어넘겼지만, 분명 상처받았을 거야."

"다 큰 어른이잖아. 엉뚱한 선물쯤이야 이해하겠지." 문제의 본질은 엉뚱한 선물이 아님을 두 친구 모두 알면서도 그냥 모르는 척 지나가기로 했다. "얘기해봐. 다들 펄쩍 뛰었어?"

리는 농담과 뒤늦게 깨달은 재미있는 사실들을 적절하게 섞어가며 어머니와 아드리아나와 러셀 가족들의 반응을 충실하게 전달했다. 에미는 더 자세한 이야기는 다음날 하기로 하고 전화를 끊은 다음에야 밀려드는 걱정에 파묻혔다. 리와 러셀 사이에 정말 문제가 있는 걸까? 리가 정말 진지하게 불안해하는 걸까? 그럴 리 없어. 에미는 결론을 내렸다. 그냥 예민해져서 그런 거겠지. 흥분하고 충격을 받아서. 그렇게 불길한 정도는 아니야. 에미는 자기가 내린 결론이 옳다고 자신했고, 흥분이 좀 가라앉으면 당장 모든 게 순조롭게 진행될 거라고 장담했다. 그러고는 다시 노트북 쪽으로 주의를 돌렸고, 웨이터에게 커피를 추가로 주문하려고 마음의 준비를 했다.

"실례합니다." 오른쪽 어깨 너머로 남자의 목소리가 들렸지만, 에미는 또다른 호텔 직원이 훈계하러 온 줄 알고 못 들은 척했다.

"저기요." 목소리의 주인공은 끈질겼다. "방해해서 죄송합니다만……"

에미는 무지무지 귀찮고 불쾌하다는 표정을 지으며 위를 올려다보았고, 최대한 짜증 난 목소리로 "뭔데요?" 하고 내뱉은 순간 바로 후회했다. 전 세계 어디에 갖다놓아도 매력적이라는 소리를 들을 만큼 고전적인 미남—까맣고 숱 많은 머리, 눈가에 주름이 잡힌 눈, 웃으면 드러나는 새하얗고 가지런한 치아—이 그녀를 내려다보고 있었다. 입이 떡 벌어질 만큼 멋지거나 영화배우처럼 섹시하지는 않았지만 호감 가는 외모와 자신감 넘치고 스스럼없는 태도가 어우러져, 지구상에서 제정신이 박힌 여자치고 이 남자에게 매력을 못 느낄 여자는 없을 거라는 생각이 들

만한 사람이었다.

"안녕하세요." 에미가 중얼거렸다. 빙고. 그녀는 속으로 생각했다. 남자 사냥 1번 대상자 등장!

그는 또다시 미소를 날리며 궁금하다는 눈빛으로 옆자리를 가리켰다. 에미는 그냥 고개만 끄덕이고는 자리에 앉는 남자를 물끄러미 바라보았다. 그는 그녀가 처음에 생각했던 것보다 젊었고, 어쩌면 이십대일 수도 있어 보였다. 전광석화 같은 속도로 점수를 매겨보니—하도 오랫동안 갈고닦아서 이제는 거의 본능적으로 하는 일이었다—모두 수준급이었다. 재단이 꼼꼼하면서도 캐주얼한 감색 면 스웨터와 하얀색 칼라가 달린 셔츠. 일부러 찢거나 과하게 색을 빼지 않았고 로고, 징, 수, 펄럭이는 주머니가 없는 고급 청바지. 단순하지만 우아한 갈색 단화. 평균적인 키와 지나치지 않은 근육질의 몸, 깔끔하면서도 남성적인 분위기. 딱 한 가지 트집을 잡는다면 청바지가 살짝 낀다는 것이었다. 하지만 유럽 남자를 유혹하려면 꼭 끼는 청바지쯤은 감수해야 하는 산업재해 같은 것이었다.

남자의 접근에 용기를 얻은 에미는 지금까지 프랑스어로 말을 건넨 상대가 코스테스 직원들밖에 없었다는 사실을 유념하면서 웃어 보였다. "내 이름은 에미예요."

남자는 씩 웃으며 손을 내밀었다. 반지도 없고, 손톱을 물어뜯은 흔적도 없고, 손톱에 투명 매니큐어를 바르지도 않았다. 모두 좋은 징조였다. "폴 위코프라고 합니다. 좀 전에 한심한 직원이 하는 말이 제 귀에까지 들려서요⋯⋯"

젠장. 빤한 사실을 부인할 방법이 없었다. 그림이 그려진 청바지를 입었고 매너가 좋지만, 제발 사실이 아니길 간절히 바라지만, 폴은 미국 억양을 쓰고 있었다. 미국에서 나서 자랐거나 외국이라고 해봐야 기껏 캐나다 출신인 게 분명했다. 몹시 실망스러웠다.

"정말 어이가 없지 않습니까?" 그는 계속 말을 이어나갔다. "그 돈을 내고 이런 푸대접을 감수하는 사람들이 얼마나 많은지 볼 때마다 입을 다물 수가 없어요."

"그러니까 저한테만 그러는 게 아니란 말씀이시군요?" 에미가 물었다. 호텔이 그녀만 무시한 게 아니라니 조금이나마 위안이 됐다.

"그럼요." 폴이 딱 잘라 말했다. "모든 손님한테 그렇게 못되게 굴죠. 예나 지금이나 변함없는 게 딱 한 가지 있다면 바로 그거예요."

"알려줘서 감사해요. 콤플렉스가 생기려던 참이었거든요."

"도움이 됐다니 다행입니다. 저는 맨 처음 여기 묵었을 때 피해망상증 환자 수준이었어요. 제가 부모님 때문에 전 세계로 끌려다니면서 호텔에서 자랐다고 해도 과언이 아닌 사람인데 여기 딱 하루 묵으니까 칠칠찮은 바보처럼 느껴지더라구요."

에미는 폴이 자격 미달인 것도 벌써 잊은 채 웃음을 터뜨렸다. 하지만 게임 상대로서는 자격 미달인 남자였다. 딱 사 분 동안 대화를 나누어보니 남편감으로는 완벽했다. 그래도 안 돼! 절대 안 돼! 그 덫에 다시 걸려들 마음은 없었다. 섹스는 예스. 사랑은 노. 꿈에 그리던 모니크 륄리에의 웨딩드레스(소매는 없지만 어깨 끈이 달려 있고, 바닥까지 내려오고, 회색빛이 도는 장미색 띠로 허리를 졸라매는 스타일)와 완벽한 메뉴(애피타이저는 감귤을 곁들인 토마토 샐러드, 메인은 석쇠에 구운 황다랑어와 마쓰자카 쇠고기 안심 중에서 택일)가 머릿속에서 왔다갔다하는 가운데, 에미는 이 네 단어를 계속 중얼거렸다.

"저만 그런 게 아니라니 다행이네요." 에미는 커피잔을 비우고 숟가락을 깨끗하게 핥았다. "부모님이 왜 그렇게 여행을 많이 하셨어요?"

"여기서 저희 부모님이 '장군'이나 '외교관'이었다고 해야 할 텐데, 사실 그렇지는 않아요. 두 분 다 사는 곳에 관한 한 정신병 환자처럼 굴고 글을 쓰셔서 그런 겁니다. 그래서 계속 떠돌아다녔죠. 저는 사실 아르헨티나에서 태어났어요."

에미는 그 말의 의미를 금세 간파했다. "그럼 국적이 아르헨티나인가요?"

폴은 웃음을 터뜨렸다. "여러 국적 중 하나가 아르헨티나죠."

"그게 무슨 말이에요?"

"우리 부모님이 부에노스아이레스에서 책을 쓰는 동안 제가 태어났으니 아르헨티나 사람이라고 할 수 있다는 말이지요. 거기서 몇 년 살다 발리로 건너갔어요. 아버지가 영국 출신이니 저도 자동적으로 영국 시민권이 있고요. 어머니는 프랑스 출신이지만 이 나라 시민권법이 워낙 까다롭다보니—고객 서비스도 그렇잖아요—프랑스 시민권은 물려받지 못했어요. 듣는 사람 입장에서는 재미있을지 몰라도, 사실 얼마나 정신없는지 모릅니다."

"그런데 말투는 완전…… 미국식이네요?"

"예, 맞아요. 어느 나라에 가든 미국 학교를 다녔거든요. 유치원부터요. 대학교도 시카고에서 나왔고요. 말투가 토박이 미국인 같다고 아버지가 얼마나 싫어하는지 몰라요."

에미는 고개를 끄덕이며 이 모든 정보를 흡수했다. 또는, 그날 밤 친구들에게 의기양양하게 완벽한 이메일을 보낼 수 있도록 모든 사항을 조목조목 리스트로 만들었다고 할 수도 있겠다.

"좀더 센 거 시작할 준비 됐어요?" 폴이 물었다. "이렇게 오랫동안 내 이야기를 들었으니 센 게 필요하지 않을까요?"

"그게 뭔데요?"

에미는 고도의 계산 아래 눈썹을 깜빡이고 몸을 앞으로 기울이며 물었다. 섹스는 예스. 사랑은 노.

그는 웃음을 터뜨렸다. "별거 아닙니다. 커피를 와인으로 바꿀까, 뭐 이 정도예요."

두 사람은 진하고 부드러운 와인 한 병을 나누어 마셨다. 입이 저절로 오므라들 만큼 타닌 맛이 강했다. 보르도인 것은 장담할 수 있었지만, 몇 년 전에 여섯 달 동안 프랑스 전역의 아무 레스토랑에서나 일하며 포도원을 찾아다녔을 때처럼 생산 연도까지 맞힐 수는 없었다. 개인적으로 보르도 와인을 좋아한 적이 없는데, 오늘밤만은 그 맛이 마음에 들었다. 두 사람은 또 한 병을 비우며 술술 대화를 이어나갔고, 그사이 에미가 눈앞으로 닥친 신혼여행을 상상한 것은(낮잠 자기 좋은 야외 별채와 개별 수영장이 딸린 보라보라의 바닷가 빌라, 그물을 드리운 침대에서 사랑을 나눈 뒤 위풍당당한 까만색 레인지로버를 타고 코끼리와 사자를 구경하러 나서는 사치스러운 아프리카 사파리 여행) 딱 한 번뿐이었다. 분위기가 무르익어갈 무렵 에미는, 자기가 생각하기에는 지나가는 투로 아이에 대해서 어떻게 생각하느냐고 물었다.

그는 고개를 획 들었다. "아이요? 아이가 뭐요?"

너무 노골적으로 물었나? 와인 때문에 판단력이 흐려진 게 분명하다. 조카가 있느냐고 물어보면 언젠가 자기 아이를 낳는 문제에 대해 어떻게 생각하는지 아주 자연스럽게 파악할 수 있을 줄 알았는데, 생각보다 훨씬 더 노골적인 질문이 되어버렸나?

"아, 그냥요." 에미가 말했다. "너무 귀엽잖아요. 그런데 요즘은 아이를 낳고 싶어하지 않는 사람들이 많은 것 같아요. 나는 이해가 안 되는데. 지금 당장은 아니지만, 언젠가는 아이를 낳고 싶거든요."

폴은 지금까지 아무 말도 없다가 그 말을 듣고 선약에 늦었다는 게 생각난 모양이었다.

"그렇군요. 아, 그런데요, 에미, 친구들이랑 만나기로 했는데 제가 늦어서요." 그가 시계를 보며 말했다.

"정말요? 지금요?" 자정 무렵이었지만, 새벽 네시는 된 것 같았다. 에미는 기분 좋게 취해서 성적으로 독립적이고 사고방식이 자유분방한 여자처럼 폴을 유혹할 작정이었다. 사실 진짜 하고 싶은 건 위로 올라가 대화를 계속 이어나가는 것이었지만. 포근한 이불 속에서 동이 틀 때까지 나른하게 이야기하며 입을 맞추는 것 말이다. 그의 가슴에 머리를 기대면 그는 내 머릿결을 만지고, 가끔 든든한 손으로 내 턱을 감싼 채 내 입술을 끌어당기겠지. 서로의 말장난에 웃음을 터뜨리고, 비밀을 털어놓고, 가고 싶은 곳들을 이야기하며 말로 표현하지는 않지만—이러니저러니 해도 처음 만난 날 밤이니까—언젠가는 그곳들을 둘이서 모조리 둘러보고 싶다고 생각하는 거야. 다음날 아침 느지막이 일어나면 폴은 잠에서 덜 깬 부스스한 내 모습이 정말 사랑스럽다고 하고, 둘이서 룸서비스로 아침식사를 하며(얇은 크루아상, 신선한 오렌지주스, 저지방이 아니라 일반 우유를 넣은 커피, 통통하고 달콤한 베리 한 접시) 계획을 세우……

"저기요, 에미?" 폴이 손가락 몇 개를 그녀의 손등에 얹었다. "내 말 듣고 있어요?"

"미안해요. 뭐라고 했어요?"

"이제 가봐야겠다고요. 열시에 친구들을 만나기로 했는데 깜빡했어요." 수줍은 그의 미소를 보고 있자니 심장이 두근거렸다. "다른 자리 같으면 같이 가자고 하겠는데, 싫다고 해도 끌고 가겠는데, 실은 예전 여자친구 생일파티라…… 다른 여자를 데리고 가면 좋아할 것 같지 않아서요."

에미의 머릿속에서 돌아가던 프로젝터가 덜컥 멈추었다. 둘이 같이 웃음을 터뜨리며 와인을 찾으려고 미니바를 급습하는 화면이, 구멍 난 회색 티셔츠를 입고 큼지막한 프랑스 나무딸기를 한 주먹씩 집어 먹으며 그녀 혼자 끝없이 이어지는 CNN 인터내셔널을 시청하는 화면으로 바뀌었다.

에미는 애써 미소를 지었다. "그럼요, 그럼요, 그럼요, 당연하죠! 이해해요. 다른 여자랑 나타나면 얼마나 이상하고 생각 없는 행동이겠어요. 시차 때문인지 나도 이제 슬슬 피곤하네요. 졸음이 막 쏟아져요. 그리고 내일 아침 일찍 회의가 있어서 같이 갈 수도 없어요." 입 좀 그만 다물어! 에미는 자기 자신을 다그쳤다. 그러다 오늘 아침에 비키니 라인에 난 징그러운 털을 뽑다 피가 나서 포진에 걸린 것처럼 됐다는 얘기까지 하겠다. 아예 커피를 연거푸 마시다 곧바로 와인을 마시는 바람에 속이 울렁거려서, 이런 식으로 차이는 게 하늘이 무너지는 듯해도 혼자 있을 수 있어서 안심이 된다는 얘기까지 하지그래? 당장 입 다물라고!

폴이 웨이터에게 계산서를 달라는 신호를 보냈다.

"아니에요, 제가 낼게요." 에미는 단호하게 조그만 테이블을 가로질러 손을 내밀었다. 뒤쪽 스피커에서는 리믹스된 셜리 배시의 노래가 쾅쾅 울렸다. 에미는 로비 전체가 멋진 인간들로 가득 찬 어둡고 부드러운 소굴로 완전히 변신한 것을 보고 깜짝 놀랐다.

"이렇게 일어나서 미안해요. 워낙 오래된 친구들이고 옛날부터……"

"괜찮아요! 신경 쓰지 마세요." 에미는 혼자 객실로 올라가야 한다는 사실을 이미 받아들였다. 친구들과 약속한 프로젝트의 일환으로 폴과 함께 침대로 뛰어들려 했던 게 우스꽝스럽게 느껴졌다. 잘될 턱이 있나. 천성이 그렇질 않은걸. 아드리아나처럼 엄청난 미모를 자랑하는 여자들이라면 모를까, 나는 그렇게 태어나지 않았잖아. 누군가를 사귀면 속속들이 알고 싶고, 섹스는 그 과정에서 자연스럽게 따라오는 거지. 그걸 대신할 수 있는 충동적인 행위가 아니잖아. 이번주 내내 여기 머물 계획이니까 내일 다시 만나서 저녁식사를 같이할 수도…… 잠깐, 내일 저녁에는 계속 회의가 있는데…… 그럼 회의 끝나고 만나서 술 한잔 하면 되잖아. 처음에는 편하게 호텔에서 술을 마시다 매력적인 자갈길을 산책하고, 완벽하고 아담한 파리 레스토랑이 보이면 쑥 들어가 야식으로 감자튀김을 먹고 콜라를 마시는 거야. 그즈음이면 우리 둘은 몇 시간을 함께 보낸 사이일 테고, 어쩌면 로맨틱한 철제 가로등 밑에서 키스를 할 수도 있겠지. 혀를 넣거나 입술을 세게 누르지 않고, 속삭이는 것처럼 가볍고 부드럽게. 그 정도가 딱 좋겠어.

폴은 칠흑같이 어두운 로비의 한쪽 구석에 처박힌 조그만 엘리베이터까지 그녀를 배웅했고, 매력이 철철 넘치는 커플이 내리자 옆으로 비켜섰다.

"만나서 반가웠어요, 엠. 에미. 다들 뭐라고 부르나요?"

"엠이라고도 하고 에미라고도 해요. 하지만 친한 친구들은 엠이라고 불러서 그게 더 좋아요." 그녀는 애교를 듬뿍 담아서 웃어 보였다.

"어, 난 내일 떠나요. 그러니까 이게 작별 인사가 되겠네요."

"어머, 정말요? 집이 어디인데요?" 문득 생각해보니 그가 어디 사는지도 모르고 있었다.

"안타깝지만 아직 집으로 돌아가는 건 아니에요. 앞으로 이틀 동안 제네바에 있다 아마 취리히로 넘어가게 될 것 같아요."

"바쁘시겠어요."

"네, 여행 스케줄이 빡빡하네요. 하지만 음, 만나서 반가웠습니다." 그는 말을 멈추고 씩 웃었다. "이 말은 아까 했던가요?"

에미는 목이 메는 건 생리 직전이고 시차 때문에 피곤한데 와인까지 너무 많이 마셔서 그런 거라고, 폴하고는 아무 상관 없는 일이라고 속으로 중얼거렸다. 그래도 입을 열면 눈물이 나올 것 같아서 그저 고개만 끄덕였다.

"올라가서 좀 쉬어요. 알았죠? 그리고 코스테스 직원들한테 휘둘리지 말고요. 약속할 수 있죠?"

에미는 다시 고개를 끄덕였다.

폴이 에미의 얼굴을 자기 쪽으로 끌어당기는 순간, 그녀는 키스를 하려는 줄로만 알았다. 하지만 그는 그녀의 눈을 쳐다보며 다시 미소를 지었다. 그런 다음 볼에 입을 맞추고 몸을 돌렸다.

"안녕, 에미. 몸조심해요."

"안녕, 폴. 그쪽도 몸조심해요."

그녀가 엘리베이터에 타자 그는 문이 닫히기도 전에 사라졌다.

"돼지! 돼지! 돼지!"

성질 고약한 앵무새가 깍깍거렸다. 신생아처럼 그날 아침 다섯시 삼십분에 일어나더니―토요일인데!―다시 잠도 안 자고 버텼다. 아드리아나가 콧노래도 불러주고, 먹이도 주고, 안아도 주고, 같이 놀아도 주다 끝내는 컴컴한 손님용 욕실에 가두었지만 날개 달린 이 조그만 짐승은 폭언을 그칠 줄 몰랐다.

"뚱보! 뚱보! 뚱보!" 녀석은 계기판에 올려놓는 강아지 인형처럼 고개를 위아래로 까닥이며 깍깍댔다.

"야, 이 자식아, 내 말 잘 들어." 아드리아나는 새장의 철창에 입을 거의 갖다 대고 날카롭게 쏘아붙였다. "내가 온갖 저질스럽고 추잡한 짓을 했을지는 몰라도 뚱뚱하다는 말하고는 인연이 없는 사람이야. 알아들어?"

앵무새는 그 말을 깊이 생각해보는 것처럼 고개를 위로 젖혔다. 아드리아나는 녀석이 고개를 끄덕인 것일지도 모른다는 생각에 만족하며 침대 쪽으로 다시 몸을 돌렸다. 그런데 욕실 문턱을 넘기도 전에 앵무새가 전보다 좀더 조용히─하늘에 대고 맹세할 수 있었다─"비계"라고 깍깍거리는 소리가 들렸다.

"나쁜 자식!" 아드리아나는 고함을 지르며 새장 쪽으로 달려들었다. 26층 창문 밖으로 확 집어 던지고 싶은 충동을 겨우겨우 참았다. 앵무새는 신기한 듯 그녀를 쳐다볼 뿐이었다.

"이게 뭐하는 짓이야." 그녀는 혼자 중얼거렸다. "내가 지금 앵무새한테 말을 하고 있잖아?"

아드리아나는 앵무새 이야기를 들을 때마다 에미가 과민 반응하는 거라고 생각했다. 그런데 정말로 수면 부족에 시달리고 자존심이 위태로울 지경에 이르자 애완동물과 스물네 시간 함께 지내는 것이 얼마나 건강에 해로운 일인지 깨달았다.

그녀는 큼지막한 수건을 찾아서 옷장을 뒤지다 맨 처음 눈에 띈 프레테*의 맞춤 시트를 얼른 집었다. 새장에 그 시트를 씌우고 아랫부분을 고무줄로 깔끔하게 묶었다. 숨이 막혀서 죽으면 어쩌나 잠시 고민했지만, 그래도 견딜 수 있을 거라고 결론을 내린 뒤 욕실 블라인드를 내리고 불을 껐다. 놀랍게도 앵무새는 계속 입을 다물고 있었다. 아드리아나는 이불 속으로 무사히 들어가 오이 마스크를 눈가에 다시 올려놓은 다음에야 숨을 내쉴 수 있었다. 감사합니다.

막 잠이 들려는 찰나 전화벨이 울렸고, 그녀는 너무 피곤했지만 그냥 전화를 받았다.

"애디? 자고 있었어?" 호리호리한 체구에 어울리지 않게 굵고 낮은 길레스의 목소리가 수화기 너머에서 우렁차게 울렸다.

"우리 오늘 한시에 만나기로 했잖아요. 아직 열시밖에 안 됐는데 왜 전화했어요?"

"그렇지, 그렇지, 누구나 아침형 인간일 순 없지!" 그는 기뻐하며 노래를 불렀다.

"길레스……"

"미안. 저기 있잖아, 오늘 점심 약속 취소해야겠어. 못된 소리지만, 더 근사한 제안이 들어왔거든."

---

* 이탈리아의 침구회사.

"근사한 제안? 처음에는 앵무새가 날더러 뚱보라고 하더니 이제는 당신이 더 근사한 제안이 들어왔다고 하는 거예요?"

"앵무새? 그게 무슨 소리야?"

"그런 게 있어요. 어디 들어나보죠. 찹 샐러드, 블러디 메리*, 매니큐어보다 더 근사한 제안이 뭔지."

"글쎄…… 음…… 뭐가 있을까…… 일생일대의 기회? 내 말 들을 준비 됐어?"

"됐어요." 아드리아나는 애써 심드렁한 목소리로 대답했다.

"에이전시에서 전화가 왔는데 리카도가 이비사에서 촬영이 늦어지는 바람에 오늘 예약을 못 지키게 됐대."

"흐음." 아드리아나가 어렴풋하게 기억하기로 길레스와 리카도는 공공연한 라이벌인데, 이런 악의적인 경쟁구도를 만든 장본인은 리카도가 아니라 길레스였다. 길레스에게는 안타까운 일이었지만, 리카도는 에이전시로 의뢰가 들어오는 유명한 손님들을 거의 독점하는 데 만족하는 눈치였다. 할리우드의 거물급 스타들이 그의 고객이었고, 그의 달력은 각종 시상식들로 일 년 전부터 예약이 꽉 차 있었다. 두 남자는 미용학교를 같이 다녔고, 매디슨 가의 여러 미용실에서 같이 보조생활을 했고, 심지어 동시에 정식 디자이너로 승진했지만 어찌 된 영문인지 리카도만

---

* 보드카와 토마토주스를 섞은 칵테일.

슈퍼스타가 됐다.

"오늘 예약이 어떤 건인지 알아?" 길레스가 펄쩍 뛸 것 같은 목소리로 말했다.

"어디 보자, 뭘까…… 화보 촬영!" 아드리아나는 호들갑스럽게 흥분을 가장했다.

그는 그녀의 말을 못 들은 척했다. "뭐, 사실 별거 아냐. 〈시티 드웰러〉 촬영장에서 앤젤리나의 머리를 만져주면 어떨지 자기는 별로 안 궁금하겠지? 듣자하니 앤젤리나의 가장 섹시한 작품이 될 거라던데. 재밌게 됐네, 난 자기를 데리고 가서 사람들한테 소개시킬까 했는데 관심이 없다면……"

"앤젤리나요?"

"바로 그 앤젤리나."

"앤젤리나의 가장 섹시한 작품이 될 거라고요?"

"그걸 보고 나면 〈미스터 앤 미세스 스미스〉가 〈사운드 오브 뮤직〉처럼 느껴질 거라고 하더라."

아드리아나는 헉하고 숨을 내쉬었다. "브래드 피트도 올까요?"

"모르지. 올 수도 있지 않겠어? 매덕스*는 데리고 올 가능성이 크다고 들었어."

매덕스. 어떻게 자라는지 궁금한 아이. 아드리아나는 아이들

---

* 영화배우 앤젤리나 졸리가 입양한 큰아이.

을 싫어했지만—특히 소리 지르거나 콧물 흘리는 아이들은 질
색이었다—브란젤리나의 아이들한테는 홀딱 반했다. 물론 〈US
위클리〉에 소리 지르는 것과 콧물 흘리는 것은 실리지 않기 때문
이기도 하지만, 그 아이들은 달랐다. 차분하고 기품 있고 심지어
세련됐다. 그리고 무엇보다 스타일이 압권이었다. 아드리아나는
캄보디아에서 입양된 그 아이를 직접 만나보고 싶었다. 팍스도
훌륭하지만, 어느 누구도—자하라도, 심지어 샤일로*도—매덕
스에 견줄 수 없었다. 아드리아나는 침대에서 벌떡 일어나 열려
있던 옷장을 미친 듯이 뒤지기 시작했다. 영화 촬영장에는 어떤
옷을 입고 가야 하지?

"당장 달려갈게요!" 그녀는 비명을 질렀다. 초연한 평소의 모
습은 온데간데없었다. "몇 시에 어디예요?"

고맙게도 길레스는 웃지 않았다. "자기도 가고 싶어할 줄 알았
어." 그는 일부러 차분한 목소리로 말했다. "한 시간 안으로 프
린스 가랑 머서 가가 만나는 모퉁이로 와. 헤어랑 메이크업 트레
일러가 어디에 주차할지 정확히 모르겠지만, 도착해서 문자 주
면 내가 데리러 갈게."

아드리아나는 탁 소리와 함께 전화기를 닫고 욕실로 달려갔

---

* 팍스와 자하라는 앤젤리나 졸리가 입양한 아이들이고, 샤일로는 앤젤리나 졸리
와 브래드 피트 사이에서 태어난 첫아이.

다. 너무 꾸민 티를 내고 싶지 않아서, 머리를 감지 않은 채 레몬 향이 나는 베이비파우더로 뿌리 쪽만 두드려 섹시한 웨이브를 그대로 살렸다. 평소에 애용하는, 잡티를 완벽하게 커버해주는 파운데이션 대신 가벼운 컬러 로션을 발랐고, 립글로스를 입술에 바르기 전에 양쪽 뺨에 대고 살짝 문질렀다. 하얀색 펄 파우더로 눈초리를 톡톡 두드려주고—어머니가 예전에 모델 일을 할 때 터득한 노하우라고 했다—고동색 마스카라를 한 번 바른 것으로 화장은 끝이었다. 벽에 걸린 확대경에 비추어보아도 화장한 티는 전혀 나지 않았지만, 이런 식으로 상큼하고 발그레하고 화사한 분위기를 연출할 수 있었다.

옷은 좀더 오래 걸렸다. 끈이 달린 원피스 두 벌과 벨트로 졸라매는 튜닉과 꼭 끼는 흰 바지를 내동댕이친 다음에야 적임자를 찾아냈다. 완벽하게 너덜너덜하고 말 그대로 엉덩이를 올려서 적나라하게 보여주는 리바이스 스키니진에 등이 Y자 모양으로 된 톱을 두 장 겹쳐 입고, 이번 시즌에 나온 클로에 버클 플랫을 신은 것이다. 선천적으로 구릿빛인 데다 리우데자네이루 해변에서 몇 달 지내는 동안 더 탄 피부가 면으로 된 하얀 탱크톱과 대조를 이루며 도드라져 보였고, 머리카락은 어깨 위로 흘러내렸다. 까무잡잡한 한쪽 손목에 두꺼운 금색 팔찌들을 뒤죽박죽 섞어서 차고, 눈에 잘 띄지 않는 조그만 매듭 모양의 금색 귀걸이로 전체적인 스타일을 마무리했다. 길레스의 전화를 끊고 사십오 분이 지났을 때 아드리아나는 잠자는 앵무새를 절대 깨우지 않으려고 손님용 욕실 앞을 살금살금 지나 현관 쪽으로 걸어갔다.

"아아아아아아악!"

날개 퍼덕이는 소리와 함께 다시 한번 비명 소리가 들렸고—뭐라고 하는지 알아들을 수는 없었지만 묘하게 구슬픈 소리였다—그 뒤로 미친 듯이 날개를 퍼덕이는 소리가 이어졌다. 젠장. 그녀는 속으로 중얼거리며 욕실 문을 열었다. 이 안에서 곧 죽을 것처럼 들리잖아?

"아직 죽으면 안 돼." 아드리아나는 시트 덮인 새장에 대고 말했다. "적어도 내가 매덕스를 만나고 올 때까지 예의바르게 기다려. 에미가 돌아올 때까지 기다리는 게 너한테도 이로울 거야. 나는 새가 죽으면 어떻게 해야 하는지 전혀 모르거든."

정적이 흘렀다. 그리고 잠시 후 서글픈 울음소리가 들렸다. 아드리아나로서는 난생처음 들어보는 소리였다. 어찌나 애처롭던지 몸서리가 쳐질 정도로 끔찍했다.

아드리아나는 얼른 달려가서 새장을 덮고 있던 시트를 벗겼다. 괴로워하는 앵무새를 진정시키고 싶은 마음뿐이었다. "왜 그래, 오티스?" 그녀가 철창 사이로 나지막이 물었다. "어디 아파?"

그 소리에 기다렸다는 듯 오티스가 고개를 위로 젖히자—나무랄 데 없이 건강한 모습으로—그제야 아드리아나는 자신이 속았다는 것을 깨달았다. 욕실에서 나온 그녀가 홀을 반쯤 지났을 때 오티스가 중간중간 꽥꽥거려가며 "뚱보!"를 세 번 외쳤다.

"나가서 죽어버려, 이 날개 달린 쥐새끼. 아주 오랫동안 천천히, 끔찍하게 아파하면서 죽었으면 좋겠어. 그럼 그 한심한 무덤 위에서 내가 춤을 춰줄게." 이 상황에 울화가 치밀었다. 에미가 양심의 가책 때문에 이 망할 놈의 새를 팔거나 죽이지 못한다는 이유로 전혀 상관없는 사람들까지 이런 욕지거리를 들어야 한다니 말도 안 되는 일이었다. 제일 친한 친구가 여행을 떠나기 전날 밤에 당황한 목소리로 전화해 단골 동물병원에서 이제는 새를 맡아주지 않는다고 하면 뭐라고 답해야 할까. 조금이라도 제정신이 박힌 사람이라면 아드리아나처럼 입거나 먹거나 치장하는 데 필요한 물건이 아니면 전혀 관심 없다고 대꾸했을 텐데, 에미가 하도 어쩔 줄 몰라하는 바람에 아드리아나도 결국 두 손 들고 말았다. 에미는 오티스가 손도 별로 안 가고, 어쩌다 한 번씩 갑자기 폭발하는 때가 아니면 있는 줄도 모를 거라고 했다. 정말 티도 안 날 거라고 했다. 아드리아나가 엘리베이터에 서서 요즘 들어 엉덩이가 살짝 넓어졌는지 고민한 게 그 녀석 때문인데. 운동이 필요한 게 분명하니 시내까지 스무 블록을 택시를 타지 않고 걸어가기로 한 것도 그 녀석 때문인데. 다 저 망할 놈의 녀석 때문인데 말이다.

약속 장소에 도착했을 때 아드리아나는 운동을 한 데다 설렘까지 더해 심장이 빨리 뛰었다. 땀 때문에 살짝 끈적거리기는 했지만 덕분에 윤기가 흘러 미모가 한결 빛났다. 지나가다 그녀를 보고 모닝 섹스를 마치고 이제 막 침대에서 나왔나보다고 생각한 남자가 한둘이 아니었다. 그녀와 뒹굴면 어떤 기분일까 상상한 남자도 한둘이 아니었다.

문자를 보내고 얼마 지나지 않아 길레스가 나타났다. 매니저들이 한 트레일러 앞에 서서 그들을 주시하고 있다는 사실을 의식한 그는 아드리아나의 엉덩이를 움켜쥔 채 골반을 맞대고 밀며 입술에 대고 정식으로 입을 맞추었다.

"이런, 망할. 자기 정말 끝내주게 예쁘다." 길레스가 말했다. "내가 게이인 게 원망스러울 지경이야."

"그러게, 케리도. 나도 그래요. 안 그랬으면 당장 결혼했을 텐데. 내가 내년까지 신랑감을 찾지 못하면 나랑 결혼해줄래요?"

"진짜 솔깃하다. 그런데 평생 한 여자한테 매여 지내라고? 차라리 이 자리에서 거세를 하는 게 낫겠네."

"잠깐, 좋은 수가 생각났어요. 우리 서로 완벽하게 자유롭게 지내는 거예요. 마음에 드는 상대가 있으면 아무하고나 자도 상관없어요. 파티랑 가족행사에는 같이 참석하면서 각자 따로 생활하는 거죠. 윌과 그레이스처럼*. 멋지지 않아요?"

"그래, 애디. 하지만 자기랑 결혼해서 좋은 게 뭔지 알려줄래?

---

* 시트콤 〈윌 앤 그레이스〉의 두 주인공. 윌이 게이 변호사이다.

잊고 있나본데, 나는 지금 싱글인 채로도 그런 것들을 누리며 살고 있거든……"

"나랑 결혼해서 좋은 게 뭐냐고요? 흠." 아드리아나는 집게손가락을 입술에 대고 생각하는 척했다. "생각해볼게요. 아, 잘 모르겠네…… 한도가 없는 내 신탁자금을 무한정 쓸 수 있다는 거? 그 정도론 안 되겠죠?"

길레스는 한쪽 무릎을 꿇고 아드리아나의 손을 자기 입 쪽으로 가져갔다. "아드리아나 데소자. 나랑 결혼해줄래?"

그녀는 웃음을 터뜨리며 그를 일으켜세웠다. "일 년만 기다려요, 케리도. 일 년 내에 적당한 신랑감을 찾기로 했는데—나랑 자고 싶어해야 적당한 신랑감이 될 수 있어요—못 찾으면 우리 둘이 결혼하는 거예요. 어때요?"

"나 지금 흥분했어. 진짜. 아까 그 말 다시 해줘. 신탁자금."

길레스는 아드리아나를 데리고 프린스 가를 절반쯤 걸어가고 난 다음에야 오늘은 앤젤리나를 만날 일이 없다고 실토했다.

"장난해요? 나 지금 아침 열시에 일어나서 샤워하고 옷 갈아입고 나왔단 말이에요. 최소한 유모가 매덕스라도 데리고 나와야 하는 거 아니에요?"

"미안. 내가 이십 분 뒤에 폴 러드 머리를 해주기로 되어 있는데, 그때 옆에 있어도 좋아."

아드리아나는 콧방귀를 뀌었다. "그 사람도 귀엽긴 하죠."

"그리고 말 잘 들으면 초저녁 촬영 때도 내가 데리고 있어줄 수……"

"고맙지만 사양할게요. 그 금융맨이랑 약속이 있거든요."

"아하, 그 금융맨? 알았어. 그 인간을 만나는 것도 진짜 재미 있기는 하겠지만, 오늘 저녁 때 타이라 뱅크스하고…… 란제리 광고를 찍고…… 나오미도 합류할지 모른다는 얘기가 들리던 데……"

"웃기지 마요."

"진짜야."

"언제요?"

"일곱시에 스카이 스튜디오에서. 끝나고 술 한잔 할지도 몰라."

아드리아나는 천천히 숨을 내쉬며 길레스를 바라보았다. "콜 이에요."

"당연한 말씀." 그는 하다드* 트레일러의 문을 열고 아드리아 나가 먼저 올라타길 기다렸다. 안에 들어가보니 누군지 모를 십 대 여자애가 불을 밝힌 거울을 등진 채 네 개의 의자 중 한 자리 에 느긋하게 앉아 있었고, 통통한 여자 스타일리스트가 둥근 빗 을 들고 여자애의 굵은 웨이브와 씨름하고 있었다. 나머지 의자 세 개는 방금 전까지 누가 앉아 있었는지 메이슨 피어슨 브러시

---

* 영화 촬영 때 필요한 트럭과 트레일러를 대여해주는 전문업체 이름.

와 T3 이온 헤어드라이어, 미국에서 판매되는 케라스타즈의 모든 용품들이 여기저기 널려 있었다.

"길레스, 토비아스 감독님이 여기 촬영을 일찍 접어야 된다고 해서 시간이 삼십 분 앞당겨졌어요." 헤어드라이어의 윙윙거리는 소음 너머로 스타일리스트가 말했다. "여기는 내가 다 처리할 테니까 당신은 촬영장으로 가서 마무리해주는 게 어때요?"

"오케이." 길레스가 대답했다. 그는 필요한 물건들이 터질 것처럼 꽉 들어찬 큼지막한 가죽 가방을 어깨에 짊어지고 아드리아나에게 나가자고 손짓했다. "촬영장으로 가자."

현장에 도착했을 때에는 이미 촬영이 진행 중이었고, 무려 세 명의 매니저가 출입 허가증을 검사했다.

"크루즈네 집보다 여기 뚫기가 더 힘들겠어요."

마침내 안으로 들어갔을 때 아드리아나가 작게 속삭였다.

길레스는 미소를 지었지만 정신을 바짝 차리고 이리저리 얽힌 전선과 연결 코드를 밟지 않게 조심조심 걸었다. "자기가 도착하기 직전에 집배원이 편지를 들고 왔었는데, 아까 그 사람들이 촬영 끝날 때까지는 편지 배달이 안 된다고 하더라."

아주 널찍하고 전형적인 소호의 로프트*였다. 천장은 5미터 높이에, 벽돌은 그대로 노출되어 있었고, 사람을 압도하는 현대 조

---

* 과거에 상업건물이었던 것을 개조한 아파트.

각 품들이 놓여 있었다. 거실 벽난로 앞에는 프레임에 철제 기둥이 네 개 달린 킹사이즈 침대—위에 속이 빈 대형 상자가 달려 있는 것처럼 보이는 침대였다—가 있었다. 세련된 갈색과 연두색이 어우러진 이불과 여기에 잘 어울리는 낮은 협탁 때문에 웨스트엘름* 카탈로그에 실린 사진처럼 보였다. 하지만 전라에 가까운 몸으로 그 위에 대자로 누워 있는 여배우가 그보다 훨씬 흥미진진했다.

"모두 조용!" 머리 위 어디에선가 굵고 낮은 남자의 목소리가 들렸다.

길레스가 손을 들어 아드리아나의 손목을 잡았다. 둘은 걷다 말고 그 자리에 멈춰 섰다.

"롤링!" 또다른 남자가 외쳤다. 사방에서 일제히 대답이 들렸다.

"롤링!"

"롤링!"

"여기도 롤링이요!"

"자…… 액션!" 아드리아나가 고개를 돌려보니 약간 옆쪽에 앉아 있는 남자가 마지막 목소리의 주인공이었다. 엄청나게 큰 헤드폰을 쓰고 의자에 앉아서 몸을 앞으로 기울인 채 중앙의 화

---

* 가구와 기타 가정용품을 판매하는 대형 판매점.

면만 뚫어져라 쳐다보고 있었다. 그 옆에서는 젊은 여자가 클립보드에 뭔가를 열심히 적었다. 아드리아나는 저 남자가 신처럼 떠받들리는 감독인가보다고 넘겨짚었고, 왼쪽으로 살짝 걸어가 남자의 의자 등받이에 적힌 글자를 보고는 추측이 맞았다는 데 기뻐했다. 검은색 실로 '토비아스 배런'이라고 수가 놓여 있었던 것이다. 그런데 이렇게 젊다니 뜻밖이었다. 이력을 보면 오십대나 육십대는 되어야 할 것 같은데, 외모상으로는 마흔도 안 돼 보였다.

길레스와 아드리아나가 스물일곱번째 테이크를 지켜보는 가운데, 앞섶을 풀어헤친 버튼다운 셔츠와 T팬티보다 열 배는 섹시해 보이는 하얀색 면 팬티 차림의 여배우가 침대에 누워 소설을 읽었다. 이 여자가 무심하게 배를 쓰다듬으며 책장을 넘기는 순간, 아드리아나는 그녀가 앤젤리나의 대역임을 알 수 있었다.

"커트!" 토비아스가 외쳤다. 눈 깜짝할 사이에 길레스가 여배우에게 곧장 달려가 손으로 그녀의 머리를 헝클어뜨리기 시작했다. 무아지경에 빠진 것처럼 팔꿈치로 얼굴을 받치고 고개를 뒤로 젖힌 여배우의 모습은 안중에도 없는 듯한 기세였다.

잠시 후, 조금 전과 똑같은 세트에서 또다시 "롤링"과 "액션!"이 들렸다. 그런데 이번에는 조각처럼 잘생긴 남자 배우가 여자 위로 몸을 숙이는 순간 휴대전화가 울렸다. 아드리아나의 휴대전화였다. 마흔 명이 고개를 돌려 바라보는 가운데, 아드리아나는 침착하게 가방을 뒤져 휴대전화를 꺼낸 뒤 전원을 껐다. 물론 발신자 전화번호를 확인하는 것은 잊지 않았다.

"커트!" 토비아스가 고함을 질렀다. "뭐야? 아마추어들만 모아놨어? 휴대전화는 꺼놨어야지. 페르난도가 등장하는 장면부터. 바로 간다…… 액션!"

배우들이 만족스럽게 촬영을 마치자 토비아스가 마지못한 듯 좀 쉬었다 가자고 했다. 길레스가 손톱이 아드리아나의 손바닥을 파고들 정도로 세게 그녀의 손을 잡았다. 길길이 날뛸 게 불 보듯 뻔했는데—길레스는 예전부터 고함을 잘 지르기로 유명했다—그가 아드리아나를 밖으로 끌고 나가 눈물이 쏙 빠지게 혼낼 겨를도 없이 토비아스가 끼어들었다. 그는 헤드폰을 목에 건 채 화난 얼굴로 눈살을 찌푸리며 고개를 저었다. 다른 스태프들은 불똥을 맞지 않으려고 멀찌감치 자리를 피했지만, 어떤 이야기가 오가는지 들리지 않을 정도로 멀리 가지는 않았다.

"당신 누구야?" 토비아스가 아드리아나를 똑바로 쳐다보며 물었다.

길레스가 재잘거리기 시작했다. "정말 죄송합니다, 감독님. 다시는 이런 일 없도록……"

토비아스는 됐다는 듯 손을 내저어 길레스의 말을 잘랐지만, 그러는 와중에도 아드리아나에게서 시선을 떼지 않았다. "당신 누구냐고?"

토비아스가 노려보자 아드리아나도 노려보았다. 두 사람은 거의 삼십 초 동안 아무 말 없이 그렇게 기 싸움을 벌였다. 아드리아나는 그의 흔들림 없는 반응이 존경스러웠다. 그녀가 아무 말도 하지 않고 무시하면 남자들은 대부분 당황하는데 이 사람은 달랐다. 그의 탄탄한 체격도 마음에 들었다. 키는 평균치를 넘어 180센티미터가 다 되어 보이는 데다 몸에 잘 맞는 티셔츠 덕분에 상반신이 도드라져 체구가 훨씬 커 보였다. 까무잡잡한 피부와 짙고 까만 머리는 그녀가 보기에 진짜였다. 이렇게 가까이 있으니 자연스레 맡을 수밖에 없는 체취도 마음에 들었다. 섬유유연제와 희미한 남성적인 향수가 훌륭한 조화를 이루었다.

아드리아나는 최대한 당당하게 그의 눈을 똑바로 쳐다보며 말했다. "아드리아나 데소자인데요."

"아하, 그래서 그런 거였군."

"네?" 순간 아드리아나는 이 남자가 자기 어머니가 누구인지 알기 때문에 여왕 같은 태도에도 놀라지 않는 걸지도 모르겠다는 생각이 들었다. 간혹 아드리아나의 유명한 이름과 눈부신 외모를 서로 연결시키는 연예계 종사자가 있었다.

"그래서 당신처럼 젊은 아가씨가 주앙 지우베르투*의 노래를 벨소리로 골랐다고. 리우 출신인가?"

---

* 브라질의 보사노바 가수.

"상파울루 출신이에요." 아드리아나가 콧소리를 섞어 대답했다. "감독님은 브라질 사람으로 보이지 않는데요."

"그래? 이름 때문에, 아니면 코 때문에?" 그는 급기야 미소를 지었다. "보사노바를 들었을 때 꼭 브라질 사람만 그게 어떤 음악인지 알아야 된다는 법이라도 있나?"

"죄송하지만 제가 성함을 몰라서요. 성함이……?" 아드리아나는 눈을 동그랗게 뜨고 물었다. 다년간의 경험으로 보건대, 자부심이 하늘을 찌르는 남자를 거지발싸개 취급하면 영원히 자기 남자로 만들 수 있는 법.

순간 그의 얼굴에서 미소가 사라지는가 싶더니 함박웃음이 그 자리를 채웠다. '오호, 강적인데? 마음에 들어'라는 뜻의 웃음이었다. 그 자리에서 바로 전화번호를 묻지는 않았지만, 아드리아나는 조만간 토비아스 배런에게서 전화가 올 거라는 걸 100퍼센트 장담할 수 있었다.

"왜 그렇게 아무 말이 없어?"

주차장이 되어버린 메리트 대로 위에서 러셀이 물었다. 그가 교통지옥 삼연타를 우회하지 않고 끈질기게 그 길을 고집하는 바람에 사태가 더욱 악화됐다. 뉴욕을 출발한 시점도 그냥 러시아워가 아니라 여름 주말이 시작되는 금요일의 러시아워였다.

리는 한숨을 쉬었다. 사흘만 참자, 그러면 모든 인간과 접촉을 끊는, 기다리고 기다리던 월요일이야. "불안해서 그렇지, 뭐."

"솔직히 두 분이 그렇게 끔찍하지도 않은데, 당신이 왜 그런 반응을 보이는지 이해를 못하겠어."

"당신은 평생 합쳐봐야 다섯 번 만났을 뿐이고, 우리 부모님은 첫인상을 좋게 남기는 법을 아는 분들이거든. 당신이 두 분과 정말 친해지고 신뢰가 쌓이기 시작하면 본색을 드러내실 테니 두고 봐." 러셀이 부모님을 편드는 게 짜증 난 리는 아이팟에서 원하는 노래를 찾아 볼륨을 키웠다. 존 메이어의 〈Waiting on the World to Change〉가 스피커에서 쾅쾅 터져나왔다.

리는 지금 탄 러셀의 새 레인지로버가 정말 싫었다. 몇 달 전에 그가 어떤 차를 좋아하느냐고 의견을 구했을 때 그녀는 그저 어깨를 으쓱했다.

"뉴욕에 살아서 좋은 게 차가 필요 없는 거잖아. 뭐하러 차를 사?"

"당신이랑 로맨틱한 주말여행을 떠나고 싶어서. 차가 있으면 자유롭고 좋잖아? ESPN에서 주차비도 내준대고. 그러니까 어떤 차가 좋은지 말해봐."

"그런 거 없어."

"리, 그러지 말고 생각 좀 해봐. 우리 둘이 자주 타고 다닐 차라고. 정말 아무 생각 없어?"

"글쎄…… 파란색이면 좋겠어." 리는 자기가 비위 맞추기 힘든 사람처럼 굴고 있다는 사실을 스스로도 알고 있었지만 정말로, 솔직히 아무 상관 없었다. 그녀가 좋아하거나 말거나 러셀은 계속 차에 집착할 텐데 뭐하러 참견한단 말인가.

"'파란색'이면 좋겠다고? 당신 좀 너무한다."

급기야 러셀이 맞받아치자—좀처럼 없는 일이었다—리는 살짝 누그러졌다. "헨리가 파란색 프리우스를 타고 다니는데 좋대. 연비가 엄청 좋다고. 이스케이프 하이브리드가 좋다는 사람도 있던데. 탱크처럼 보이지 않는 SUV라고."

"하이브리드?"

"잘 모르겠어. 꼭 하이브리드일 필요는 없지. 닛산에서 나온 그 잘빠진 차도 예쁘던데…… 이름이 뭐더라? 뮤럴?"

"무라노. 진짜 그 차가 좋아?"

"내가 아까부터 전혀 관심 없다 그랬는데 당신이 자꾸 물어봤잖아. 아무거나 마음대로 사."

그러자 러셀이 레인지로버의 수많은 장점을 격찬하는 기나긴 독백을 시작했다. 레인지로버의 내장, 외장, 마력, 희소성, 맵시, 궂은 날씨에서 발휘되는 실용성(연비나 정비의 어려움에 대해서는 건너뛰었지만, 리는 꾹 참고 아무 말 하지 않았다). 그는 무의식적으로 방송할 때와 똑같은 자세로 일장 연설을 늘어놓았다. 기운 넘치지만 어느 선을 넘지 않는 바리톤의 목소리, 흔들림 없는 시선, 완벽한 자세. 방송에서는 카리스마 넘치고 매력적으로 보이지만 단둘이 만날 때는 그런 모습이 신경을 건드렸다. 그의 홈페이지에 글을 남기고 유혹하는 분위기의 사진을 보내는 여자들이 이런 러셀을 보면 어떤 반응을 보일까? 여전히 근사하다는 것은 인정할 수밖에 없었지만, 재수 없고 아주 많이 지루한 것도 사실이었다.

러셀이 자기 팀에 충성을 다하는 농구 선수들 이야기를 막 끝마쳤을 때 집으로 이어지는 진입로가 나타났다. 1980년대에 리의 할머니가 외동아들에게 집을 물려주고 세상을 떠나자 부모님은 마지못해 뉴욕 시에서 그리니치로 보금자리를 옮겼다. 그때 리의 아버지는 아직 부편집자였고 어머니는 법학대학원을 갓 졸업한 참이었기 때문에 뉴욕 시가 아니라 근교인 게 아쉽기는 했지만 월세와 대출금 걱정 없이 살 수 있다니 놓치기 아까운 기회였다. 리는 유치원 때부터 오래전에 지어진 근사한 집에 살며 근처 숲에서 술래잡기를 하고 수영장에서 생일파티를 열었고, 서늘하고 동굴 같은 지하실에서 이름은 기억하지만 얼굴은 생각나지 않는 남자아이와 첫경험을 했다. 그런데도 방 다섯 개짜리 이 집은 오랫동안 집처럼 느껴지지 않았다.

리는 차고 앞에 있는 키패드에 비밀번호를 누르고(물론 1-2-3-4였다) 러셀에게 따라오라는 신호를 보냈다. 어머니가 달려나와 리의 손을 잡고 약혼반지를 뚫어져라 쳐다보며 눈물을 훔

치고 외동딸과 미래의 사위에게 입을 맞추지 않은 것이 조금 실망스럽기는 했지만, 만약 진짜로 그랬더라면 짜증 나고 창피했을 것이다. 아이스너 부인은 감정에 북받쳐 눈물을 흘리는 성격이 아니었고, 이들 모녀는 이런 점에서 비슷했다.

"엄마, 아버지! 저희 왔어요!" 리는 오래전에 머드룸*에서 우아한 홀로 개조한 현관 앞 공간을 지나 주방으로 러셀을 안내했다. "어디 계세요?"

"간다!" 거실에서 어머니가 외치는 소리가 들렸다. 잠시 후 수백만 장쯤 가지고 있는 폴로 셔츠와 카키색 카프리, 토즈의 모카신으로 캐주얼하면서도 우아하게 차려입은 어머니가 두 사람 앞에 나타났다.

"리! 러셀. 축하해. 정말 감격스럽구나." 그녀는 딸을 껴안고 고개를 들어 러셀의 뺨에 입을 맞추었다. "자, 이제 보석 좀 제대로 구경할 수 있게 이리 와서 앉으럼. 이걸 보려고 꼬박 열흘하고도 이틀을 기다려야 했다니!"

제1차 간접 공격. 리는 생각했다. 이제 시작이로군.

"어머님 아버님이 돌아오실 때까지 기다리지 않고 강행해서 죄송합니다. 꼭 1주년 기념일에 프러포즈를 하고 싶었어요." 러셀이 얼른 변명했다.

---

* 흙 묻은 비옷이나 장화 등을 벗어놓는 곳.

부모님은 연례행사로 매년 6월에 떠나는 삼 주간의 유럽 순례를 마치고 어젯밤 늦게 돌아왔으면서도 축하하는 의미에서 행복한 커플과 저녁식사를 같이하고 싶다며 굳이 그들을 불렀다.

"별소릴 다한다." 그녀의 어머니는 손을 저었다. "우리도 이해해. 그리고 요즘 세상에 프러포즈하면서 부모님 허락을 받는 사람이 어디 있어. 안 그러니?"

제2차 공격. 그것도 최단 기록으로.

헛기침을 하는 러셀이 어찌나 불편해 보이던지 약간의 동정심마저 느껴졌다. 리는 러셀을 구원하러 나섰다. "엄마, 와인 한잔 어때요? 냉장고에 있어요?"

아이스너 부인은 거실 한쪽 구석에 있는 마호가니 바를 가리켰다. "와인 쿨러에 샤르도네* 몇 병 있을 거야. 네 아빠는 좋아하는데, 내 입맛에는 조금 드라이해. 레드와인이 더 좋으면 지하실에 가서 가지고 오든지."

"레드와인이 좋겠어요." 리는 러셀을 위해서 이렇게 말했다. 그는 화이트와인을 질색하지만—그중 제일 싫어하는 것이 또 샤르도네였다—미래의 장인 장모 앞에서 그런 내색은 절대 하지 않을 사람이었다.

"두 분은 여기 계세요." 러셀이 수상 경력에 빛나는 미소를 지

---

* 샤르도네 품종의 포도로 만든 쌉쌀한 화이트와인.

으며 말했다(정확히 말하면 작년에 '최고의 주간 스튜디오 쇼'로
에미 상을 받은 미소였다). "제가 가서 가지고 올게요."

아이스너 부인은 리의 왼손을 꼭 쥐고 탁상에 놓인 스탠드 밑
으로 끌고 갔다. "어머나, 어머나, 러셀이 준비를 아주 단단히 했
구나. 너도 마찬가지고. 러셀은 아주 훌륭한 남편이 될 거야. 너
정말 기쁘게 생각해야 해."

리는 그게 무슨 뜻인지 파악하느라 잠시 아무 말도 하지 못했
다. 그 말인즉 리가 평생 이 순간을 준비하고 기다려왔고, 졸업
생 대표로 졸업식에서 고별 연설을 한 것도, 코넬 대학교를 나온
것도, 브룩 해리스를 대표하는 편집자가 된 것도 이 반지를 받은
것에 비하면 아무것도 아니라는 의미였다. 러셀을 사랑했지만—
진심으로 사랑했다—어머니가 그를 내 인생 최고의 위업이라고
생각하는 건 언짢았다.

"정말 신나는 일이긴 해요." 리는 함박웃음을 지으며 말했다.

어머니는 한숨을 쉬었다. "그래, 신나는 일이지! 네가 드디어
행복해진 것 같아서 참 기쁘구나. 지금까지 너무 오랫동안 일에
만 매달렸잖니…… 이제 행복해질 때도 됐지."

"엄마, 그렇게 말씀하시면……" 그렇게 말씀하시면 첫째, 제가
못난 딸이었고 둘째, 제 나이가 너무 많아서 남편을 얼른 낚아채지 못
하면 어쩌나 늘 걱정이었다는 뜻이 되는 거라고 말을 하려는 찰나,
러셀이 아버지를 뒤에 달고 돌아왔다.

"리." 아버지가 침착하고, 속삭임에 가까울 만큼 조용한 목소리로 말했다. "리, 리, 리." 아버지의 머리는 이제 완전히 백발이 되었는데, 많은 남자들처럼 그 때문에 나이가 들어 보이기보다 품위 있어 보였다. 이마와 입가와 눈가에 새겨진 깊은 주름도 얼른 성형외과로 달려가 해결해야 할 문제가 아니라 지혜와 경험의 상징처럼 보였다. 심지어 스웨터—팔꿈치를 가죽으로 덧댔고 토글단추가 달린 삼십 년 된 감색 카디건—마저 요즘 남자들이 입는 스웨터보다 훨씬 지적인 분위기를 풍겼다.

아버지는 피아노 옆 문간에 서서 리의 바뀐 헤어스타일이 마음에 드는지, 입고 온 옷은 괜찮은지 심사하는 듯한 눈빛으로 리를 뚫어져라 쳐다보았다. 그녀는 아버지가 그런 눈빛으로 자신을 쳐다볼 때마다 검사를 받는 듯한 기분이 들었다. 어렸을 때부터 가장 직접적인 규칙—아이라이너를 그려도 되는지, 학교 댄스파티 때 어떤 옷을 입고 가야 하는지, 학교의 밤 행사 때 몇 시까지 있어도 되는지—을 정하는 사람은 어머니였지만, 무심한 시선이나 말 한마디로 그녀를 천재 혹은 바보, 미인 혹은 천하에 둘도 없는 못난이, 행운아 혹은 불운아로 만들었던 사람은 아버지였다. 아버지의 말 한마디는 무심한 것처럼 보여도 사실은 그렇지 않았다. 한마디, 한마디가 심사숙고하고 고민해서 신중하게 고른 단어였으니 그런 식으로 한치의 오차도 없이 단어를 선택할 수 없는 사람 입장에서는 괴로운 일이었다. 리가 기억하기로 아버지는 단 한 번도 언성을 높인 적이 없었지만, 지금까지도 그녀를 주눅 들게 만드는 조용하고 냉혹한 말투로 그녀의 논점이나 의견을 분석한 적은 수도 없이 많았다.

"편집자라서 그래." 어렸을 때 리가 울적해하면 어머니는 이렇게 말했다. "언어가 생명이잖니. 얼마나 신중하게 대한다고. 네 아빠는 말을 사랑하고 언어를 사랑하는 사람이야. 너한테 무슨 나쁜 감정이 있어서 그런 건 아니니까 기분 나빠하지 마." 그러면 리는 고개를 끄덕이며 알겠다고 했고, 기분 나빠하지 않으려고 애를 쓰는 한편 좀더 조심스럽게 말을 골랐다.

"아버지, 잘 지내셨어요?" 리는 쭈뼛쭈뼛 물었다. 에미와 아드리아나는 자기 아버지를 '아빠'라고 불렀지만, 그렇게 달달하게 아버지를 부르는 건 리에게는 불가능했다. 찰스 아이스너는 육 년 전에 은퇴했지만, 죽는 그날까지 당당한 편집장으로 지낼 것이었다. 그는 십이 년에 걸쳐 패러무어 출판사—그가 요즘 대형 출판사처럼 "훈훈한 분위기 속에서 서로 밀고 끌어주는 한심한 곳"이 아니라고 표현한 곳—를 쥐락펴락하는 동안 집에서는 언제나 최대한 냉담하고 초연한 분위기를 고수했다. 리가 생각하기에, 처음 몇 년이 지나면 가을 출간작, 제작 스케줄, 보조 편집자, 회사한테나 심지어 저자들한테 받는 스트레스까지 완벽하게 예측 가능한 범주 안으로 들어오는 일과 달리 아이들은 그렇지가 않다는 사실이 아버지를 미치게 만든 게 아닌가 싶었다. 리는 지금까지 아무것에도 휘둘리지 않는 침착한 딸이 되려고 최대한 노력했고, 아무 말이나 불쑥 내뱉지 않도록 각별히 신경 썼다.

"미래의 사위한테는 이미 축하한다고 말했다." 그가 리 쪽으로 걸어오며 말했다. "이리 오렴, 우리 딸. 아버지도 기쁨을 만끽해보자."

아이스너 씨는 딸을 살짝 끌어안고 이마에 따뜻하지도 애정이 느껴지지도 않는 입맞춤을 한 다음, 사람들을 식사실로 안내해 조용한 목소리로 지시를 내리기 시작했다.

"러셀, 와인을 디캔트 해주겠나? 바에 있는 손잡이 없는 유리잔을 쓰면 돼. 여보, 샐러드에 비네그레트소스 넣고 버무려야겠어. 다른 준비는 모두 마쳤는데, 기다리는 동안 샐러드에 물기가 생길까봐 놔뒀거든. 리, 너는 앉아서 편히 쉬렴. 오늘밤은 네가 주인공이니까."

리는 이걸 칭찬이 아닌 다른 뜻으로 해석하면 피해망상증과 노이로제 환자라고 속으로 중얼거렸지만, 그래도 잽 공격을 당하는 듯한 느낌을 떨쳐버릴 수는 없었다. "알았어요." 리가 말했다. "그럼 정식으로 게으름 피울게요."

그들은 아루굴라*와 고트 치즈로 만든 샐러드를 먹으며 리의 부모님이 다녀온 여행 이야기를 했고, 아스파라거스와 로즈메리

---

* 샐러드에 쓰이는 유럽산 겨자과 식물.

감자를 곁들인 안심을 먹으며 두 사람의 약혼 이야기를 했다. 러셀이 반지를 사러 다니고 프러포즈를 준비한 이야기를 늘어놓자 리의 부모님은 평소보다 훨씬 더 자주 웃었다. 어느 모로 보나 교양 넘치고 심지어 즐겁다고 할 만한 분위기가 무르익고 있었다. 그런데 디저트를 먹는 중간에 리의 휴대전화가 울렸다.

리는 식탁 밑에서 가방을 집어 휴대전화를 꺼냈다.

"리!" 그녀의 어머니가 나무랐다. "지금 식사 중이잖니."

"알아요, 엄마. 하지만 사장님이에요. 잠깐만요." 휴대전화를 들고 거실로 걸어가다 통화 내용이 들리겠다는 생각에 테라스로 장소를 옮기는데, 문을 닫기 직전 등 뒤로 아버지의 목소리가 들렸다. "내가 지금까지 일한 출판사에서는 사장이 편집자한테 금요일 밤 아홉시에 전화를 거는 경우는 없었지. 아주, 아주 안 좋은 일이 아닌 한."

"여보세요." 리는 아버지의 말이 맞을 거라고, 헨리가 그녀를 자르려고 전화한 게 분명하다고 생각하며 전화를 받았다. 제시채프먼 참사가 벌어진 지 열흘이 지났고, 수백 번 사과를 해도 헨리는 딴 데 정신이 팔린 사람처럼 그녀를 서먹서먹하게 대하는 듯했다.

"리? 나야. 밤늦게 전화해서 미안한데, 내일까지 기다릴 수가 없는 일이라서."

올 게 왔군. 리는 앞으로 들을 소식에 대비해 마음을 다잡았다.

최연소 수석 편집자가 되기 위한 단계를 차근차근 밟고 있던 출판사에서 해고를 당하는 것 자체만으로도 기가 막힌 노릇인데, 안으로 들어가 아버지에게 이 사실을 이실직고할 생각을 하니 더더욱 견디기 힘들었다.

"괜찮아요. 부모님 댁에서 막 저녁식사를 마친 참이에요. 그러니까 정말 괜찮아요. 무슨 일이에요?"

헨리는 한숨을 쉬었다. 젠장. 생각했던 것보다 심각한 일일 수도 있었다. "찰스하고 같이 있다고? 그것 참 잘됐군. 찰스가 들으면 좋아할 만한 일이야."

리는 심호흡을 하고 억지로 입을 열었다. "뭔데요?" 말이라기보다 끽끽거리는 소리처럼 들렸다.

"지금 앉아 있나? 믿지 못할 소식이라서. 나도 믿을 수가 없거든."

"사장님." 리는 조용히 그를 불렀다. "무슨 일인데요?"

"조금 전에 제시 채프먼하고 통화를 했는데……"

휴, 다행이다. 리는 주먹을 꽉 쥐고 있던 손의 힘을 풀었다. 제시가 어떤 출판사를 선택했는지 밝혀졌다는 이야기를 전하러 전화한 거구나. 브룩 해리스가 선택을 받았는지 궁금해야 마땅한 일이었지만, 안도하는 마음이 다른 모든 걸 덮어버렸다.

"차기작을 우리 출판사에서 내고 싶대."

"사장님, 잘됐네요! 이거 정말 엄청난 소식인데요? 당연한 말이지만 다시 만나면 제가 직접 사과를……"

헨리가 말허리를 잘랐다. "내 이야기 아직 안 끝났어. 차기작을 우리 출판사에서 출간하되 한 가지 조건이 있대. 자네가 담당 편집자가 되어주었으면 좋겠다는 거야."

리가 "농담이시죠?"라고 물으려는 찰나, 헨리가 다시 말했다. "농담 아니야."

리는 침을 삼키려고 했지만, 입이 바짝 말라 있었다. 흥분, 안심, 공포가 뒤섞여 감당이 되지 않았다. "사장님, 왜 이러세요."

"왜 이러냐니? 내 말 안 들려? 못 들었어? 〈뉴욕 타임스〉 1위를 기록한 베스트셀러 작가이자 퓰리처상 수상자, 전 세계적으로 판매고가 오백 만 부에 달하고 지금 이 순간까지 완전히 자취를 감추었던 작가가 나타나서 리 아이스너 자네를 담당 편집자로 지정해달라고 요청, 아니 요구하고 있다니까?"

"그럴 리가요."

"리, 정신 차려. 내가 뭐라고 하면 믿겠나? 그 사람이 자네를 원해. 자기가 성공한 뒤로 직언을 한 사람이 없었대. 다들 그저 오냐오냐 하면서 비위를 맞춰주고 대단하다고만 했지, 편집자나 출판사 사장이나 에이전트 중에서 자기한테 솔직하게 말한 사람이 한 명도 없었다는 거야. 자네가 겁 없이 대놓고 말한 게 마음에 든 모양이야. 정확히 뭐라고 했느냐면 '그 아가씨는 아량이 개똥만큼도 없는 것 같던데 나도 그렇거든요. 그 아가씨랑 같이 일하고 싶어요'라더군."

"아량이 개똥만큼도 없다고요? 사장님, 저자한테 듣기 좋은 말만 골라서 하는 게 제 일인걸요? 솔직히 저는 평생 그렇게 살아온 사람이에요. 가끔 말실수를 할 때는 있지만……"

"말실수?"

"알았어요. 말실수라고 하면 너무 절제된 표현이고, 제가 가끔 아무 생각 없이 말을 하는 걸로 유명하긴 하죠. 하지만 솔직하게 이야기해달라고 해서 그럴 수 있는 성격은 아니잖아요. 아무 생각 없을 때 불쑥 튀어나오는 거라면 모를까."

"나도 알지. 하지만 우리 친구 제시는 그걸 몰라. 앞으로도 절대 모를 테고." 헨리는 잠시 말을 멈추었다 다시 이었다. "리, 솔직히 말해서 나도 자네만큼 충격이었어. 아니, 더 심하게 충격받았을지 몰라. 하지만 내 말 잘 들어. 자네는 능력이 있어. 자네가 감당할 수 있을 거라고 생각했기 때문에 나도 그 조건을 수락한 거야. 감당하는 정도가 아니라 제대로 해낼 거라고 생각했기 때문에. 이번 일이 자네 이력에 얼마나 중요한지, 그건 굳이 말 안 해도 알겠지? 이번 주말에 시간을 두고 고민해본 다음 월요일에 출근하거든 내 자리로 오게. 나는 자네 편이야. 엄청난 경험이 될 거야."

리는 가족들이 약혼파티를 여는 게 좋을지 의논하고 있을 때 조용히 식탁으로 돌아가 제시 채프먼의 차기작을 맡게 됐다고 발표했다.

"어머나, 그 사람 신작이 나오니?" 어머니가 자기 잔에 커피를 더 따르며 물었다. "정말 멋지다. 작품을 발표한 지 꽤 됐지, 아마?"

러셀은 내막을 알고 있었지만, 기껏해야 남들보다 조금 더 아는 정도였다. 그는 물론 협조적이었고 자기 친구나 동료 들에게 그녀의 직업을 이야기하며 자랑스러워했지만, 리가 헨리의 사무실에서 제시 채프먼의 감정을 상하게 했다는 사실은 알아도 제시 채프먼 같은 작가의 작품에는 별 관심이 없었다.

어쨌거나 러셀의 반응은 상관없었다. 이 상황의 의미를 간파할 수 있는 유일한 사람이 그녀의 말을 똑똑히 들었으니. 아버지는 샌드백처럼 복부를 엄청 두들겨 맞은 듯한 표정이었다. "제시 채프먼? 그 제시 채프먼 말이냐?"

리는 그저 고개만 끄덕였다. 입을 열었다가는 득의양양한 미소가 온 얼굴로 번질 것 같았다.

아버지는 얼른 정신을 차리고 건배를 하자며 와인잔을 높이 들었지만, 믿지 못하겠다는 듯 미심쩍게 여기는 눈빛이었다. 화려한 자신의 이력에 비하면 경험이 일천한 딸이 자신이 지금까지 담당했던 그 어떤 작가보다 더 유명한 작가의 담당 편집자가 되다니 착오인 게 분명하다고 생각하는 눈빛이었다. 리는 언어의 연금술사이자 위대한 권위자이자 판관이자 특별 배심원인 아

버지가 할 말을 잃은 것을 난생처음 목격하고 하마터면 연민을
느낄 뻔—그야말로 뻔—했다.

일단 들어가면 진짜가 된다

미국에서 다른 사람들이 불꽃놀이를 구경하고 수영장에서 바비큐를 즐기며 기나긴 황금연휴를 보낼 때 에미는 친구들과 함께 퀴라소 공항의 포장길에 구부정하게 서서 이 여행이 언제부터 이렇게 끔찍하게 변하기 시작했는지 기억을 더듬고 있었다. 심지어 머리 위에 얹어놓은 선글라스를 도둑맞은 것도 모른 채. 도둑놈들—금방이라도 주저앉을 것 같은 픽업트럭을 몰고 다니는, 장발의 여드름투성이 십대 두 명이었다—은 몇백 미터 떨어진 곳에서 창문을 내리고 그녀를 향해 손을 흔들며 알아들을 수 없는 말로 즐겁게 떠들어댔다. 에미는 아직도 믿기지가 않아서 정말로 선글라스가 없어졌는지 확인하려고 머리를 만졌다.

"쟤네들 우리한테 소리 지르는 거니?" 아드리아나가 어리둥절한 표정으로 물었다. "저 선글라스를 우리한테 팔겠다는 거야?"

대답하기조차 버거웠다. 에미는 혀가 둔해졌고 반응을 보일수 없었다. 그녀의 선글라스라고 설명하는 게 어려운 일도 아닌데, 아무리 애를 써도 말이 나오질 않았다.

리도 상황을 제대로 파악하지 못했는지 이렇게 중얼거렸다. "선글라스 필요 없다고 해. 방금 샀다고."

"그런데 사실은 필요해." 에미는 쉰 목소리로 대답하고 선글라스를 훔쳐 간 아이들을 향해 맥없이 손을 흔들었지만, 그들은 트럭을 몰고 공항 출구 쪽으로 달려갔다. "도와주세요." 에미의 목소리는 영화〈타이타닉〉에서 추위에 떨며 뗏목을 타고 대서양을 표류하면서 의식을 잃어가던 로즈의 목소리와 비슷했다. 다행히 에미와 친구들은 추위에 시달리지도, 표류하지도 않았지만.

"얘들아, 우리 정신 차리자. 우리 지금 장례식장 온 거 아니잖아. 자축하러 여행 온 거지." 아드리아나가 말했지만, 한 단어도 제대로 발음하지 못하기는 마찬가지였다.

말이 '여행'이지 에미가 마지막으로 장례식장에서 밤을 새웠던 때보다 더 침울했다. 음식도 더 형편없었다. 하지만 에미는 아무 말도 하지 않았다. 리의 약혼을 축하하러 나선 길인데, 분위기를 망치긴 싫었다. 여행이 본격적으로 시작되기 전부터 끔찍한 악몽이 펼쳐졌지만 그래도 상관없었다. 가장 친한 친구가 인생에 한 번뿐인 약혼을 했으니(사실 장담할 수 없는 일이지만…… 그 친구가 리라면 한 번으로 끝날 가능성이 100퍼센트였다) 죽도록 고생하는 한이 있어도 리에게 좋은 시간이 될 수 있게 노력할 작정이었다. 아무래도 고생길이 훤했지만.

이 황당한 상황에 연연하지 않으려고 해도, 술에 취해 카리브 해의 어느 공항에 해롱해롱 앉아 있다 눈 뜬 장님처럼 좀도둑질을 당하고 보니 상념에 잠길 수밖에 없었다. 원래는 헤어진 남자친구가 두 사람의 5주년을 기념해 준비한 여행이었는데, 문제의 그 남자친구가 그녀를 버리고 치어리더 출신의 숫처녀 트레이너한테 가면서 위로 차원에서 티켓을 남기고 간 것이었다. 에미는 당당하게 당장 꺼지라고 말하고 싶었지만 결제가 다 끝난 티켓이었고, 최근 새로운 일을 시작하느라 스트레스에 시달리기도 했고, 새로 사귄 남자친구와 같이 가는 듯한 인상을 심어줄 수 있겠다는 계산도 있었다.

"엠, 제발 받아줘. 예약이랑 결제도 다 끝났고, 너한테 좋은 기회가 될 거야." 에미가 파리에서 돌아오고 일주일이 지났을 때 DVD와 속옷을 챙기러 들른 던컨이 말했다. 일은 나무랄 데 없이 잘 끝난 여행이었지만, 폴에게 노골적으로 차인 상처가 아직도 쓰라렸다. 게다가 그녀가 아이를 들먹여 쫓아낸 격이었으니……

던컨은 그녀가 지금까지 본 중에서 가장 괜찮다 싶게 탄탄한 몸매를 자랑했고 행복해 보였다. 나쁜 자식.

"뭐? 그 치어리더하고 아직 여행도 못 가는 거야? 혼전 여행도 금지사항이래?"

던컨은 이런 반응일 줄 알았다는 듯 한숨을 쉬더니 여행에 필요한 서류를 다 갖춘 서류봉투를 내밀고 에미의 뺨에 형식적으로 입을 맞추었다. "가. 가서 햇볕 좀 쪼여. 안 쓰고 버리면 아깝잖아."

"고마워, 던컨. 둘이서 잘 다녀올게." 에미는 둘이서를 특별히 강조했지만, 던컨은 눈 하나 깜짝하지 않았다.

망할 자식.

여행을 권하는 던컨도 던컨이었지만, 그 권유를 받아들인 자신이 에미는 더 혐오스러웠다. 티켓을 그냥 날려버릴 수도 있었는데, 네덜란드령 앤틸리스로 혼자 여행을 갈까 생각 중이라는 말을 슬쩍 꺼냈더니 친구들이 뜨악한 반응을 보였다.

"혼자? 거길 왜 혼자 가? 여기 이 자리에 절친이 두 명이나 앉아 있고, 그중 한 명은 얼마 전에 약혼까지 했는데. 같이 가자고 하지 않으면 우리를 완전 무시하는 거야." 아드리아나는 이렇게 말하며 콧방귀를 뀌었다.

리는 당연히 좀더 신중한 태도를 보였다. "왜 이래, 무슨 큰일 났다고. 지금 회사 일도 정신없어. 처음으로 엄청난 작가를 맡았거든. 게다가 내가 독립기념일 휴가 때 혼자 어디 간다고 하면 러셀이 좋아할 것 같지도 않고."

에미는 고개를 끄덕였다. "봤지? 리는 너무 바쁘고 너도 음…… 하는 일이 있잖아." 아드리아나가 하루 종일 뭘 하고 지내는지는 아무도 몰랐지만, 이 부분은 절대 건드리지 않는다는 것이 그들 사이의 암묵적인 규칙이었다. "게다가 예약된 인원이 두 명이야."

던컨과 헤어진 뒤에 다짐한 게 있기는 했지만, 에미는 나이트클럽에서 춤이나 추고 남자나 찾아다니며 한 주를 보낼 마음은 없었다. 파리에서 폴과 있었던 사건은 그녀의 자존심에 엄청난 타격을 입혔다. 이 상황에서 아드리아나에게 떠밀려 밤낮으로 남자 사냥에 나서는 건 정말 내키지 않았다.

"둘이나 셋이나 거기서 거기 아니야? 전화 한 통이면 다 해결될 텐데, 뭐. 그리고 리, 너희 회사가 어떻게 돌아가든 그거야 내 알 바 아니지. 게다가, 제일 친한 친구들이 네 소식을 듣고 너무 기뻐서 건배를 하고 싶다는데 러셀이 이해해줘야 하는 거 아냐?" 아드리아나는 두 친구를 향해 활짝 웃어 보였다. "자, 다 해결됐지? 언제 출발할까?"

뉴욕을 출발하자마자 상황은 급속도로 악화되었다. 어쩌다 그렇게 되었는지 자세한 상황은 벌써 기억이 가물가물했다. 세 사람은 오전 여섯시 비행기를 타고 라과디아 공항을 출발해 마이애미로 향했고, 판단력과 지각과 이성을 다 가져다 버린 아드리아나에게 넘어가 비행기 안에서 블러디메리를 마셨다. 오전 아홉시도 안 된 시각에 마시는 블러디메리. 인정하기는 싫지만 맛은 제법 괜찮았다. 두번째 잔, 세번째 잔이 술술 넘어갔고, 퀴라소 공항에 도착했을 무렵에는 마이애미에 중간 기착했던 기억이 꿈처럼 몽롱했다. 마이애미에서 중간 기착했음을 알리는 유일한 증거였던 선글라스마저―아드리아나가 면세점에서 부득부득 우겨서 산 200달러짜리 구찌 선글라스였다―방금 전에 사라져버렸다. 에미의 여행가방도 사라졌지만, 아드리아나가 두 친구에게 억지로 먹인 조그만 알약이 마법 같은 효과를 발휘하자 여행가방이 없어지든, 선글라스가 없어지든, 뭐가 없어지든 아무 상관 없어졌다.

세 친구는 늦은 오후의 작열하는 태양 아래서 여행가방에 기대고 구부정하게 앉았다. 에미 말고 두 사람의 여행가방은 기적적으로 무사했다.

"여기가 어디더라?" 리가 머리에 묶은 스카프를 하릴없이 잡아당기며 물었다. "생각이 안 나."

아드리아나가 고개를 들었다. "자메이카던가?"

그들은 키득거렸다. 자메이카가 아니라는 것은 알고 있었지만, 어딘지 생각이 나지 않았다.

에미가 가방에서 서류봉투를 꺼내 읽기 시작했다. "아루바. 보네르. 퀴라소. 네덜란드령 앤틸리스의 A, B, C로 시작하는 섬. 베네수엘라 해안에서 130킬로미터. 인구는⋯⋯"

아드리아나가 손을 들었다. "지겨워."

"생각났어." 에미가 혀 꼬인 발음으로 말했다. "지금 여기는 퀴라소야. 마이애미에서 출발한 비행기가 연착돼서 보네르로 가는 페리를 놓쳤어. 우리는 오도 가도 못하게 된 거야."

"얘들아, 비관적인 생각은 그만하자!" 아드리아나가 노래 부르듯 말했다. "살을 예쁘게 태울 수 있을 거야. 섹시한 네덜란드 남자들도 만날 거고." 잠깐 침묵. "근데 네덜란드 남자들이 섹시하던가?"

"네덜란드? 자메이카에 네덜란드 남자들이 살아?" 리가 평소답지 않게 높고 날카로운 목소리로 물었다. 아드리아나가 웃음을 터뜨렸고, 둘은 하이파이브를 했다.

에미는 머리가 아파서 관자놀이가 지끈거렸고, 얼굴은 불이라도 난 것처럼 화끈거렸다. "일어나, 친구들. 이제 움직여야지."

문제가 시작된 건 세 친구가 퀴라소에 도착해 조금 어지럽기는 하지만 멀쩡한 정신으로 비행기에서 내려 페리 매표소로 갔을 때부터였다. 에미가 예의바르게 표를 세 장 달라고 했을 때부터.

"없어요." 무무*를 입고 샌들을 신은 뚱뚱한 흑인 여자가 희희낙락 말했다. "취소됐어요."

"취소요? 취소라니 그게 무슨 말이에요?" 에미는 최대한 눈에 힘을 주고 노려보았지만, 턱이 매표소 꼭대기에 닿을까 말까 했기 때문에 효과가 없었다.

---

* 하와이에서 주로 입는 낙낙한 원피스.

여자는 미소를 지었다. 불친절한 미소였다. "이제 없다고요."

원래 페리가 있었지만 끊겼고, 이제 이름부터 사람 맥 빠지게 만드는 이 지역 비행기 보네르 익스프레스나 디비 디비 에어를 타고 50킬로미터를 횡단하는 수밖에 없다는 사실을 그들이 파악하기까지 한 시간이 걸렸다.

"'디비 디비' 어쩌고 하는 비행기를 타느니 차라리 죽는 게 낫겠다." 아드리아나는 나란히 자리한 양쪽 항공사의 발권 카운터를 이리저리 뜯어보며 말했다. 둘 다 직원 한 명과 바퀴 달린 카드 테이블밖에 없었다.

"이러나저러나 죽는 건 마찬가지잖아." 리는 이렇게 말하고 손으로 쓴 운행 시간표를 집어들었다. "어, 잠깐, 이걸 보면 네 생각이 좀 달라질지도 모르겠다. 새롭게 단장한 6인승 비행기라 아주 믿음직하다고 적혀 있어."

"새롭게 단장? 6인승? 믿음직해? 아는 형용사 중 대충 그럴듯한 것만 갖다붙여서 만든 문구인데, 저 말을 믿고 목숨을 맡기자고?" 에미는 이 비참한 여행을 그만두고 뉴욕으로 가는 비행기를 잡아타고 싶은 마음이 굴뚝같았다.

리는 하던 이야기를 계속했다. "잠깐만, 이것 봐. 여기 사진도 있어." 운행 시간표 뒤에 놀랍게도 고화질로 출력한 비행기 사진이 붙어 있었다. 아주 현란한 비행기였다. 형광색에 가까웠다. 리가 사진을 건네주자 아드리아나는 구역질 난다는 듯 손을 것더니 담배에 불을 붙였다. 그리고 한 모금 깊이 빨아들인 뒤 리에게 넘겼다. 리는 무심코 손을 내밀다 담배를 끊었다는 사실을 떠올렸다.

아드리아나가 담배 연기를 내뱉었다. "사진 보여주지 마. 제발 부탁이야! 상식적으로, 이성적으로 생각해봐도 비행기가 푸치* 드레스처럼 보여야 할 이유가 없잖아!" 그녀는 다시 사진을 쳐다보더니 담배를 빨아들이는 동시에 신음 소리를 냈다. "이건 소품용 비행기야. 나는 소품용 비행기 안 타. 그런 걸 어떻게 타?"

"탈 수밖에 없을걸?" 리가 노래 부르듯 말했다. "심지어 선택권도 너한테 줄 거야. 여섯시에 출발하는 디비/푸치 비행기를 탈래 아니면 여섯시 이십분에 출발하는 보네르 익스프레스를 탈래? 혹시 헷갈릴까봐 설명하자면 보네르 익스프레스는 잭슨 폴록** 그림처럼 생긴 비행기야. 어느 게 더 좋아?"

아드리아나가 우는 소리를 냈다. 에미는 리를 보며 눈을 부라렸다.

아드리아나가 지갑에서 아메리칸 익스프레스 플래티넘 카드를 꺼내 리에게 주었다. "아무 쪽이나 목숨을 건질 가능성이 더 높아 보이는 비행기로 표 끊어. 나는 마실 것 좀 사올게."

---

* 이탈리아의 패션 디자이너. 기하학적인 무늬와 만화경 같은 색상을 애용했다.

** 미국의 화가. 추상표현주의를 주도했고, 특히 액션 페인팅의 대표적 인물이다.

항공사에서 신용카드를 받지 않는 바람에 굴덴*과 달러와 여행자수표까지 써서 표를 세 장 끊은 다음, 에미와 리는 앉을 만한 곳을 찾아 나섰다. 하토 공항은 쾌적성 면에서 내세울 게 없어 보였는데, 좌석도 마찬가지였다. 먼지를 뒤집어쓴 야외 좌석이라 잔인한 한낮의 태양을 단 한 뼘도 피할 수 없었다. 에미와 리는 너무 지쳐서 더이상 찾을 기운도 없었기 때문에 조금 전까지 앉아 있었던 포장길로 되돌아갔다. 인도인지 활주로인지 주차장인지 모를 그곳에 도착해 여행가방 위에 앉는 순간, 비닐봉지를 든 아드리아나가 의기양양한 표정으로 나타나 두 친구 옆에 풀썩 앉았다.

에미가 비닐봉지를 낚아챘다. "내 평생 이렇게 목이 마른 건 처음이야. 설마 한 병만 사온 건 아니지?" 비닐봉지 안에 든 것은 새파란 액체가 담긴 병 한 개뿐이었다. "물 대신 게토레이 사온 거야?"

"게토레이가 아니라 블루 퀴라소라는 거야. 음. 맛있어 보이지?" 아드리아나는 발목을 끈으로 묶는 발레 플랫을 벗어 연한 분홍색으로 칠한 발톱을 드러내고 탱크톱 밑자락을 브래지어 속으로 쑤셔넣었다. 에미는 군살 하나 없이 팽팽한 아드리아나의 배를 수백만 번쯤 보았지만, 그래도 눈을 뗄 수 없었다. 아드리

---

* 네덜란드의 화폐 단위.

아나는 예의상 모르는 척하며 턱으로 병을 가리켰다. "이 지방 특산품이래. 비행기를 타고 이 세상에서 사라질 생각이면 지금부터 준비해야 하지 않겠어?"

리는 에미한테 병을 건네받았다. "여기 보니까 블루 퀴라소는 비터 오렌지를 말려서 만든 파란색의 달콤한 리큐어로, 칵테일에 색을 더할 때 쓰인다는데?" 리가 라벨을 보며 말했다.

"응. 그래서?" 아드리아나는 하와이언 트로픽 오일을 동전 크기만 하게 덜어서 이미 황금빛으로 그을린 어깨에 대고 마사지를 하며 되물었다.

"그래서라고? 알코올이 든 색소란 뜻이잖아. 마시면 안 돼."

"그래? 난 마실래." 아드리아나는 뚜껑을 따고 길게 한 모금 들이켰다.

에미는 한숨을 쉬었다. "물은 없어? 목말라 죽겠다."

"당연히 없지. 온 공항을 샅샅이 뒤졌는데, 딱 하나 있는 작은 상점도 닫혀 있고─아예 영업을 안 하는 것 같았어─'NO'라고 적힌 팻말이 걸려 있더라. 옛날에 간이식당이었는지 세관이었는지 모를 곳이 하나 있었고, 식당이라고 되어 있는데 바그다드 시내처럼 생긴 구역도 있었어. 그런데 디비 디비 게이트 옆에 사람 좋아 보이는 남자가 접이식 카드 테이블을 놓고 면세품을 판다잖아. 리치먼드 울트라 라이트인가 뭔가 하는 거 열 상자랑 부서진 초코바 몇 개랑 짐빔*이랑 이거 한 병 있더라. 그래서 이걸

188

골랐지." 아드리아나는 에미에게 병을 건넸다. "엠, 그러지 말고 긴장 좀 풀어. 휴가잖아!"

에미는 병을 받아들고 뚫어져라 쳐다보다 죽 들이켰다. 알코올을 섞어서인지 물에 탄 스플렌다** 맛 같았다. 그녀는 한 모금 더 마셨다.

아드리아나는 초등학교 6학년생들의 학예회를 구경하는 학부모처럼 뿌듯한 표정을 지었다. "그렇지! 리, 너도 한 모금 마셔봐. 옳지…… 자, 이제 내가 준비한 선물이 있는데……"

리는 술을 억지로 삼키고 몸을 부르르 떨었다. "나 그거 무슨 표정인지 알아. 설마 반입금지 물품을 몰래 가지고 들어온 건 아니지? 국제공항이 이렇게 생겼는데……" 그녀는 사방으로 손을 휘저었다. "감옥은 어떻겠어?"

아드리아나는 아랑곳하지 않고 청바지 주머니에서 큼지막한 캡슐처럼 생긴, 빨갛고 하얀 통을 꺼냈다. 그러더니 뚜껑을 열고 알약 세 개를 꺼내 그중 한 알을 냉큼 삼켰다. 나머지 두 알은 친구들에게 하나씩 건넸다.

"엄마가 주는 보조제야."

"발륨***이잖아? 너 언제부터 이런 걸 먹었어?"

---

* 버번 위스키.
** 인공감미료.
*** 신경안정제의 일종.

"언제냐고? 식스 플래그* 롤러코스터처럼 생긴 비행기를 타기로 결정한 순간부터."

그 정도 설명이면 충분했다. 에미는 조그맣고 동그란 알약을 삼키고 블루 퀴라소로 씻어내렸다. 그녀는 리도 똑같이 따라 하는 것을 지켜보았고, 잠시 후 모든 게 또다시 몽롱해지기 시작했다.

한 시간이 지나고 또 한 시간이 지났다. 에미가 제일 먼저 눈을 떴다. 장딴지가 얼룩덜룩 불그스름했고, 빈 맥주 깡통 여섯 개가 바닥에서 뒹굴고 있었다. 목에 아이스박스를 매단 남자가 다가왔던 기억이 어렴풋이 떠올랐다. 물은 없지만 암스텔 브라이트라는 수상한 이름의 맥주는 있다고 했다. 그때는 괜찮은 생각이다 싶었는데, 38도가 넘는 날씨에 물 한 모금 마시지 못한 상태에서 맥주와 블루 퀴라소와 발륨을 섞어서 마시다니 현명한 선택은 아니었다.

"아드리아나, 일어나. 리? 이제 비행기에 타야 할 시간인 것 같은데."

리가 꼼짝 않은 채 눈만 뜨더니 신기할 정도로 또렷한 눈빛으로 올려다보았다. "여기가 어디야?"

"일어나. 얼른 가야 돼. 오늘밤 여기에서 노숙하는 것보다는

---

* 세계 최대의 놀이공원 회사로 아메리카 대륙 전역에 체인이 있다.

그 비행기에 타는 게 낫지 않겠어?"

이 말에 모두들 자극을 받은 듯했다. 세 친구는 절뚝거리며 제대로 된 방향으로 다 같이 걸어갔다.

"우와, 여기 보안검색 끝내준다." '디비 디비, 6:00 PM'이라고 적힌 칠판을 향해 걸어가면서 리가 말했다. "나는 엑스레이 기계나 금속 탐지기 같은 걸로 사람 귀찮게 만들지 않는 공항이 참 좋더라."

그들은 무사히 6인승 비행기에 탑승했다. 아드리아나가 마지막 남은 블루 퀴라소를 들이켜고 창문에 기대어 그대로 기절했을 때 기장이 이상한 눈빛으로 쳐다본 것 말고는 아무 일 없었다. 바퀴가 활주로에 닿았을 때 에미가 다른 탑승객들과 함께 박수를 치기는 했지만, 비행이 특별히 무시무시하지는 않았다. 미리 예약한 자동차와 기사는 보네르의 플래밍고 공항에서 당연히 만날 수 없었고, 비행기를 타고 이십 분 가는 동안 아드리아나의 화장품 가방이 느닷없이 사라졌지만 아무도 신경 쓰지 않았다.

"비행기 한 번 탈 때마다 짐이 하나씩 없어지면 여행길이 가벼워지고 좋잖아?" 아드리아나는 이렇게 말하면서 어깨를 으쓱했다.

장장 스물네 시간 동안 잠도 자지 못한 채 술에 취했다 정신을 차렸고, 짐을 두 개 잃어버렸고, 미국 연방 항공국이 아무리 살살 심사를 해도 합격하지 못할 공항에서 자장가 제목 같은 비행기를 타고 온 상태로 세 사람은 택시를 타고 호텔에 도착했다. 다행히 리조트는 던컨이 준 서류에 소개된 것처럼 우아하고 평화로워 보였고, 방 두 개짜리 스위트룸으로 업그레이드 받았을 때 에미는 담당자에게 입이라도 맞추고 싶은 심정이었다. 리는 옷을 입은 채 벌써 작은 방 침대 위에 쓰러졌고 아드리아나도 조만간 그럴 태세였지만, 에미는 기절할 때 하더라도 먼저 목욕을 할 작정이었다.

"애디, 입고 잘 만한 옷 좀 빌릴 수 있을까?" 에미가 커다란 대리석 욕조에 들어앉아 물었다. 물을 틀고 바디워시 한 병을 들이부었더니 풍성한 거품이 생겼고 욕실 전체에 유칼립투스 향기가 가득 찼다.

"아무거나 입어. 자주색 실크 올인원하고 원피스만 빼고. 그건 내 행운의 세트거든."

"배고파?" 에미가 다시 물었다.

"쓰러질 것 같아. 룸서비스 시킬까?"

에미는 호텔에 비치된 가운을 걸치고 슬리퍼를 신은 뒤 아드리아나의 방으로 들어가 여행가방을 뒤지기 시작했다. 그녀는 까만색 가터벨트와 망사 스타킹을 꺼내 들어 보였다. "사각팬티나 뭐 그런 건 없니?"

"에미, 혹시 네가 모르나 싶어 가르쳐주는 건데 사각팬티는 남자들이나 입는 거야." 아드리아나는 억지로 일어나 앉은 뒤 트렁

크 속으로 한 손을 집어넣었다. "여기, 이거 입어."

에미는 연보라색의 헐렁한 실크 반바지와 똑같은 색 천 조각을 받아들고 물었다. "집에 편안하게 혼자 있을 때 정말 이런 옷을 입고 있어?"

아드리아나는 특유의 우아한 콧방귀를 뀌었다. "설마. 우리 할머니나 입음직한 옷 아니니? 사실 그 옷도 할머니한테 받은 선물일 거야. 난 이런 걸 입지." 그녀는 짙은 분홍색 슬립을 꺼내 머리에서부터 입었다. 실크 같은 옷감이 물처럼 그녀의 몸을 타고 움직였다.

에미는 한숨을 쉬었다. "완벽한 몸매를 타고났다고 널 미워해선 안 되는 거 알지만 그래도 밉다. 정말, 정말 밉다."

"왜, 너도 이렇게 될 수 있어." 아드리아나가 가슴을 모아서 위로 올리자 잠옷이 엉덩이 위로 올라가면서 완벽한 브라질식 비키니 라인이 드러났다. "만 달러 주고 마법사 같은 크래머 선생님 손에 몇 시간 맡기기만 하면 돼." 아드리아나는 아래를 내려다보며 양쪽 가슴을 다시 한번 꽉 쥐었다. "실리콘이 합법화됐을 때 재수술 받길 잘했어. 훨씬 자연스럽지?"

에미는 아드리아나가 2학년 크리스마스 방학 때 수술을 받고 등장한 그 순간부터 그녀의 가슴을 볼 때마다 감탄, 아니 숭배했다. 비록 넉 달 만에 한쪽이 새는 바람에, 에미가 아드리아나를 데리고 응급실로 달려가 꺼져버린 왼쪽 가슴을 재건할 성형외과 전문의가 나타나길 기다리며 밤새도록 병상을 지켰을 때에야 그 숭배가 조금 깨지긴 했지만. 하지만 지금은 어떤가. 또다시 나흘 밤낮을 친구 병간호에 매달리기는 했어도, 식염수를 실리콘으로 바꾼 건 훌륭한 선택이었다. 실리콘은 나무랄 데 없이 완벽했다. 매우 육감적이고 풍만하고 예뻤고, 수술한 티가 전혀 나지 않았다. 뭐, 수술한 티가 조금 날 수도 있지만 그건 아드리아나의 예전 모습을 아는 사람이나 알 수 있을 정도였고, 아드리아나도 웃으며 말했던 것처럼 "일단 들어가면 진짜가 되는 거"였다. 저렇게 완벽한데 진짜건 가짜건 무슨 상관이람?

에미는 저런 가슴이 있으면 어떤 기분일지 천 번쯤, 만 번쯤 상상해봤다. 솔직히 아무 가슴이라도 좋으니 있기나 하면 좋겠다고 생각했다. 호리호리한 몸매인 건 좋았다. 나이를 먹고 여자가 아무 노력 없이 계속 날씬한 몸매를 유지하기가 얼마나 힘든 일인지 깨달으면서 점점 더 맘에 들었다. 그런데 이런 신진대사율과 젓가락처럼 가는 허벅지와 자그마한 엉덩이와 덜렁거리지 않는 윗팔뚝을 부러워하는 여자들이 얼마나 많은지 알면서도, 남자들이 좋아 죽는 여성스럽고 말랑말랑하고 볼륨감 있는 몸을 갖고 있으면 어떤 기분일지 정말 궁금한 걸 어쩌겠는가. 에미는 아드리아나 같은 가슴과 맞닥뜨리면 섹시한 레이스 브라로 가득한 서랍장, 터질 것 같은 홀터넥 원피스, 패드가 필요 없는 비키니 탑, 그 가슴에 여자아이들 셔츠가 맞을 리 없으니 아동복 매장에서의 쇼핑은 꿈도 꾸지 않는 인생이 떠올랐다. '한 줌'이라는 표현은 더이상 듣고 싶지 않았고, 안에 뭘 채우지 않고 어깨 끈이 없는 원피스를 입어보고 싶었고, 단 한 번만이라도 좋으니 눈이 아니라 가슴의 굴곡을 쳐다봐주는 남자가 있었으면 싶었다.

물론 그만한 용기는 없었다. 아드리아나의 가슴을 물끄러미 바라보는 지금 이 순간에도 에미는 자기처럼 소심한 성격은 그런 일을 감행할 수 없다는 것을 잘 알았다. 게다가 남자들에게 어필할 그녀의 매력은 크고 예쁜 가슴 같은 노골적인 섹시함이 아니라 작은 몸집에서 풍기는 섬세하고 우아한 분위기, 남자들 특유의 힘과 남성스러움을 더욱 돋보이게 만드는 가냘픈 체구였다.

에미는 한숨을 쉬며 머리에 감았던 수건을 휙 잡아당겨 바닥에 내동댕이쳤다. "생각이 바뀌었어. 오늘 저녁은 건너뛰는 게 어때? 꼼짝도 못하겠다."

아드리아나는 두 손을 가슴에 댔다. "당연하지. 오늘 굶어야 내일 더 예쁘게 비키니를 입을 수 있잖아."

"지당하신 말씀. 잘 자, 애디."

"잘 자, 엠. 꿈에 멋진 외국 남자들이 득시글거리길 빌게. 우리가 설마 약속을 잊어버렸을 거라고……"

하지만 에미는 대꾸도 없이 나가버렸다.

여행 둘째 날 아드리아나는 수영장으로 나와 비치백에서 담배를 꺼내 불을 붙이고 나른하게 한 모금 빨아들이다 자기를 물끄러미 쳐다보는 리의 시선을 느꼈다. 피우고 싶어 안달 난 사람 앞에서 담배를 피우는 것이 얼마나 잔인한 행동인지는 인정하지만 그래도 그렇지, 지금은 휴가를 즐기러 온 거잖아? 여기에서는 마음이 동하는 대로 지내다 집으로 돌아갔을 때 다시 끊으면 안 되나? 나는 늘 하는 일인데.

"한 대 피울래?" 아드리아나는 사악한 미소를 지으며 리가 앉아 있는 의자 쪽으로 손을 뻗었다.

리는 잔뜩 노려보다 앞으로 몸을 기울였다. "그냥 냄새만 맡아볼게." 그녀는 연기 속으로 얼굴을 들이밀더니 신음 소리를 냈다. 귀에 거슬리는 날카로운 목소리마저 평소보다 훨씬 더 굵고 낮아졌다. "아, 너무 좋다. 만약 내가 앞으로 살날이 일 년이나 오 년이나 십 년밖에 안 남았다는 소리를 들으면 제일 먼저 담배를 한 갑 살 거야."

에미가 고개를 젓자 하나로 묶었던 갈색 머리카락이 몇 가닥 흘러내렸다. 그녀는 수영복을 고쳐 입고―파란색의 스포티한 투피스인데 비키니라기보다 운동복처럼 보였다―말했다. "너희 둘이 담배에 그렇게 연연하는 거 보면 정나미가 떨어져. 그게 얼마나 혐오스러운 습관인지 몰라? 완전 역겨워."

"햇빛아, 안녕! 너 오늘 참 상쾌하다." 리가 말했다. 그녀는 남아 있던 오렌지주스를 말끔히 마시고 밀짚 가방을 의자에 내려놓았다. "얼른 햇볕 좀 쪼이고 싶어 못 견디겠어. 벌써 7월인데, 올 여름 들어 야외로 나온 게 오늘이 처음이야."

아드리아나는 리를 위아래로 훑어보는 시늉을 했다. "이를 어쩌나? 그 푸르뎅뎅한 피부색이 너랑 완전 환상의 짝꿍인데."

"마음껏 비웃어라, 그래." 리는 노래 부르듯 말했다. 몇 주 만에 정말로 행복해하는 얼굴이었다. "이십 년 뒤에 너희 둘 다 피부암 때문에 얼굴 여기저기 구멍이 생기고, 주름 없애느라 보톡스를 쏟아부어야 할 지경이 되면 누가 웃게 될지 두고 보자고. 얼른 그런 날이 왔으면 좋겠네."

리가 가방에서 병으로 된 자외선차단제 두 개와 튜브 한 개를 순서대로 꺼내는 것을 보고 아드리아나와 에미는 입을 떡 벌렸다. 리는 먼저 SPF 50짜리 뻑뻑한 클라란스 크림을 어깨에서부터 발끝까지 한 군데도 남김없이 발랐다. 그리고 까만색 비키니를 앞으로 잡아당겨 비키니와 살이 만나는 경계 부분까지 그 끈적끈적한 크림을 발랐다. 이 번거로운 과정을 끝낸 다음에는 역시 SPF 50짜리 뉴트로지나 에어로졸을 온몸에 뿌리면서 넋을 잃고 쳐다보는 관객들을 향해 "만에 하나 안 발라진 부분이 있을 때를 대비해서"라고 말했다. 온몸을 크림과 스프레이로 코팅하는 작업이 끝나자 이번에는 프랑스산 얼굴용 자외선차단제를 조금씩 짜서 두 뺨과 턱, 이마, 귓불, 눈꺼풀, 목에 열심히 마사지하며 발랐다. 그런 다음 머리를 느슨하게 돌돌 말아서 묶고, 챙이 소형 테이블만 한 밀짚모자를 쓰고, 큼지막한 검은색 선글라스를 썼다.

"음." 리는 한숨을 쉬며 모자를 건드리지 않게 두 팔을 위로 뻗었다. "기분 좋다."

아드리아나가 에미를 보며 눈을 굴렸다. 둘은 웃음을 터뜨렸다. 리는 분명 특이한 친구였지만, 지극히 리다운 그 절차를 보고 있으니 둘 다 마음이 편안해졌다.

"좋았어. 수다는 됐고. 우리 의논해야잖아." 아드리아나가 선포했다. 리가 약혼에 대해 장광설을 늘어놓고 싶은 마음이 없는 것만은 분명했다. 전날 바닷가에 나갔을 때 걱정하는 목소리로 새로 맡았다는 엄청난 작가 이야기만 끊임없이 조잘거리고(옆에서 십몇 년 동안 겪은 일이라 이제는 익숙해졌지만, 리는 "기말고사 완전 망쳤어" 내지는 "이번 원고는 제시간에 다 못 읽을 것 같아" 하는 식으로 안절부절못하고 종알거리면서 대학 시절 내내 줄곧 A⁺를 받았고, 직장에서도 승진에 승진을 거듭했다) 다가올 결혼식에 대해서는 딱 한마디만 하는 걸 보면 그건 분명했다. 그래서 아드리아나는 친구를 채근하지 않기로 했다. 당분간은.

"리, 넌 어떨지 모르겠지만 나는 에미의 파리 여행을 좀더 자세히 듣고 싶어." 아드리아나는 대놓고 에미를 쳐다보며 말했다. "사랑의 도시. 그러니까 할 말이 많을 거 아냐."

에미는 신음 소리를 내면서『런던은 미국에서 가장 훌륭한 도시』라는 책을 펼쳐 자기 가슴 위에 내려놓았다. "내가 몇 번이나 말했잖아. 이야기하고 말고 할 게 없다니까?"

"거짓말, 순 거짓말." 리가 말했다. "폴인가 하는 남자 이야기를 했잖아. 이왕 말이 나왔으니 말인데, 폴이 외국 남자 이름 같지는 않거든? 해명해봐."

"왜 자꾸 같은 이야기를 반복하게 만드는지 모르겠다." 에미는 애원하는 눈빛으로 말했다. "못됐어. 전부 다 얘기했잖아. 국적이 아르헨티나이기도 하고 영국이기도 하고, 옷을 잘 입고, 여행도 많이 했고, 아주 매력적이고 잘생겼는데, 너희의 귀염둥이인 이 몸과의 하룻밤이 아니라 헤어진 여자친구의 생일파티를 선택했다고."

"분명 다른 이유가 있을 거야. 어쩌면 그 남자가……"

너무나 교묘하게 사람을 착각의 구렁텅이로 인도하는 리의 '어쩌면 그 남자가' 게임이 시작되려는 찰나, 아드리아나가 말허리를 잘랐다. "잠깐! 폴이 동성애자가 아닌 일반적인 남자라고 가정했을 때 그날 밤에 있었던 일을 설명할 방법은 딱 한 가지뿐이야. 에미, 솔직히 말해봐. 너 정말 그 남자랑 자고 싶었어? 정말 그 남자를 보면서 군침을 흘렸어? 정말로, 진심으로 그 남자의 몸을 갈망했어?"

에미는 어색한 웃음을 터뜨렸다. "우와, 뭐라고 대답해야 될지

모르겠다. 그랬지. 만난 지 몇 시간 만에 사실상 나를 던졌잖아,
안 그래?"

"너를 던졌다는 게 '술 한잔 더 했으면 좋겠다는 의사를 조심
스럽게 혹은 넌지시 전달했거나 전달하려고 노력했다'는 뜻이겠
지?"

"응." 에미는 콧방귀를 뀌었다. 내가 폴이 서둘러 자리를 뜬
진짜 이유를 밝힐 것 같아? 폴한테 나중에 아이를 낳고 싶은지
물었다고 솔직히 고백하면—사실 나로서는 충분히 물어볼 만한
사안이었지만—친구들이 그냥 넘어갈 리 없었다.

"그러니까 재미있는 게 있으면 물불 안 가리는, 아무 생각 없
고 자유분방한 파티걸처럼 다가가지는 않았다는 말이지?"

"아우, 나도 모르겠어! 아마 그러지는 않았을 거야, 됐니? 왜
그랬겠어? 내가 아무한테나 달려드는 자유분방한 파티걸이 아니
까 그런 거잖아. 애정 행각은 좋지만, 생판 모르는 사람하고 지저
분하게 노는 건 별로야. 그보다는 마음에 드는 사람을 알아나가는
편이 더 좋아."

아드리아나는 의기양양하게 미소를 지었다. "친구야, 그게 바
로 네 문제야."

"문제는 아니야." 리가 눈을 감은 채 말했다. "천성일 뿐이지.
아무 의미 없는 원 나이트 스탠드를 아무나 할 수 있는 건 아니
잖아."

아드리아나는 좌절의 한숨을 길게 내뱉었다. "얘들아, 일단 '원 나이트 스탠드'는 애틀랜틱시티의 카지노나 중서부 호텔에서 서로 눈이 맞은 가여운 사람들이나 하는 짓이야. '애정 행각'은 봄 무도회에서 술에 취한 여학생 클럽 회원들이 벌이는 짓이고. 우리가 하는 건 정사지. 근사하고 섹시하고 자발적인 정사. 알겠니? 그리고 둘째, 우리가 잊고 있는 사실이 있는 듯한데, 에미가 가는 도시마다 '정사'를 벌여야 한다고 결정한 사람은 내가 아니야. 에미 스스로 선언한 거잖아. 물론 감당 못하겠다 싶으면……"

칼라가 달린 셔츠와 카키색 반바지를 입은 귀엽고 장난기 있게 생긴 금발의 웨이터가 필요한 게 있느냐고 물었다. 그들은 마르가리타를 한 잔씩 주문하고, 마치 아무 일도 없었던 것처럼 하던 이야기를 계속했다.

"그래, 네 말이 맞아." 에미는 솔직히 인정했다. "내가 결정한 거였고, 약속한 대로 할 거야. 나한테 도움이 되기도 하잖아? 결혼에 덜 집착하고 좀더 느긋해질 수 있을 테니까. 그런데 이상은 근사한데, 한밤중에 낯선 호텔에서 잘 모르는 사람을 쳐다보면서 성도 모르는 이 남자한테 조만간 내 알몸을 보여줘야 한다고 생각하면…… 그게…… 어려워."

"하지만 올바른 마음가짐으로 접근하면 아주 자유로운 기분을 느낄 수도 있어." 아드리아나가 말했다.

"아니면 끔찍한 파국을 맞든지." 리가 거들었다.

"긍정적인 말만 하지, 아주."

"에미가 약속을 지키고 싶은 것도 알겠고, 이유도 이해해. 평생 세 남자하고만 자봤고 그 세 남자가 전부 다 오랫동안 사귄 남자친구였다면, 나라도 다른 세상을 조금쯤은 경험하고 싶을 것 같거든. 하지만 원 나이트 스탠드, 아참, 정사가 늘 매혹적이지만은 않다는 것도 알아야 하지 않겠어?" 리가 말했다.

"너나 그렇겠지. 나는 늘 좋기만 하더라." 아드리아나는 미소를 지었다. 사실이 그랬다. 지금까지 셀 수 없을 만큼 많은 남자와 관계를 가졌는데, 단 한 번도 유쾌하지 않은 적이 없었다.

리가 와락 덤벼들었다. "하, 그러셔? 그럼 섹스를 하고 나서 너하고 하이파이브하고, 와인 한잔 더 하겠느냐고 물었을 때 '친구, 냉장고에 좀 넣었다 마시자'면서 너를 '친구'라고 불렀던 그 서퍼—이름이 뭐였더라? 파샤?—는 잊어버린 모양이네? 발이라면 사족을 못 써서 네 발에 오일을 바르고 그 발로 자기 온몸을 문질렀던 그 변태는? 널 위에 올려놓고 엄마한테서 온 전화를 받던, 이지 결혼식에서 만난 그 인간을 잊을 수 있는 사람이 누가 있겠어? 계속할까?"

아드리아나는 오른손을 들고 사람 홀리는 매력적인 미소를 지었다. "무슨 말을 하려는지 알겠어. 하지만 친구, 넌 조금 착각하는 것 같아. 썩은 사과 때문에 과수원에 안 갈 이유는 없잖아?

네가 말한 그 인간들은 재수 없고 이례적인 경우지. 까르띠에에서 다이아몬드 쇼핑을 하는 게 훌륭한 전희라고 제대로 생각했던 오스트리아 남작도 있잖아. 해가 떠오르는 코스타리카 해변에서 사랑을 나눈 서퍼―아까 그 인간 말고 다른 서퍼―도 있었고. 허드슨 강이 내려다보이는 근사한 옥상에서 만난 그 건축가는……"

"아무튼 이럴 수도 있고 저럴 수도 있다는 걸 알아두라는 거야." 리가 에미를 똑바로 쳐다보며 말했다.

"넌 정말 찬물 끼얹는 데 뭐 있어!" 아드리아나가 소리를 질렀다. "나는 가서 수영이나 할래." 아무렇지도 않은 듯 이야기했지만, 짜증이 나려고 했다. 왜 저렇게 신랄하게 굴어? 뉴욕에서 가장 손꼽히는 출판사에서 잘나가는 편집자로 일하고 있지, 여자들 사이에서 인기 폭발이면서도 리밖에 모르는 스포츠캐스터 약혼자도 있지, 얼굴도 여자들이 미워할 만큼 섹시하지 않으면서 남자들이 좋아할 만큼 오목조목하고 세련돼서 딱 좋잖아. 뭐가 그렇게 항상 불만이야?

"나만 이렇게 들들 볶고 정작 네가 한 약속은 잊은 건 아니겠지?" 에미가 물었다.

"물론이지." 아드리아나가 대답했다. "사실, 벌써 미래의 남편감을 만난 것 같아."

"흠." 리가 웨이터가 들고 온 차가운 마르가리타를 받으며 일

말의 동요도 없이 중얼거렸다. 그녀는 잔을 받자마자 잠깐 이마에 댔다가 소금을 묻힌 가장자리를 빙 돌아가며 핥았다.

"정말?" 에미가 선심 쓰는 척 묻는 바람에 아드리아나는 짜증이 났다.

"응, 정말이야." 아드리아나가 대답했다. "너희 둘 다 전혀 관심 없는 눈치다만, 그 남자가 토비아스 배런이란 사실은 알려줄게."

두 친구가 얼른 고개를 들고 감탄하는 눈빛으로 아드리아나를 쳐다보았다. 하, 이름을 말하니까 이제야 관심을 보이네.

"그 토비아스 배런?" 리가 물었다.

그래, 그래야지. "바로 그 토비아스 배런." 아드리아나는 고개를 끄덕였다. "사실 친한 사람들은 토비라고 불러."

리는 눈이 튀어나올 기세였다. "너 지금 장난해? 얼른 불어! 어떻게 된 건지……"

"알았어!" 아드리아나는 미소를 지었다. "잠깐 수영부터 하고." 그녀는 낮잠을 자고 일어난 고양이처럼 의자에서 일어나 수영장 쪽으로 슬슬 걸어갔다. 날 우습게 생각하면 어떻게 되는지 본때를 보여주겠어. 그녀는 발가락부터 물에 살짝 담갔다가 군살 하나 없는 몸을 살며시 물속에 던졌고, 곧장 힘차고도 우아하게 두 팔로 물살을 가르기 시작했다. 아드리아나는 바다를 썩 좋아하지는 않았지만(바닷물에 젖어서 머리가 푸석거리는 건 둘째치고 가시가 있는 그 불쾌한 생물들이란!) 수영은 아주 잘했다. 어린

딸이 아장아장 걸어 다니다 앞마당에 있는 수영장에 빠지면 어떻게 하나 걱정이 된 어머니가 걸음마보다 수영을 먼저 가르쳤기 때문이었다. 데소자 부인은 겨우 아홉 달 된 버둥거리는 아이를 수심 1.5미터짜리 수영장으로 안고 가 겨드랑이에 끼는 날개 모양 부낭을 떼어내고 아이가 물속으로 가라앉는 모습을 지켜보았다. 십대 초반에 이 이야기를 처음 들었을 때 아드리아나는 경악했다. "내가 물에 빠지는 걸 엄마는 보고만 있었단 말이에요?"

"뭘 그렇게까지. 잠깐 가라앉았더니 금세 요령을 터득해서 손발을 철벅거리고 조그만 머리를 물 위로 내밀던데 뭐. 코로 물이 좀 들어간 정도로 후유증이 남을 리 없잖니?" 닥터 필*이 허락할 만한 방법은 아니었지만 그래도 효과는 있었다.

아드리아나는 수영장을 열 바퀴 돌고 나서 근육질의 직원이 건네는 돌돌 말린 비치 타월을 우아하게 받아들며 보답으로 활짝 미소를 지어 보였다. 아드리아나가 자리로 돌아오자 에미는 읽던 페이지의 귀퉁이를 접고 책을 옆으로 던졌다.

"아드리아나 데소자, 왜 지금까지 비밀로 한 거야? 우리가 아루바에 온 지……"

"보네르." 리와 아드리아나가 동시에 외쳤다.

---

* 미국의 유명한 임상심리학자이자 방송인. AFKN의 인기 프로그램인 〈닥터 필 쇼〉를 진행하고 있다. 본명인 필 맥그로보다 애칭인 '닥터 필'로 더 많이 불린다.

에미는 입 다물라는 뜻에서 팔을 휘저었다. "아무튼. 보네르에
온 지 꼬박 이틀이 지났는데, 왜 이제야 이 이야기를 꺼내는 거
냐고? 무슨 친구가 그래?"

"아직 심각한 사이는 아니니까." 아드리아나는 이렇게 말하
고, 친구들의 표정을 음미했다. 제일 극적인 효과를 거둘 수 있
을 때까지 기다렸다 말하는 기분은 정말 최고였다. "하지만 그
사람, 가능성은 있는 것 같아."

"가능성? 잡지마다 지적인 조지 클루니라고 칭송하는 사람 아
냐? 잘생겼지, 잘나가지, 게이 아니지, 독신이지……"

"독신이 아니라 이혼남이지." 에미가 말했다.

리는 헛웃음을 터뜨렸다. "이십대 초반에 잠깐 실수로 서른여
섯 달 동안 결혼생활을 한 거고, 아이도 없잖아. 그 정도면 이혼
남이라고 할 수도 없어."

아드리아나는 휘파람을 불었다. "어머, 아는 게 꽤 많으셔들?
인정한다는 뜻이지?"

두 친구는 열심히 고개를 끄덕였다.

"어떤 사람인지 얼른 얘기해봐." 에미는 이렇게 말하며 화제
가 다른 사람한테로 옮겨간 것에 가슴을 쓸어내렸다.

아드리아나가 쿠션을 바로잡느라 물이 뚝뚝 흐르는 상반신을
살짝 일으켰을 뿐인데, 바로 옆에서 일광욕을 즐기던 사람이 신
음 소리를 냈다.

"어디 보자…… 너희 둘 다 확실히 아는 것 같으니까 신상 설명은 생략해도 될 것 같고, 음…… 아주 귀여워. 이 주 전에 〈시티 드웰러〉 촬영장에서 만났거든."

리는 몸을 돌려 엎드리더니 비키니 훅을 풀었다. "거기는 어쩐 일로 간 건데?"

"길레스가 데리고 갔어. 앤젤리나하고 매덕스를 만나러 갔다가 대신 토비를 만난 거지." 아드리아나는 토비와 나눈 대화를 고스란히 옮겼다. 윤색 차원에서 추가한 말은 몇 마디 있지만 빠뜨린 말은 없었다. 이야기가 끝나자 아드리아나는 줄무늬 빨대를 요염하게 입술로 감싸고 마르가리타를 오래 마셨다. 장담할 수는 없었지만, 수영장 맞은편의 귀여운 남자들이 그녀를 쳐다보고 있는 듯했다.

"그 사람이 전화할 것 같아?" 에미가 정말로 궁금하다는 듯 물었다.

그 사람이 전화를 하지 않을지도 모른다는 생각을 하는 것으로도 모자라 심지어 묻기까지 하다니! 아드리아나는 살짝 짜증이 나서 날카롭게 쏘아붙였다. "당연히 하겠지. 왜 안 하겠어?"

"오오, 어디서 누군가 예민하게 구는 소리가 들리는 것 같네……" 리가 노래 부르듯 말했다.

"뭐? 너 지금 야니 얘기 하는 거야? 그 사람은 잊은 지 오래야." 아드리아나는 다리를 뻗고 발가락을 쭉 내밀었다.

"야니하고 진전이 있었어?" 에미가 궁금해 죽겠다는 듯 물었다. "왜 맨날 나만 몰라?"

아드리아나는 한숨을 쉬었다. "여기서 왜 이 이야기를 또 해야 하는지 모르겠다. 지난주에 수업 끝나고 내 전화번호를 주면서 전화 달라고 했어."

"그랬더니?"

"전화번호를 돌려주더라." 아드리아나는 아무렇지도 않은 척 하려고 했지만, 속아 넘어갈 친구들이 아니었다. 이 사건은 그녀의 머릿속을 계속 맴돌며 남편감을 찾을 때가 됐다는 확신을 더욱 굳히는 역할을 했다. 야니에게 거부당한 것은—이삼 년 전만 해도 있을 수 없는 일이었다—좋은 시절이 끝나가고 있다는 증거였다.

"왜 그러는지 이유는 말했고?"

"아니, 전화를 할 수가 없다면서 그냥 미안하다고 하더라."

"아마 그 사람이……"

"그럴 것 없어." 아드리아나는 심드렁하게 손을 저으며 고도로 계산된 미소를 지었다. "이제는 별로 관심도 없어. 야니는 요가 강사일 뿐이야. 세계적으로 인정받는 할리우드 감독은 아니 잖아?"

"안녕하세요." 에미가 똑바로 일어나 앉으며 아드리아나의 오른쪽 어깨 너머로 활짝 웃음을 지었다.

"왜 그래?" 아드리아나는 잠깐 영문을 모른 채 어리둥절해했다. 고개를 돌려보니 어떤 남자가 뒤에 서 있었다. 굳이 평하자면 비교적 호감형이었다. 골반 밑으로 걸친 화려한 꽃무늬 서핑용 반바지가 상당히 탄탄한 복부를 감싸고 있었다. 햇빛에 탈색된 젖은 머리, 얼굴을 덮은 머리카락을 쓸어넘기는 강인한 손이 아드리아나의 눈에 들어왔다. 수염이 거슬렸고 키가 좀 작았지만, 전체적으로 봐줄 만했다. 게다가 그 남자는 웃고 있었다. 에미를 향해.

"안녕하세요." 남자가 말했다. "제가 방해가 된 건 아닌지 모르겠네……" 오스트레일리아 남자다! 아드리아나는 오스트레일리아 남자라면 사족을 못 썼다. 첫 키스 상대가 여름방학을 맞아 그녀의 상파울루 옆집에 놀러 온 열한 살짜리 오스트레일리아 남자아이였고, 그때부터 그녀는 명예 국민이 되어도 손색없을 만큼 많은 오스트레일리아 남자를 만났다.

"아니에요." 아드리아나는 본능적으로 어깨를 뒤로 젖히고 가슴을 앞으로 내밀며 애교 섞인 목소리로 말했다.

"저기, 음…… 저쪽에 있는 친구들이랑 같이 왔는데요." 그가 수영장 건너편의 한 테이블을 손가락으로 가리키자 그 테이블에 앉아 있던 남자들이 애써 시선을 피했다. "오늘 저녁 때 식사를 같이하고 싶어서요." 아드리아나는 믿기 힘든 심정으로 그를 빤히 쳐다봤다. 이제 확실해졌다. 그는 에미에게 말을 하고 있었다. 이 뜻밖의 선물이 내가 아니라 에미를 선택하다니!

"남자끼리 와서 지낸 지 벌써 사흘째라 이제는 우리끼리 이야기하는 것도 지겨워서요. 오늘밤에 우리와 같이 어울리지 않을래요? 허튼 수작은 안 부릴게요. 약속해요. 해변에서 신나는 음악 들으면서 시원한 술이나 한잔 하죠. 비용은 우리가 부담할게요. 어때요?"

이쯤 되자 에미도 오스트레일리아 남자가 말을 거는 상대가 자기임을 알아차렸고, 아드리아나는 이 상황에 충격을 받은 와중에도 얼른 정신을 차리는 에미에게 감탄했다. "어머, 고마워요!" 에미는 남부 아가씨 말투를 최대한 흉내 내서 말했다. "우리도 좋아요."

오스트레일리아 남자는 좋아하며 펜을 찾으러 바 쪽으로 달려갔다. 그가 사라지자마자 아드리아나는 얼른 행동을 개시했다. 남자들 눈에 비친 자신이 매력을 잃었을지 모른다는, 날이 갈수록 커져가는 공포를 누르고 아까 그 남자에 대한 트집을 삼키며―좀더 자세히 보니 키도 많이 작고, 수염은 깎지 않아서 지저분하고…… 내가 외모에 신경 안 쓰는 남자하고 만날 나이는 아니잖아?―최대한 활짝 웃고선, 음모를 꾸미는 사람처럼 몸을 기울이고 친구들에게 속삭였다. "에미, 저 남자 너한테 홀딱 반했다. 파리에선 네가 아마추어였지만 지금은 네 옆에 전문가가 있잖아. 나한테 들은 노하우 잊지 마……" 에미가 얼굴을 붉히고

210

리가 만족스럽다는 듯 눈을 찡긋하는 동안 아드리아나는 눈물을 삼키는 데 집중했다.

리는 제시를 기다리는 동안 뭐라도 할 거리를 찾으려고 가방을 뒤졌다. 멍하니 앞을 보며 있을 수도 없었고, 구부정하게 앉아서 블랙베리로 미친 듯이 문자를 보내는 그런 여자도 되기 싫었다. 사무실에서 나올 때 보조 편집자한테 받은 100페이지짜리 발췌 원고가 있기는 했지만, 그쪽도 포기했다. 마이클스에서 점심 때 원고를 꺼내는 것은 비벌리힐스의 커피빈에서 시나리오를 읽는 것과 다름없는 짓이었다. 하면 안 되는 일이라는 뜻이다. 주변 소음을 완벽히 막아줘서 사랑해 마지않는 헤드폰을 꺼내, 뒤쪽에 앉아서 휴대전화에 대고 고함을 지르는 남자의 날카롭고 신경에 거슬리는 목소리를 차단하고 싶은 생각이 간절했다. 혼자이거나 친구들과 함께 온 거였으면 자리를 바꿔달라고 했을 텐데, 제시가 언제 올지 모르는 상황에 유난 떠는 모습을 보이고 싶지 않았다. 오늘 점심 약속을 앞둔 긴장과 밤늦도록 주방에서 쿵쿵거린 위층 여자 탓에 제대로 잠을 자지 못한 터라 헤드폰을 쓰고 (가장 편안한 클래식과 무드 음악을 채워둔) 믿음직한 아이팟을 꺼내 잔뜩 날이 선 신경을 달래고 싶었다. 리가 헤드폰 줄을 풀고 있는데 지배인이 제시를 대동하고 나타났다.

"다시 뵙게 되어 반갑습니다." 리는 일어서서 제시를 맞이하는 대신 그저 손만 내밀며 차분하게 인사를 건넸다.

제시는 몸을 숙여 리의 뺨에 입을 맞추었다. 무심하고 사적인 감정이 전혀 없는 입맞춤이었지만, 그럼에도 불구하고 짜릿한 전율이 살짝 느껴졌다. 지금 신경이 곤두서 있어서 그래. 리는 생각했다.

제시는 지배인이 빼준 의자 옆에 서서 주변을 살폈다. "리, 번거롭겠지만 자리를 옮겨도 될까?" 그는 리의 뒤쪽에 앉아 있는 양복 차림의 두 남자를 쳐다보며—그중 한 명은 계속 통화 중이었다—작지 않은 목소리로 말했다. "레스토랑에서 휴대전화에 대고 고함이나 지르는, 우라지게 교양 없는 인간들은 견딜 수가 없거든."

당사자는 그의 나무람을 듣지 못했지만, 리는 벌떡 일어나 그의 품에 안기고 싶은 심정이었다. "저도 저 사람 질색이에요." 리가 이렇게 말하며 황급히 소지품을 챙기고 있을 때 제시는 벌써 손짓으로 지배인을 부르고 있었다. 리는 자리를 옮긴 다음에야—이번에는 조용한 뒤쪽 구석의 2인용 테이블이었다—제시를 흘끗 훔쳐보았다.

그는 청바지와 블레이저를 입고 있었고—헨리의 사무실에서 만난 날 입었던 블레이저 같았다—머리는 엉망이었다. 깔끔하게 감기는 했지만 외모는 조금도 신경 쓰지 않는 사람처럼 무심하게 헝클어뜨린 그의 머리를 보면서 리는 준비하느라 자기가 얼마나 많은 시간을 들였는지 뼈저리게 실감했다.

출근 준비하는 데 그렇게 많은 시간을 들인 것도 오랜만의 일이었다. 요즘 워낙 바쁘고 잠이 부족해서 한 시간은 걸리던 몸단장을 최소한도로 줄인 상태였다. 얼른 씻고, 물기가 마를 정도로만 드라이어 바람을 쐬고, 마스카라를 살짝 바르고, 나가면서 립스틱으로 마무리. 하지만 오늘 아침에는 달랐다. 알람이 울리자마자 러셀이 깨지 않게 조심조심 자리에서 일어났고, 그때부터 자동장치의 조종을 받는 것처럼 복잡한 준비 작업에 착수했다.

리는 제시와 공식적으로 처음 만나는 자리에 어떤 옷을 입고 가면 좋을지 계속 고민했다. 그가 대체로 격식을 차리지 않는 분위기인 것만은 분명했지만, 그녀는 프로처럼 보이고 싶었다. 아버지는 나이가 많은 남자 작가들은 그녀를 편집자이기에 앞서 여자로 볼 테니 그들에게 존중받으려면 여성성을 죽여야 한다고 늘 강조했다. 최소한 여성성을 부각시키지는 말아야 한다고. 리는 지금까지 아버지의 가르침을 신중하게 따랐지만, 오늘은—아무리 중요한 날이어도—평소처럼 검은색 바지 정장을 입고 싶지 않았다. 먹색도. 감색도. 평소 입던 면 팬티도 마음에 들지 않았다. 그녀는 신축성 있는 핫핑크색 T팬티와 보정 기능이 거의 없이 굴곡을 그대로 보여주는 메시 브라를 입었다. 뭐 어때? 그녀는 생각했다. 섹시하다기보다 깜찍한 속옷이었고, 분위기를 조금 바꾼다고 안 될 건 없었다. 그녀는 이 위에 가장 아끼는 다이앤 폰 퍼스텐버그 원피스를 입었다. 무릎 길이에 7부 소매, 깊게 파인 네크라인, 밝은 노란색과 하얀색과 검은색의 추상적인 무늬의 원피스였다. 맨발로 드라이와 화장을 한 뒤, 실용적인 키튼 힐* 대신 7센티미터짜리 끈 샌들을 신었다. 이마에 작별의 입맞춤을 했을 때 러셀은 잠결에 휘파람을 불었지만, 지하철에 오른 순간부터 너무 차려입은 게 아닌가 걱정이 되기 시작하더니 레스토랑에서 자리에 앉았을 무렵에는 스타일리시한 동시에 진지한 프로가 아니라 고급 콜걸처럼 보일 것 같다는 확신이 들기에 이르렀다.

배려인지 다른 사람은 안중에도 없는 건지 리로서는 알 수 없었지만, 제시는 그녀의 얼굴만 똑바로 쳐다보며 물었다. "그 칙칙하던 편집자는 어디 갔나? 날 만나려고 이렇게 꽃단장한 거야?"

그가 맞은편 의자에 앉는 순간, 리는 그날의 옷차림을 후회했다. 제시의 성차별적인 발언이라면 마음의 준비를 하고 있었고—헨리가 미리 경고했다—문학계의 록스타이니 거만한 왕재수일 거라고 예상은 했지만, 이렇게 대놓고 창피를 줄 줄이야. 지금 선례를 잘 만들어놓지 않으면 앞으로 관계에 먹구름이 끼게 분명했다. 아무리 유명 작가라도 지금은 그녀의 저자임을 분

---

* 오드리 헵번이 즐겨 신은 높이 3~5센티미터짜리 힐.

명히 못 박아놓을 필요가 있었다.

"설마요." 리는 자기 몸을 내려다보며 유쾌하게 웃음을 터뜨렸다. "좋게 봐주셔서 감사하지만, 오늘 저녁 때 파티가 있어서요." 그녀는 자신만만하게 들리길 바라면서 잠깐 말을 멈추었다 다시 이었다. "그럼 이제 절 만나러 이렇게 꽃단장을 하셨느냐고 제가 여쭈어볼 차례인가요?"

제시는 바로 손으로 머리를 쓸어넘겼다. "내가 좀 구질구질하긴 하지?" 그가 살짝 민망해하는 목소리로 물었다. "기차를 놓치는 바람에 스케줄이 꼬였어. 조금 끔찍하더군."

"기차요? 댁이 뉴욕 아니에요?"

"맞는데, 여기 있으면 집중이 안 돼서 햄프턴스에서 작업하고 있거든."

"아, 그것 참……"

제시는 애처로운 웃음으로 말허리를 잘랐다. "우라지게 특이하지? 나도 알아. 추워지기 시작한 작년 11월에 집을 샀으니까. 당신도 익히 예상하다시피 내가 원래 햄프턴스라면 질색하는 사람인데, 이번에는 경우가 좀 달랐어. 칙칙하고 외딴 곳이라 컴퓨터 한 대만 가지고 처박혀 있기에 완벽하거든. 며칠 동안 지나가는 사람이 한 명도 없는 날도 있고 그랬는데 5월에 쑥! 하고 잠깐 해가 비치니까 어퍼이스트사이드 사람 전체가 떼거리로 찾아오더군."

"그런데 왜 계속 계세요? 7월이면 지옥일 텐데." 리가 말했다.

"그냥 게을러서."

"어휴, 왜 이러세요. 믿을 소리를 하세요."

"진짜야. 모든 게 갖추어져 있어서 움직이지 않게 되거든. 게다가 뉴욕에 있는 아파트 위층이 공사 중이라 소음을 견딜 수가 없기도 하고."

"흠." 리는 웨이터가 주는 메뉴판을 받으며 말했다.

제시는 고개를 젓고 의자에 기대앉으며 숨을 내쉬었다. "나처럼 자아도취적인 사람을 그 긴 시간 동안 무슨 수로 상대할 생각인가?"

리는 자기도 모르게 웃음을 터뜨렸다. "그것도 제가 할 일의 일부인데요, 뭐."

"그러고 보니 내 작품이 궁금할……"

"선생님," 리는 부드럽게 말허리를 잘랐다. "앞으로 같이 일할 시간은 얼마든지 있으니까 오늘은 서로 친해지는 데 중점을 두고 작품에 대한 이야기는 다음번에 해요."

그가 물끄러미 쳐다보았다. "진심이야?"

"네. 선생님만 괜찮으시다면요."

그는 고개를 삐딱하게 젖혔다. "참 특이한 친구군. 편집자가 작품 이야기는 하고 싶지 않다니. 뭐, 좋아. 그럼 어떤 이야기를 하고 싶으신가요, 아이스너 양?"

리는 흡족했다. 친구들과 함께 다녀온 퀴라소 여행은 약혼 축하라고 하기에는 어울리지 않았지만, 덕분에 제시를 어떤 식으로 다루면 좋을지 작전을 짤 시간이 충분했다. 처음부터 확실히 기선을 잡을 필요가 있었다. 그러려면 대화의 속도와 내용을 그녀가 주도해야 했다. 새 출판사의 새 편집자가 신작에 대해 듣고 싶어 조바심칠 거라 생각하며 이 자리에 나왔을 그에게 그녀는 관심 없다는 태도로 대응했다.

메인 요리를 다 먹었을 때(제시는 토시살 스테이크 샐러드, 리는 허브에 구운 줄무늬 농어였다) 두 사람은 온갖 이야기를 나눈 뒤였다. 작품 이야기만 빼고. 알고 보니 제시는 어린 시절에 살았던 시애틀을 우울한 곳이라 생각했고 동남아시아에서 이런저런 일을 하며 이십대를 보냈는데, 그곳도 우울하긴 마찬가지였다. 그는 『환멸』이 맨 처음 베스트셀러 목록에 올랐을 때 얼마나 충격을 받았는지 모른다고, 여행 일기 나부랭이로 몇백만 달러의 수입을 올리니 꿈을 꾸는 것 같았다고, 뉴욕의 파티는 성공해서 갑자기 갑부가 된 젊은 사람의 혼을 얼마나 쏙 빼놓는지 아느냐고 했다. 한 시간이 조금 지났을 뿐인데, 리는 두 사람 모두의 입장에서 특별한 유대 관계—낭만적이라기보다 친밀한 관계—가 시작되는 듯한 느낌을 받았다. 제시는 아무렇지도 않은 듯 지나가는 투로 부인에 대해 언급했다.

"부인이 있으세요?" 리가 물었다.

제시는 고개를 끄덕였다.

"그러니까 유부남이라는 말씀?"

"나 같은 사람을 보통 유부남이라고 부르더군. 놀랐나?"

"아뇨. 음…… 사실은 놀랐어요. 선생님이 유부남이라 놀랐다
는 게 아니라…… 그러니까…… 그게…… 그렇게 소개된 기사
를 읽은 적이 없어서요."

제시가 씩 웃었고, 리는 웃는 얼굴이 훨씬 잘생겼다는 생각을
했다. 어쩐지 더 젊고 싱그러워 보였다. 그는 그녀의 왼손을 흘
끗 보더니 눈썹을 치켜세웠다. "보아하니 당신도 우리 기혼자 대
열에 합류하려는 모양인데?"

왜 그런지 알 수 없었지만, 리는 갑자기 당황스러웠다. 당황스
럽고 상당히 거북했다.

"디저트 주문할까요?" 리는 메뉴판을 들고 열심히 읽는 척했다.

제시는 리의 몫까지 에스프레소 두 잔을 주문했다. 그녀의 의
사는 묻지도 않았다. 당연한 이야기지만, 신경에 거슬리면서도
매력적인 행동이었다. 만약 선택권이 주어졌다면 허벌 민트티를
주문했을 텐데, 이상하게도 선택할 필요가 없었던 것이 다행이
라는 생각이 들었다.

"궁금한 게 있는데, 아이스너 양. 가장 최근에 편집한 걸작이
뭐지? 물론 내 작품 빼고."

"글쎄요. 제가 군이 지적을 안 해도 아시겠지만 채프먼 선생님

의 작품이 어느 정도 걸작인지는 두고 봐야 하지 않을까요? 저희 모두 궁금해하고 있어요."

"나도 내 책을 담당할 편집자가 궁금한데."

"정확히 어떤 부분이요?"

"어떤 작가들을 담당하고 있는지. 좋아하는 작가는 누구인지. 그들의 어떤 작품을 재미있게 읽었는지."

리는 조금 당황스러워하며 말했다. "답은 선생님께서 이미 알고 계실 것 같은데요."

"그 말은?"

리는 100퍼센트 솔직하게 털어놓았을 때 결과가 어떻게 될지 잠깐 고민했다. 도덕적인 이유에서 진실을 공개하고 싶은 게 아니었다. 지금 이 시점에서 뻔한 허세를 부리는 게 부질없게 느껴졌다. 리는 제시를 똑바로 쳐다보며 말했다. "그 말은, 선생님은 분명 할 일을 제대로 하셨을 테고, 선생님도 아시겠지만 선생님은 제가 지금껏 담당한 작가들 중에서 최고의—솔직히 말하면 다른 분들과 비교가 안 될—판매부수를 자랑하는 작가가 될 테고, 이것도 아시겠지만 저희 사장님과 동료들과 어쩌면 출판업계 전체가 선생님 작품을 맡기에는 제 경험이 부족하다고 여긴다는 뜻이겠죠."

제시는 에스프레소 잔을 내려놓았다. "그리고 리, 이제 자네 생각은?" 그는 보일락 말락 입가에 미소를 지으며 물었다.

"저는 선생님이 온갖 헛소리에 지치신 거라고 생각해요. 선생님께서 지난 육 년 동안 왜 자취를 감추셨는지 그건 잘 모르겠지만, 파티에 질렸다거나 사람들이 흔히 말하는 그런 이유 때문은 아닐 거예요. 선생님은 지금 새로운 출발, 밑져야 본전인 편집자를 찾고 계시죠. 젊고 굶주리고 모험을 감행할 만한 편집자를요." 리는 말을 멈추었다 다시 이었다. "여기까지 어떤가요?"

"아주 괜찮았어."

"감사합니다." 아드레날린이 솟구치며 좋은 의미에서 심장이 쿵쾅거리고 신경이 곤두섰다.

"그런데 까딱 잘못하면 있는 대로 생색내는 것처럼 들리겠지만," 그가 말했다. "내가 제대로 고른 것 같군."

"제대로 고르셨어요." 리는 고개를 끄덕였다.

제시는 웨이터에게 계산서를 달라는 손짓을 했고, 계산서가 도착하자 바로 리에게 넘겼다. "이건 브룩 해리스 쪽에서 내는 거 맞지?"

"그럼요." 리는 새로 발급된 아메리칸 익스프레스 법인카드를 조그만 폴더에 넣고 의자에 기대앉으며 가방에서 빨간색 가죽 다이어리를 꺼냈다. "선생님, 그럼 언제 다시 뵐까요? 저는 다음주 화요일하고 금요일 점심 때 괜찮아요. 화요일이 더 좋긴 하지만요. 선생님께서 저희 사무실로 오셔도 대환영이고……"

"다음주는 안 되겠는데."

"아, 그러세요? 그럼 그다음 주에 뵙죠. 그다음 주에는……"

"그다음 주도 안 되겠는데."

회사에서는 그의 이름과 약속만 믿고 삼백만 달러를 투자했는데, 편집자와 제대로 만나지도 않겠다는 건가? "제 이야기를 끝낼 틈조차 허락하지 않으시는군요." 리는 나지막이 말했다.

"미안." 제시는 웃음을 참지 못했다. "앞으로 몇 주 동안은 뉴욕에 다시 발을 들여놓을 생각이 없다는 뜻이야. 오늘 아침에 열차 사태를 겪으면서 생각을 굳혔어. 그러니까 내가 뉴욕을 다시 찾아올 때까지 기다리든지 아니면 당신만 괜찮다면 햄프턴스로 초대하고 싶은데."

"그건 스케줄을 체크해보고 연락드릴게요." 리는 차갑게 대답했다.

"가라고 할걸?" 제시가 말했다.

"네?"

"헨리가 가라고 할 거라고. 걱정 마, 리. 그렇게 먼 곳도 아니고 내가 제대로 안내할 테니까. 심지어 스타벅스도 있다니까?"

웨이터가 카드와 영수증을 들고 돌아왔다. 리는 카드와 영수증을 지갑의 정해진 칸에 조심스럽게 넣고, 소지품을 챙겼다.

"나 때문에 화난 거 아니지?" 제시가 물었다.

리는 자신이 화나거나 말거나 그는 신경 쓰지 않을 거라는 생각이 들었다.

"그럼요. 다른 약속이 있는데 늦어서요. 오늘 저녁이나 내일 전화드릴 테니 다음 약속은 그때 잡지요."

제시는 씩 웃으며 그녀가 앞장설 수 있게 옆으로 비켜섰다. "그러지. 그리고 리, 너무 긴장하지 마, 알았지? 우리 두 사람, 호흡이 잘 맞을 거야."

밖으로 나가보니 비가 내리고 있었다. 리가 우산을 찾느라 커다란 가방을 뒤지는 동안 제시는 6번가를 향해 달리기 시작했다. "나중에 통화합시다." 그는 뒤도 돌아보지 않고 큰 소리로 외쳤다.

리는 속이 부글부글 끓기 시작했다. 정말 저 잘난 맛에 사는 재수 없는 인간이야. 택시가 필요하냐고 묻거나 사무실까지 바래다주기는커녕 점심 잘 먹었다는 인사도 없어? 콧대가 저렇게 하늘을 찌르는 남자는 도대체 어떻게 해야 해? 정말 모르겠어. 외교적인 수완으로 무장하고 당근을 주며 앞에서 인도하는 건 할수 있지만, 눈을 동그랗게 뜨고 베스트셀러 작가님의 천재성에 감탄했네 어쩌고저쩌고 하는 건 정말 내 취향이 아닌데. 절대 있을 수 없는 일이고, 더군다나 제시 채프먼처럼 아니꼬운 인물한테는 안 될 말이지. 젠장. 어쩌면 평생 편집은커녕 책 한 권 읽어본 적 없는 아드리아나가 이 사람을 더 잘 다룰지도 모르겠는걸. 흠뻑 젖은 7센티미터짜리 힐 때문에 더 비참해진 기분으로 사무실까지 여덟 블록을 걸어가는 내내 그 생각이 머리를 떠나지 않았다. 사무실 안으로 들어섰을 때에는 모든 걸 없던 셈치고 싶은 심정이었고, 리는 그런 기미를 헨리 앞에서도 감추지 않았다.

"아이스너, 잠깐 나 좀 볼까?" 문 앞을 지나가는데 헨리가 리를 불렀다. 엘리베이터를 타고 사무실로 들어가려면 반드시 사장실을 지나야 했다. 이렇게 부아가 치미는 구조라니 헨리가 작정하고 만든 게 분명했다.

잠깐 숨을 돌리면서 마음을 가라앉히고 카디건을 걸치거나 샌들로 갈아 신어 얌전한 복장으로 변신하고 싶었지만, 헨리가 오후 스케줄을 모두 비워놓고 그녀가 돌아오기만을 기다리고 있었을 게 분명했다.

"부르셨어요?" 리는 밝은 목소리로 인사를 건네며 최대한 얌전하게 2인용 소파에 앉았다.

"어때?" 헨리가 물었다. 말하면서 리를 위아래로 훑어보았지만, 다행스럽게도 표정이 변하지는 않았다.

"감당하기 힘든 분이던데요." 리는 불쑥 내뱉고 나서 이게 얼마나 바보 같은 말인지 뒤늦게 깨달았다.

"감당하기 힘들다?"

"사장님께서 경고하신 것처럼 거만하신 분이더라고요. 하지만 넘지 못할 산은 없을 거예요. 다음 약속을 잡자고 했더니 맨해튼으로 다시 찾아오는 일은 없을 거라고 딱 잘라 거절하시던데요?"

헨리는 그 말을 듣고 고개를 들었다. "집이 웨스트빌리지 아니던가?"

"맞아요. 그런데 거기에서는 집중이 안 돼서 햄프턴스에 집을 사셨대요. 글쎄 저더러 거기로 찾아오라며……" 리는 말끝을 흐리며 웃음을 터뜨렸다.

"당연히 그래야지." 헨리가 단호하게 말했다. 좀처럼 없는 일이었다.

"당연히 그래야 한다고요?" 헨리의 격한 반응이 무엇보다 놀라웠다.

"그럼. 힘들면 다른 작업은 다른 사람에게 넘겨도 좋아. 지금부터 작품이 출간되는 날까지 이 일을 최우선으로 삼도록 해. 그러니까 새끼 사자를 보면 영감이 떠오른다며 브롱크스 동물원에서 만나자고 하거든 그렇게 하라는 뜻이야. 원고가 출간 가능한 형태로 제때 도착하기만 하면 앞으로 여섯 달 동안 탄자니아에 있어도 상관없어. 어떻게 해서든 책만 만들어내라고."

"알겠습니다, 사장님. 잘 알겠어요. 그리고 제 담당 작가는 다른 직원한테 넘기지 않아도 돼요." 리는 이렇게 말하며 만성피로에 시달리는 어마어마한 기억력의 소유자, 구색 맞추기용으로 책을 출간한 소설가, 작가로 전업을 선언하고 재미있는 이야기가 새로 생각났다며 일주일에 세 번씩 전화하는 스탠드업 코미디언을 떠올렸다.

헨리의 전화가 울렸고, 잠시 후 비서가 인터폰으로 사모님의 전화라고 알렸다. "내 말 잘 생각해봐." 그가 송화구를 손으로 덮고 말했다.

리는 고개를 끄덕였고, 양쪽 뒤꿈치가 얼마나 화끈거리는지 알아차리지도 못한 채 헨리의 사무실을 얼른 빠져나왔다. 의자에 주저앉자마자 보조 편집자가 메시지와 메모를 한 움큼 쥐고 나타났다.

"이 계약서에 당장 서명하셔야 오늘 안에 택배로 부칠 수 있어요. 그리고 미술팀의 파블로가 매시슨 회고록의 표지 문안을 뭐가 됐든 최대한 빨리 달래요. 아, 그리고……"

"애넷, 일 분만 있다가 처리하면 안 될까? 전화를 걸어야 할 데가 있거든. 나가면서 문 좀 닫아줄래? 일 분이면 돼." 리는 애써 차분하고 침착한 목소리로 이야기했지만, 사실은 고함을 지르고 싶었다.

고맙게도 마음씨 착한 애넷은 그냥 고개를 끄덕이고 조용히 문을 닫으며 나가주었다. 리는 지금 당장이 아니면 또 언제 용기가 날지 자신이 없었기 때문에 수화기를 들고 번호를 눌렀다.

"금세 전화했네?" 제시가 전화를 받았다. 비꼬는 소리처럼 들렸다. "무엇을 도와드릴까요, 아이스너 양?"

"스케줄 확인했어요. 제가 햄프턴스로 찾아뵐게요."

제시는 만족하는 티를 내지 않으려고 충분히 노력했지만, 리는 그가 씩 웃는 것을 느낄 수 있었다. "고마워, 리. 앞으로 두세 주 동안은 자료를 수집하느라 집을 비울 거야. 8월 둘째 주말 어때?"

리는 수첩을 보거나 컴퓨터 화면에 늘 띄워두는 달력을 확인하지도 않았다. 그럴 필요가 없는 일이었다. 헨리는 단호하게 말했다. 제시가 그러자면 따라야 한다고.

리는 심호흡을 하고 자국이 남을 정도로 세게 엄지손가락을 깨물었다. "그때 뵐게요."

내가 울어서
엄마가 술을 마셔요

　자기 아파트 엘리베이터까지 앞장선 이지가 11층을 눌렀다.
"그러니까 몇 시간 동안 술도 마시고 춤도 추고 어쩌고저쩌고 한
다음에 밤이 이슥해졌을 때 어느 멋진 오스트레일리아 남자가
언니를 데리고 바닷가로 산책을 나갔는데, 이런 표현 써서 미안
하지만 외국 여권 소지자라면 아무하고나 자겠다고 언니 자신은
물론이고 친구들한테까지 맹세를 해놓고 그 남자를 거부했다,
이거지?"
　"응."
　"언니, 언니, 언니."
　"어쩔 수 없었어. 어쩔 수 없었다고! 미친 사람처럼 모래사장
에서 같이 뒹굴기는 했어. 그 남자, 키스를 정말 잘하더라. 그러
다 그 남자가 셔츠를 벗었는데 으으……" 에미는 저 멀리서도

들릴 만큼 크게 신음 소리를 내며 눈을 감았다.

"그랬는데? 뭐가 문제였어?"

"그 사람이 내 청바지 단추를 풀기 시작하는 순간 겁이 났어. 왜 그랬는지 나도 몰라. 이름도 모르는 남자가 내 위에 앉아서 내 몸속으로 들어오려 한다고 생각하니까 그냥 너무…… 너무 비현실적인 거야. 못하겠더라."

이지가 아파트 문을 열었고, 에미는 그녀를 따라 대리석이 깔린 조그만 현관으로 들어갔다. "그 남자가 언니 몸속으로 '들어가려고' 했다고?"

"이지." 에미가 경고했다. "딴 데로 새지 마. 나도 하고 싶었어, 정말이야. 그 남자가 엄청 마음에 들었거든. 다정다감하고 편안하고 전형적인 오스트레일리아 남자라 휴가지에서 하룻밤 즐길 상대로 완벽했어. 그랬는데 내가 거부한 거야."

거실을 마주보며 책상에 앉아 있던 케빈이 고개를 들고 미소를 지었다. "배변에 변화가 없다고 방금 전에 환자가 보낸 이메일보다 두 사람 대화가 훨씬 더 재미있을 것 같은데요?" 그는 노트북을 덮고 거실을 가로질러 와 에미의 뺨에 입을 맞춘 다음 이지를 곰처럼 따뜻하게 끌어안았다.

"보고 싶었어, 자기." 케빈이 이지의 귀에 대고 조그맣게 속삭였다.

이지는 입을 맞추며 손등으로 그의 얼굴을 쓰다듬었다. "음,

나도 보고 싶었어. 일은 어땠어?"

"여보세요?" 에미가 둘만의 은밀한 대화에 끼어들었다. "달콤한 재회를 방해하기는 싫지만, 두 사람은 이미 부부 사이고 나는 비밀 이야기를 털어놓을 만한 상대가 없으니 잠깐만 나한테 집중 좀 하시죠."

케빈이 웃음을 터뜨리며 이지의 엉덩이를 토닥였다. "좋습니다. 처형 짐을 손님용 침실로 옮기고 마실 것 좀 가지고 올 테니 두 분은 밖에서 기다리세요." 그는 주방 쪽으로 사라졌고, 이지는 그런 그의 뒷모습을 물끄러미 바라보았다.

"너무 괜찮은 사람이라 손발이 다 오그라들 지경이야." 에미가 말했다.

"그러게." 이지는 떠오르는 미소를 어쩌지 못하며 한숨을 쉬었다. "정말 멋진 사람이지. 내가 미치도록 사랑하기에 망정이지 안 그랬으면 못 견뎠을지 몰라. 우리, 발코니로 나가서 앉자."

에미는 남 플로리다의 태양이 작열하는 후텁지근한 발코니의 철제 테이블과 철제 의자 말고 다른 데 앉고 싶었다. 예를 들면 에어컨 바로 앞에 깔린 카펫 같은 데 말이다.

"여기 살면 땀이 마를 날이 있니?" 에미가 물었다. 이지는 불볕더위에 전혀 개의치 않는 눈치였다.

이지는 어깨를 으쓱했다. "살다보면 익숙해져. 물론 8월에 마이애미로 놀러 올 생각을 하는 사람이 많지는 않지만." 이지는 햇볕을 쬐러 고개를 돌리기 전에 에미를 향해 윙크하며 말했다. "조금 전에 그 남자가 언니 몸속으로 들어가려고 했다는 부분까지 이야기했었지?"

그때 유리로 된 미닫이문이 열렸고, 음료수와 기타 필요한 물건이 잔뜩 놓여 있는 쟁반을 들고 들어오던 케빈이 당황스러워하며 고개를 저었다. "어째 자꾸 똑같은 이야기가 들리네. 처형, 테이프를 조금만 앞으로 돌리면 안 될까요?"

에미는 벌떡 일어나 케빈을 거드는 이지를 보며 어디에서 저런 기운이 생길까 생각했다. 불볕더위와 습도 때문에 온몸이 흐물거리는 듯했다. "술은 없어? 오늘 둘 다 비번이잖아."

이지와 케빈은 얼른 눈짓을 주고받았다. "예, 술병은 좀 이따 딸게요. 그전에 저희가 처형 드리려고 준비한 선물이 있어요." 케빈이 이지에게 캔버스 가방을 건넸다.

"나에게 주려고?" 에미가 어리둥절한 표정을 지으며 물었다. "선물은 내가 준비해야 하는 거 아니야? 내가 손님인데."

이지가 캔버스 가방을 열고 노란색 포장지와 무지개색 리본으로 화사하게 포장한 조그만 상자를 꺼내 에미에게 주었다. "언니를 위해 준비한 거야."

"정말 고맙긴 하지만 미리 경고할게. 이게 결혼정보업체 상품권이나 데이트 지침서나 난자를 냉동시키는 방법 어쩌고 하는 거면 가만 안 있을 줄 알아."

에미는 분명 농담인 줄 알고 있을 이지의 미소가 살짝 옅어지는 것을 보고 깜짝 놀랐다. "열어보기나 해." 이지가 다그쳤다.

에미는 선물을 조심스럽게 열어보지 않는 사람답게—한 번 쓴 포장지와 리본을 뭐하러 쌓아두나 싶었다—시원하게 북 뜯었다. 놀랍게도 예쁘게 접힌 하얀색 티셔츠가 노란색 티슈페이퍼 사이에 놓여 있었다. 에미와 이지는 스스로 용돈을 벌고 소포를 보낼 수 있는 나이가 됐을 때부터 주기적으로 이런 이벤트를 벌였다. 그저 맨 마지막 선물에 하나를 더 보태고 싶은 욕심에 재미있거나 눈살 찌푸려지거나 기발하거나 어이없는 문구가 적힌 티셔츠를 주고받았다. 몇 주 전에도 에미가 '믿어줘 나는 으사야'라고 적힌 민소매 러닝셔츠를 보내자 이지는 강아지가 그려져 있고—귀여운 애완견이었지만 오티스의 대변인 격이었다—'나는 못생긴 사람이 밥을 줄 때만 물어요'라고 적힌 티셔츠로 화답했다.

에미는 어린아이용 티셔츠를 집어들고 큰 소리로 읽었다. "'세상에서 가장 좋은 이모'? 의도를 모르겠네. 이게 뭐가……" 그녀는 이지와 케빈의 표정을 보고 말을 멈추었다. "어머나, 세상에."

이지는 아무 말 없이 씩 웃으며 고개를 끄덕였다. 케빈은 테이블 너머로 손을 내밀어 이지의 손을 꼭 잡았다.

"어머나, 세상에." 에미는 똑같은 말을 중얼거렸다.

"우리, 아이가 생겼어!" 이지가 물병 두 개를 쓰러뜨리며 벌떡 일어나 에미를 끌어안았다.

"어머나, 세상에."

"처형, 다른 말도 해보세요." 케빈이 부인을 걱정하는 마음에 미간을 찌푸리며 옆에서 충고했다.

에미는 두 팔로 이지를 감싸 단단히 끌어안고 있을 뿐, 뭐라고 하면 좋을지 다른 말이 생각나지 않았다. 누가 임신했다는 소리를 들을 때마다 늘 그렇듯 머릿속이 복잡했다. 출산을 처음으로 직접 목격했던 일 년 전쯤의 그날이 떠올랐다. 그날 이지는 에미에게 수술복을 입히고 의과대학생처럼 보이는 방법을 알려준 다음 수술실로 데리고 가 합병증 없는 자연 분만 과정을 보여주었다. 6학년 때 본 성교육 비디오나 친구들과 이지에게 들은 끔찍한 이야기도 아무런 대비책이 되지 못했던 그날의 기억이 불현듯 떠올랐다. 수술대에 누워 있던 낯선 사람이 이제 동생으로 바뀔 텐데, 동생의 은밀한 부위에서 갓난아이의 민머리가 등장하는 이미지를 떨쳐내려야 떨쳐낼 수가 없었다.

그런데 그 이미지를 제대로 처리하기도 전에 생각의 방향이 180도 달라졌다. 그다음으로 떠오른 것은 지금까지 몇 년 동안 들락거리던 수많은 아동복 전문점과 인터넷 사이트였다. 보송보송한 신발, 알파벳이 적힌 가제 손수건을 보고 어쩔 줄 몰라하며 가장 귀여운 것들을 골라 상상 속에서 쇼핑카트를 채우곤 했던 것이다. 이제 진짜로 쇼핑할 이유가 생겼는데―친조카를 위해!—어떤 식으로 고르면 될까? 물론 바디슈트야 '갓난아이를 방구석에 눕히는 사람이 어디 있어?' '내가 울어서 엄마가 술을 마셔요' 같은 기발한 문구가 적힌 걸 고르면 되겠지만, 깜찍한 캐시미어 롤네크 스웨터나 양가죽을 두른 갓난아이용 어그나 한 정판으로 나오는 라임색 격자무늬 부가부 유모차는 어떻게 하면 좋을까? 반드시 메리제인 구두를 신겨야 할 것 같은 그 앙증맞은 양말이나 미니 목욕가운은? 너무 실용적이거나 비싼 건 생략해 야지. 바피 수유쿠션이나 보틀 워머*나 티파니라고 새겨진 숟가락은 다른 사람들에게 넘기고. 나는 맨해튼 아기들의 필수품을 모조리 조카에게 선물할 거야. 내가 아니면 누가 그 일을 맡겠어? 아이의 엄마, 아빠는 다른 집 아이들을 받느라 바빠서 가장 멋지고 깜찍한 최신 육아용품을 찾아다닐 시간이 없을 게 뻔하고. 그러니 선택의 여지가 없잖아. 수완을 발휘해야 할 때가 있다면 바로 지금이야. 티셔츠에 적힌 문구처럼 난 세상에서 가장 좋은 이모가 될 거야. 그러다 보면 내 아이가 그것들을 물려받을 날이 찾아올지도 모르지. 우리 아이들은 엄마들이 그랬던 것처럼 옷과 장난감을 서로 돌려가며 쓸 테고. 사촌이 아니라 친형제처럼 지내는 거지! 나에게 첫째가 생겼을 때랑 맞춰 이지가 둘째를 가지면 둘이 비슷한 시기에 임신할 수도 있잖아? 그러면 둘이

---

* 우유를 데워 먹이거나 따뜻하게 보관할 때 쓰는 기구.

같이 임신부 요가수업도 받고, 이지가 환자들을 대할 때 그러는 것처럼 특유의 침착하고 전문가다운 목소리로 각 단계별로 어떤 일이 벌어지는지 설명해줄 테고, 예정일이 몇 주 차이라 서로 분만실을 지켜줄 수 있을 거야. 이거야말로 정말 훌륭한 계획 아니야! 특히⋯⋯

"언니? 괜찮아? 뭐라고 말 좀 해봐!" 이지가 큰 소리로 외쳤다.

"이지, 정말 행복한 소식이다!" 에미는 이렇게 말하며 일어나 동생을 다시 한번 끌어안은 다음 케빈에게 몸을 던졌다. "미안해요. 너무 놀라서요."

"진짜 충격이지?" 이지가 물었다. "우리도 얼마 전에서야 적응이 됐어. 임신도 그렇고 출산도 그렇고 우리에겐 일상이라 별 느낌 없을 줄 알았거든. 근데 내 일이 되고 보니까 전혀 다른 거야. 어떤 건지 알겠지?"

솔직히 어떤 건지 알 수 없었다. 앞으로도 상황이 지금처럼 계속되면 평생 알 도리가 없었다. 하지만 에미도 알다시피 이지는 그런 뜻에서 한 말이 아니었다. "지금 얼마나 된 거야?"

이지는 에미의 무릎 쪽으로 손을 뻗어 언니의 두 손을 잡았다. "언니, 화내지 마⋯⋯"

"왜? 다음 달이 예정일이야? 임신 아홉 달째인데 남들이 보기 엔 도넛을 좀 많이 먹었구나 싶은 그런 별종이 바로 너야? 생각해보니까 네 얼굴이 조금 부은 것 같기도 한데."

"십삼 주째야. 이제 막 임신 2기로 접어들었어. 2월이 산달이야."

에미는 열심히 계산을 했다. 한 달이 4주니까 13을 4로 나누면 3하고 조금 남는데…… "그러니까 석 달이 지난 거야? 케이티 홈스나 제니퍼 가너도 두세 달일 때 공개하고 그랬잖아. 그런데 너는 2기가 될 때까지 기다렸다는 거야?"

"우리도 말하고 싶어서 죽을 것 같았지만, 직접 알리고 싶었어. 이 깜찍한 티셔츠를 놓고 다 같이 얼굴을 보면서……" 이지는 걱정스러워서 어쩔 줄 모르는 얼굴이었다. 동생의 눈에 눈물이 고이자 에미도 울고 싶어졌다.

"이지, 그럴 거 없어. 그냥 농담한 거야. 정말이야! 이런 식으로 알려줘서 고마워. 전화로 들었으면 이 정도 기분은 아니었을 거야." 에미는 동생의 얼굴 위로 눈물이 흘러내린 순간 얼른 이렇게 말했다. 그러고는 잠시 망설이다 케빈도 남동생이나 다름없다는 생각을 하며 탱크탑을 벗고 '세상에서 가장 좋은 이모'라고 적힌 새 옷을 입었다. "이거 봐." 에미가 이지에게 보여주려고 고개를 돌리면서 보니 케빈은 예의바르게 다른 데 시선을 두고 있었다. "정말 좋아. 네가 임신했다니 정말 좋아! 이런 식으로 알려줘서 정말, 정말, 정말 좋아. 나는 네가 정말 좋아, 이지. 젠장, 이리 와. 다시 한번 안아보자!"

이지는 코를 훌쩍거리며 뺨에 흐른 눈물을 닦았다. "호르몬 때문에 그래. 나 요즘 엉망이야."

"맞아요." 케빈도 고개를 끄덕였다.

"걱정 마. 우리, 축하하자! 오늘밤에는 마이애미에서 제일 근사한 곳에서 내가 저녁 살게. 어디 갈까? 조스 스톤 크랩?"

케빈은 저녁을 먹기 전까지 잠깐 눈을 붙였고, 에미와 이지는 두 시간 가까이 서로 끌어안은 채 이 새로운 사실을 놓고 시시콜콜 이야기를 나누었다. 그들 부부는 아이 초음파 사진을 보고 싶을 테고 둘 다 사진 보는 법을 알고 있으니 좋건 싫건 성별을 알 수밖에 없었다. 이지는 이름에 대해서는 아직 의논하지 않았지만 아들이면 에즈라, 딸이면 라일리라고 짓고 싶다고 했다. 두 사람은 딸에게 아들 이름을 지어주면 귀여울 거라고 생각하는데, 할아버지나 할머니 이름을 쓰지 않았다고 양가 어머님이 노여워하실 수도 있었다. 에미가 아이의 현재 발달단계에 대해 물어보자 이지는 대답을 하다 말고 잠이 들었다.

에미는 현관에 있는 붙박이장에서 담요를 꺼내 동생을 덮어주었다. 딱하게도 피곤했던 모양이다. 임신한 몸으로 서른여섯 시간 동안 근무를 하고 나서 언니한테 엄청난 뉴스를 전하느라 흥분했으니 그럴 만도 했다. 에미도 이지 옆에 바짝 몸을 붙이고 눈을 감는데 만감이 교차했다. 열한 살까지 엄지손가락을 빨았고, 거미를 죽도록 무서워했고, 지독하고 무지막지하고 영락없는 음치라 제발 샤워할 때 노래를 자제해달라고 온 식구한테 원성을 들었던 이사벨이 엄마가 된다니. 항상 에미의 버릇을 따라

했고, 노는 데 자기도 끼워달라고 졸라대던 꼬맹이가 조만간 아이를 낳는다니. 기분이 정말 묘했다. 여동생은 아이를 낳는데 자기는 이메일을 보낼 남자친구도 없다는 생각은—눈 깜짝할 순간이기는 했지만—들자마자 얼른 지워버렸다. 여동생을 응원하고 세상에서 가장 좋은 이모가 되어야 할 시점에 그런 이기적인 생각은 가당치도 않았다. 절대 해서는 안 될 생각이었다.

케빈이 조심스럽게 두 사람을 흔들어 깨웠다. "두 사람이 날 깨워주기로 한 거 아니었어요?" 그가 스탠드를 켜며 물었다.

이지는 담요 속으로 고개를 묻으며 신음 소리를 냈다. "지금 몇 시야?"

"열한시가 다 됐어. 당신은 어떨지 모르겠지만, 나는 외식할 생각이 전혀 없는데." 케빈은 고개를 숙여 이지의 이마에 입을 맞추었다. "여보, 침대로 갈래?"

"아아악." 이지가 할 수 있는 대답은 이게 전부였다.

"나도 마찬가지." 에미도 끙끙거리며 말했다. 여기저기 레스토랑에서 일주일에 예순다섯 시간씩 일을 하니 집에 틀어박힐 수 있는 기회라면 언제든 환영이었다. 어떤 레스토랑이든 손님의 입장에서 방문하면 불편했다. 들어가면 매니저 모드로 바뀌어 직원 대 손님의 비율을 계산하고, 바텐더의 능력을 점검하고, 직원들이 얼마나 빨리 테이블을 정리하는지 저절로 관찰하게 되었다. 집 안에서 냉장고를 뒤지는 쪽이 훨씬 편했다. 하지만 그 순간 갑자기 떠오른 생각이 있었다. "내 정신 좀 봐. 너, 아이가 생겼잖아!"

이지는 웃음을 터뜨리며 언니 갈비뼈를 발로 찼다. "맞아. 농담이 아니라 진짜야."

"다람쥐처럼 변한 네 볼을 보면 잊고 있다가도 생각이 나." 에미는 씩 웃었다.

"왕재수."

"칠뜨기."

케빈은 졌다는 듯 두 손을 들었다. "나는 그만 퇴장할게요. 이지, 방으로 들어올 때 문단속하는 거 잊지 마. 알았지?"

이지는 에미 쪽으로 고개를 돌렸다. "지금 자겠다고 하면 나 미워할 거야? 언니한테는 지금이 대낮이겠지만, 나는 어제 밤을 새웠더니 죽겠어."

에미는 들으라는 듯 일부러 한숨을 쉬며 실망한 척 고개를 저었다. "네가 아무리 임신을 하고 밤새도록 애를 받았대도 용납할 수 없는 일인데…… 알았어. 앞으로 여덟 시간 동안 나 혼자 있을 궁리를 해야겠다."

이지는 에미의 옆구리를 찌르고 끌어안았다. "내일은 재밌게 놀아줄게. 약속해."

두 사람은 에미에게 수건을 몇 장 던져주더니 잘 자라는 인사를 하자마자 방으로 사라졌다. 그래도 에미는 섭섭하지 않았다.

아직 낮잠에 취해 정신없었지만, 이지의 임신을 떠올리자 바짝 긴장이 됐다. 에미는 휴대전화와 〈엘르〉 최신호를 챙긴 다음 엘리베이터를 타고 1층으로 내려가 뒤쪽 로비를 지나 황홀한 조명과 풍경을 자랑하는 수영장으로 향했다. 저쪽 테이블에서 맥주를 마시며 주사위놀이를 하는 이십대 남자 둘 말고는 아무도 없었다. 에미는 바지를 걷고 열탕 앞에 철퍼덕 주저앉아 숨을 내쉬며 김이 모락모락 나는 물속에 발을 담갔다.

그러고는 리에게 전화를 걸었다.

"어휴, 네 전화가 이렇게 반가울 수가 없다." 신호가 떨어지자마자 전화를 받은 리가 말했다.

"왜? 환상적인 금요일 밤에다 내가 지금까지 직접 만나본 중에서 제일 섹시한 남자를 약혼자로 두신 분이, 뭔가 좀더 그럴듯한 일을 하고 있어야 하는 거 아냐?"

"수영 선수인 여동생이 이번 주말에 뉴욕에 온다고 해서 러셀이 자기 집에 갔거든."

"그렇구나. 네가 좋아하는 여동생이지?"

리는 한숨을 쉬었다. "상대적으로 보면 그렇지. 아주 다정다감하고, 친절하고, 사교적이고, 어느 모로 보나 정 떨어지게 완벽해. 다른 여동생하고 거의 똑같다고 보면 돼."

리가 니코레트 포장을 벗겨 입안에 넣고 씹는 익숙한 소리가 에미의 귀에 들렸다. 친구의 긴장이 풀리는 것이 실제로 느껴지

는 듯했다. "옆에서 아무도 모르게 속 긁는 여자보다 낫지. 짜증
나게 친절한 시누이보다 더 심한 악질이 얼마나 많은데."

"맞아. 하지만 뭐라도 트집 잡을 거리가 필요하잖아." 말이 끊
기고, 질경질경 씹는 소리가 이어졌다. "너는 오늘밤에 뭐 해?
아, 맞다. 내가 깜빡했네. 플로리다에 간다 그러지 않았어?"

"응. 여기는 아프리카처럼 더워."

"이지는 어떻게 지내? 얼굴 본 지 백만 년은 된 것 같다."

"이지는……" 에미는 어떤 식으로 리에게 소식을 전하면 좋
을지 고민했다. 좀더 흥분한 목소리로 이야기해야 할 텐데—사
실 흥분이 되기는 했다—이지의 소식을 듣고 충격을 받은 데다
늦은 밤 뜨거운 물에 발을 담그고 있자니 기운이 없었다. 짜릿했
고 이모가 된다니 한없이 기뻤지만, 울음이 터질 것 같은 기분을
떨쳐버릴 수 없었다.

"에미, 이지 잘 지내? 아무 일 없는 거지?"

걱정하는 듯한 리의 목소리가 방아쇠 역할을 했다. 눈물이 금
세 에미의 두 뺨을 타고 흘러내렸다.

"에미, 말을 해봐. 왜 그래?"

"리, 나는 정말 못된 인간이야." 에미는 흐느껴 울었다. "구역
질 나고 지독하고 혐오스러운 인간이야. 세상에서 제일 친한 친
구이자 하나뿐인 여동생이 임신을 했는데 기뻐해주지도 못하고
있어."

"이지가 임신을 했다고?" 리가 특유의 심각한 목소리로 물었다.

에미는 고개를 끄덕이다 통화 중임을 깨달았다. "응. 2월에 낳는대. 아들인지 딸인지 다음 달이면 알 수 있대."

"에미." 리지가 말했다. "나도 축하해주고 싶기도 하고 심란하기도 한데 네 심정은 오죽하겠니."

"언젠가 아이를 낳을 줄은 알고 있었지만 지금일 줄은 몰랐어. 나보다 한참 어린 동생이잖아!"

"그러니까 말이야." 리가 위로했다. "네가 느끼는 그런 감정이 잘못됐다는 생각은 꿈에도 하지 마. 당연히 기뻐해야 할 일이지만 마음이 복잡할 수밖에 없잖아. 누구라도 그럴 거야. 특히 던컨하고 있었던 일을 생각하면……"

에미가 아드리아나나 어머니가 아니라 리에게 전화한 이유가 바로 이 때문이었다.

"나는 여기 내려와서 세 시간 내내 하룻밤 놀아보려다 실패한 이야기만 했는데, 말 그대로 처음 보는 남자하고 잘 수가 없었다며 하던 이야기를 하고 또 했는데, 이지는 완벽한 나이에 완벽한 남편과 완벽한 가정을 꾸려가고 있잖아. 나는 뭐가 문제일까?" 에미는 애처로운 자기 목소리에 다시 눈물이 났다. 한바탕 하소연을 하고 났더니 기분이 나아졌다. 그녀로서는 이렇게 한바탕 하소연할 필요도 있었다. 이지 앞에서는 힘이 되어주고 미친 듯이 좋아해주기로 마음먹었지만, 리 앞에서까지 연극을 할 필요는 없었다.

"에미, 너는 아무 문제 없어. 지금 너하고 이지는 서로 다른 단계에 있을 뿐이야. 순전히 타이밍의 문제지 네가 어떤 사람인가 하고는 전혀 상관없는 일이야. 너는 분명 훌륭한 이모이자 언니가 될 거야. 그보다 확실한 건 훌륭한 남자를 만날 수 있다는 거고. 완벽한 남자를. 알았지?"

"응." 에미는 한숨을 내쉬었다. 그러고는 자쿠지*에서 발을 꺼내 바지를 좀더 걷어올리고 발을 다시 담갔다. "다른 이야기 하자. 너는 별일 없어?"

이번에는 리가 한숨을 쉴 차례였다. "없어. 아, 아니다. 내가 거짓말을 했네? 어젯밤에 내가 누굴 만났게?"

"힌트 좀 줘."

"아드리아나가 미래의 남편으로 찍은 사람."

"토비아스 배런을 만났다고? 우와! 하나도 빼놓지 말고 몽땅 얘기해줘! 그 사람이 아드리아나한테 전화한 줄도 몰랐는데."

"내 말이. 아드리아나가 이번에는 좀 이상했지? 부정 탈까봐 걱정하는 사람처럼 입을 꾹 다물었잖아. 그 사람, 몇 주 동안 LA에 있는 집에 갔다가 뉴욕으로 돌아온 모양이더라. 둘이서 지난주 수요일에 처음 데이트를 했고, 어젯밤에 러셀하고 나까지 넷

---

* 물에서 기포가 생기게 만든 욕조.

이 만났는데, 놀라지 마. 아직 그 사람하고 자지도 않았대."

에미는 헉하는 소리를 냈다. "설마!"

"진짜라니까."

"그 남자 어디 이상한 거 아니야? 아드리아나가 잘나가고 유명하고 잘생긴 남자랑 만난 날 침대로 직행하지 않은 역사가 없잖아. 두 번이나 만났는데 아직이라니."

"그러게 말이야." 리는 웃음을 터뜨렸다. "너랑 한 약속을 아주 심각하게 받아들였나봐. 그 사람은 아무 이상 없어 보여. 조금 유들유들하지만 역겹지는 않은, 할리우드 특유의 매력남이거든. 예의바르고 사교적이고 아드리아나한테 아주 푹 빠졌어."

"아드리아나는?" 에미가 물었다.

"그 남자를 떠받드는 눈치야. 오데옹에서 늦은 저녁식사를 했는데, 우릴 왜 불렀는지 모르겠더라. 둘이 서로 비비대느라 난리였어, 아주."

"정말 잘됐다." 에미는 예상 답안을 내놓느라 기계적으로 대답했다. 일대일 관계에 공포증이 있는 친구가 진정한 사랑을 찾았다니 여동생의 임신 소식을 들었을 때처럼 축하해줘야 마땅한 일이었다. 하지만 세상일이 꼭 생각대로 되는 건 아니니까.

"뭐, 두고 봐야지. 다음 주말에 그 사람을 만나러 LA로 간다니까 그때 계약을 위반하게 될 거야. 그때 다 망쳐버릴 게 분명해."

"리! 친구가 그런 말을 하면 어떡해?" 에미는 화를 내는 척했지만 속으로는 기뻤다.

"어쩌라고. 우리 둘 다 아드리아나를 잘 알잖아. 걔가 누구랑 결혼할 타입이야? 지금은 물론이고, 어쩌면 앞으로도 영원히 그럴걸? 노력해본다니 가상하지만, 나는 안 믿어."

"알겠네요. 너희는 어때? 러셀은?" 두 남자가 주사위 놀이를 정리하더니 서로 등을 치는 척하며 작별 인사를 하는 것이 에미의 눈에 들어왔다. 둘 중에 머리가 더 길고 금발에 가까운, 상당히 어려 보이는 쪽이 빈 맥주병 두 개와 게임판을 들고 로비 쪽으로 걸어갔다. 키가 177센티미터 혹은 182센티미터쯤 되어 보이고 하얀색 반팔 리넨 셔츠를 입은 까만 머리 남자는 에미 쪽으로 걸어왔다.

"잘 지내. 새로 보고할 만한 것도 없어. 양가 어머님이 결혼 준비 태세로 돌입했는데, 우리는 둘 다 모르는 척하고 있어."

"잘했어." 에미는 중얼거렸다. 남자가 가까운 의자 위로 지갑과 수건을 던지더니 셔츠를 벗는 것이 보이자 짜증이 났다. 아무도 없는 수영장에서 왜 꼭 내 옆자리에 있겠다는 걸까?

"응, 별로 관심 없어. 지금 당장은 일만으로도 정신없어 죽겠거든. 당장 다음 주말에 롱아일랜드에 가야 해."

"흠." 에미는 이렇게 대답했지만, 친구의 말이 한마디도 귀에 들어오지 않았다. 남자가 청바지를 벗자 메시 소재의 감색 반바지가 드러났는데, 벗은 몸이 훨씬 호리호리한 것을 보고 호기심이 동했던 것이다. 말랐다고 평할 사람도 있겠지만, 에미가 보기에는 야리야리했다. 남자를 보고 야리야리하다고 해도 되는 건지 모르겠지만. 배는 완전히 납작하고 가슴도 전혀 발달하지 않았는데도, 존 메이어처럼 매력적이었다. 생각에 잠긴 듯 신경질적인 분위기를 풍겼다. 심지어 섹시하기까지 했다. 반팔 버튼다운 셔츠만 어떻게 하면.

리가 햄프턴스와 새로 맡은 저자에 대해 얘기했지만, 에미의 귀에는 더이상 들리지 않았다. 남자가 통화를 듣고 있을까봐 신경이 쓰였다. "리, 나 이제 들어가려고. 좀 이따 위에 올라가서 전화할게."

"나 지금 잘 거니까 내일 통화하자. 러셀이……"

"알았어. 그럼 잘 자." 에미는 리의 대답을 듣지도 않고 탁 소리와 함께 수화기를 닫았다.

남자가 에미를 보고 웃더니—눈이 부실 정도는 아니지만 매력적이라고 할 만한 미소였다—열탕의 계단 꼭대기까지 올라갔다. 그는 펄펄 끓는 물이 뜨겁지도 않은지 풍덩 들어가며 말했다. "쯧쯧. 남자친구 보고 싶어요?"

에미는 얼굴이 빨개지는 게 느껴졌고, 정말 싫었다. "아, 남자친구 아니에요. 난 남자친구 없어요. 친구 리예요. 뉴욕에 사는."

남자가 씩 웃었다. 에미는 그를 죽여버리고 싶었고, 그다음에는 자기 자신을 죽여버리고 싶었다. 나는 왜 항상 이런 식으로 말하는 걸까? 내가 누구와 통화를 하건, 어디에서 하룻밤을 보내건, 남자친구가 있건 없건 저 남자하고 아무 상관 없잖아! 내가 아무한테나 속마음을 털어놓는 심각한 문제가 있다는 건 인정하지만, 그렇다고 꼭 저렇게 웃어야 해?

"아, 그래요? 뉴욕에 사는 리는 어떻대요?"

놀리는 건지 진지하게 묻는 건지 판단이 서질 않아 당황스러웠다. "뉴욕에 사는 리는 잘 지낸대요." 에미는 의도했던 것보다 좀더 도도하게 대답했다. 그런 다음 따뜻한 물속에서 발가락을 꼼지락거리며 자기를 쳐다보는 이 남자를 쳐다보다 문득 그가 어떻게 생각하건 상관없다는 생각이 들었다. "일 때문에 정말 바쁘고, 얼마 안 남은 결혼이 별로 신나지 않는 눈치예요. 약혼자가 환상적인 사람인데 이상한 일이죠. 이 친구가 말하길 또다른 친구 하나가 유명한 영화감독한테 푹 빠졌대요. 아니, 이름은 말 안 할 거예요. 내가 그렇게까지 생각 없는 사람은 아니거든요. 그런데 아드리아나답지 않아요. 아드리아나는 남자들한테 목숨을 거는 게 아니라 남자들을 수집하는 타입인데. 그리고 오늘밤의 최대 뉴스는 동생한테 아기가 생겼다는 거예요."

"와, 뉴욕에 사는 리하고 둘이서 할 이야기가 아주 많았겠네요." 그는 놀라워하기보다 재미있어하는 얼굴로 말했다.

"그쪽은 나한테 알려주고 싶은 지나치게 사적이거나 부적절한 얘기 없어요?" 에미가 물었다.

그는 어깨를 으쓱하더니 '보시다시피'라고 말하는 듯 손을 내저었다. "없는데요."

"그래요? 재밌네요." 에미는 개자식, 하고 생각했다. 남의 사적인 공간을 침해하고, 전화 통화를 방해하고, 먼저 말을 건 게 누군데. 에미는 물에 담갔던 발을 빼서 일어서려고 했다.

"알았어요, 알았어요. 내 이름은 조지. 마이애미 대학교 법학대학원에 다니고 있어요. 같이 주사위 놀이를 하던 친구는 친형제나 다름없는 사촌이고요. 사촌이 말하길 여자친구가 클라미디아에 걸렸는데…… 자기한테 옮은 게 아니래요. 자, 그럼 어디에서 옮은 걸까요? 내가 마이애미 대학교에 입학한 건 아버지가 힘을 써줬기 때문인데, 아버지는 볼 때마다 그걸 잊지 못하게 만들어요. 내가 지금까지 한 일 중에서 제일 멍청한 짓은 어느 날 밤 술에 진탕 취해서 라스베이거스에서 결혼한 거예요."

좋아, 그래야지! 그는 전 세계를 돌아다니는 폴은 아니었지만 분명 재미있었다. 에미는 웃음을 터뜨렸다. "브리트니처럼 말이에요?"

"무효 선언을 한 것까지 완전 브리트니 판박이였죠. 상대가 전날 밤에 만난 여자였으니 브리트니보다 더 황당한 일이었고요."

"멋진데요?" 에미는 박수를 치며 다리를 다시 물에 담갔다. "그런데 조지, 혹시……"

에미는 말을 하다 말고 놀라서 입을 벌린 채 말똥말똥 앞을 처다보았다. 조지가 바로 앞에 등장했기 때문이었다. 그는 그녀가 무슨 생각을 하거나 반응할 겨를도 없이 그녀의 다리 사이로 미끄러져 들어와 열탕의 벤치에 무릎을 꿇고 그녀의 입술에 자기 입술을 포갰다. 에미는 너무 놀라서 아무것도 못하고 가만히 받아들였다. 그 순간, 오랫동안 잊고 지냈던 흥분감이 온몸을 휩쓸고 지나갔다. 던컨과 처음 만났던 그해 이후로 거의 느끼지 못했던 흥분감이었다. 퀴라소에서 오스트레일리아 남자와 키스했을 때도 이렇지는 않았다. 그때도 완벽하게 기분 좋은 경험이기는 했지만, 머릿속에서 끊임없이 이어지는 중얼거림이 멈출 만큼 그 순간에 몰입하지는 못했었다. 지금 조지하고 할 때는 신기하게도, 고맙게도, 머릿속이 백지 같았다. 이런 키스를 받아본 적이 없다는 사실만 의식 저 깊숙한 곳에서 인지하고 있을 뿐이었다.

부드러운 입맞춤은 잠깐 동안, 에미가 의식의 끈을 완전히 놓을 동안만 계속됐다. 잠시 후 조지는 그녀의 티셔츠 위로 자신의 맨가슴을 대더니 그녀의 아랫입술을 깨물었다. 그런 다음 그가 잠깐—아주 잠깐—그녀의 목에 얼굴을 묻자 에미는 정신이 번쩍 들었다. 말도 안 돼, 이거 꼭 조잡한 로맨스 소설의 한 장면 같잖아. 하지만 환희에 못 이겨 고개를 뒤로 젖히는 순간 모든 의혹은 사라지고 목과 어깨의 민감한 부분에 계속 키스해달라고 애원하는 지경에 이르렀다. 그녀가 그의 허리를 다리로 감싸고 머릿결을 손가락으로 훑자 조지는 거친 숨소리를 내더니 아무런 경고도 없이 시멘트 바닥에 앉아 있던 그녀를 들어올려 꼭 끌어안고는 서서히 물속으로 들어갔다.

이쯤 되자 에미도 몽롱한 꿈에서 깨어날 수밖에 없었다.

"조지! 어쩜 좋아. 나 지금 옷 다 입고 있잖아요. 뭐 하는 거예요?"

조지는 입술을 포개오는 것으로 답을 대신했다. 에미가 계속 소리를 지르자 그가 다시 아랫입술을 깨물었다. 촉촉한 입술과 자욱한 김과 뜨거운 물이 옷 속으로 스며드는 독특한 자극에 에미는 녹아내리는 것 같았다. 둥둥 떠다니는 것 같았다. 조지가 흠뻑 젖은 그녀의 티셔츠를 벗기는 걸 알아차리기는 하면서도—물에 젖어 묵직했으니 모를 수가 없었다—그 의미를 제대로 깨닫지 못한 것도 그 때문이었다. 그녀는 늘 그렇듯 오늘밤에도 납작 가슴의 유일한 특전인 노브라 차림이었고, 그래서 두 사람은 맨살과 맨살이 닿는 즉각적인 만족감을 느낄 수 있었고, 이 짜릿한 순간에 에미는 도대체 왜 지금까지 이런 기분을 한 번도 느끼지 못했을까 궁금해졌다. 이렇게 미치도록 황홀한 경험을 해보지 못했더라면 그녀는 서른 살이 되도록 왜 그렇게 이걸 못해 난리인지 이해하지 못하는 굴욕을 겪을 뻔했다. 지금까지 사귄 세 명의 남자친구와도 참으로 유쾌한 순간을 보냈지만, 여기에 비하면 아무것도 아니었다.

그때부터 조지는 더이상 한 명의 인간이 아니었다. 아니, 인

간 자체가 아니었다. 법학대학원생도, 주사위 놀이를 하던 남자
도, 몇 분 전에 만난 낯선 남자도 아니었다. 그저 미치도록 가까
이 있고 싶은 몸에 불과했다. 그가 능숙한 솜씨로 그녀의 카프리
팬츠와 면으로 된 끈 팬티를 벗겨 흘려보내고, 한 손으로 그녀의
머리를 붙잡아 자기 입술에 대고 다른 손으로 자기 반바지를 벗
었을 때 세상에 이보다 자연스러운 일은 없는 것 같았다. 그는
그녀를 다시 물 밖으로 끌어내 부드럽게 바닥에 내려놓았다. 서
늘한 바닥과 공기가 뜨거운 열기를 식혀주었다. 에미는 누군지
모르는 남자와 몇 채인지 모를 아파트 앞에서 알몸으로 누워 있
다는 사실을 완전히 잊어버렸다. 비키니 라인의 상태나(간신히
용납할 만한 수준이었다) 흥분하면 빨개지는 얼굴이나(짙은 와
인색으로 변했다) 똑바로 누우면 납작해지는(아주 납작해지는)
가슴 걱정은 단 한순간도 떠오르지 않았다. 그를 간절히 원하는
마음과 허벅지에 와 닿는 그의 느낌에만 완전히 빠져서, 그를 좀
더 가까이 끌어당기기 위해 모든 방법을 동원했다. 그는 에미를
놀리는 것을 즐기는 눈치였다. 무한대로 느껴지는 시간 동안 끌
어안고 입을 맞추고 뒹군 다음에야 그의 반바지 주머니에서 콘
돔이 등장했고 조지가 그녀의 안으로 들어왔다. 바로 그 순간,
에미는 깨달았다. 이것 없이는 더이상 살 수 없다는 것을.

(2권으로 이어집니다.)

옮긴이 **이은선**

연세대학교 중어중문학과와 같은 학교 국제학대학원 동아시아학과를 졸업했다. 출판사 편집자, 저작권 담당자를 거쳐 번역가로 활동 중이다. 옮긴 책으로는 『사라의 열쇠』 『딸에게 보내는 편지』 『로우보이』 『누들메이커』 『환상의 여인』 『11/22/63』 『셜록 홈즈 실크하우스의 비밀』 『기적』 『굿독』 『몬스터』 『그대로 두기』 등이 있다.

문학동네 세계문학
해리 윈스턴을 위하여 1

초판인쇄 2013년 1월 28일 | 초판발행 2013년 2월 8일

지은이 로렌 와이스버거 | 옮긴이 이은선 | 펴낸이 강병선
책임편집 이현자 | 편집 윤정민 김나리 최지혜 | 독자모니터 양은희
디자인 송윤형 이원경 | 저작권 한문숙 박혜연 김지영
마케팅 정민호 김도윤 박보람 | 온라인마케팅 김희숙 김상만 이원주 한수진
제작 서동관 김애진 임현식 | 제작처 영신사

펴낸곳 (주)문학동네
출판등록 1993년 10월 22일 제406-2003-000045호
주소 413-756 경기도 파주시 문발동 파주출판도시 513-8
전자우편 editor@munhak.com | 대표전화 031) 955-8888 | 팩스 031) 955-8855
문의전화 031) 955-3576(마케팅) 031) 955-8859(편집)
문학동네카페 http://cafe.naver.com/mhdn

ISBN 978-89-546-2046-8 04840
     978-89-546-2045-1 (세트)

www.munhak.com